白牙

THE WHITE FANG

導言

作家通常分為兩類，一類透過無限的想像力創造出令人驚喜的作品，另一類則因自身傳奇多彩的生活經歷創作出充滿哲理的感人作品，如果說儒勒·凡爾納（Jules Verne）屬於前者，那麼，毫無疑問地，傑克·倫敦（Jack London）必然是後者。

一八七六年一月十二日，在世界文壇上頗具影響力的美國作家傑克·倫敦出生於美國加州舊金山。

童年對一個人的一生有著十分重要的影響，作家的作品中多少都會透露出些許童年生活的印跡。傑克·倫敦有一個十分不幸的童年，這不幸的根源從他一出生就跟隨他，因為他是一個私生子，而他的生父據說是個占星家，卻不肯承認他的存在。母親嫁給已有十一個孩子的約翰·倫敦，繼父的境況也十分糟糕，本就不好的家境加上諸多孩子的負累，日子就更加舉步維艱了。小傑克的童年都是在窮困中度過，十一歲時他開始外出打零工謀生，報童、伙夫、裝卸工人、洗衣工人……只要能做的他都做。十四歲時他到一家罐頭廠做工，每天工作十小時，報酬是一塊美金，這已經是他做過的工作中很不錯的待遇了。沒多久，小傑克借了一些錢，買了一條小船，參加了偷襲私人牡蠣場的隊伍中，期望用這種手段來改善貧窮的處境。但卻被漁場巡邏隊逮到，罰做苦工。之後，他只得放棄「牡蠣海盜」的營生，當水手去遠東。航海生涯增長了他的見識，擴大了他的眼界，遍地的貧困、剝削和暴力，深深地印入傑克．倫敦尚未完全成熟的心靈中。

航海歸來，境況依舊沒有好轉。一八九四年，當時十八歲的傑克．倫敦參加了「基林軍」，這是當時由平民黨人領導、向華盛頓「進軍」的失業者組織的一部分。這次「進軍」的領導人考克西等人，在華盛頓以「踐踏國會草坪」被捕，進軍組織也遭取締。而傑克．倫敦在退出「基林軍」之後，又不得不過著流浪的生活，監牢、警察局成了他常進常出的地方。

長年的流浪並沒有使傑克．倫敦喪失對生活的信心，他更加強烈地追求知識，不甘於自暴自棄。一八九四至一八九六的兩年間，他一邊讀中學，一邊工作，終於在一八九六年他二十歲時，考進了加州大學。然而，大學的校門畢竟不總是向窮困如傑克．倫敦這樣的人敞開的。一八九七年他被迫退學，與姐夫一起加入淘金者的行列，前往加拿大克朗代克地區淘金，結果卻得了壞血病，「黃金夢」破滅，空手而歸。

從此，傑克．倫敦埋頭書寫，正是由於苦難的生活使他有了積極的生活哲理和豐富的寫作素材，在他二十三歲（一八九九年）時，他發表了第一篇小說《給獵人》，二十四歲時就出版了第一本短篇小說集《狼之子》。在這些作品裡，淘金工人的生活是傑克・倫敦偏愛的題材。

之後，傑克．倫敦的職業作家生涯正式拉開帷幕，他的思想是混雜的。他讀馬克思的著作，也讀黑格爾、斯賓塞、達爾文和尼采的著作。從他年輕時代的作品中，可以強烈的感受到他向資本主義社會挑戰的脈搏。

他於一九〇七年（時年三十一歲）寫的《鐵蹄》，指出美國資本主義有向極權主義轉變的可能性，並對法西斯主義的興起和消滅有預見性的警告。傑克．倫敦一生共創作十九部長篇小說、一百五十多篇短篇小說、三部劇本及多篇的評論。他與馬克・吐溫（Mark Twain）是許多讀者最熟悉的兩個美國作家，但是結局卻大不同。馬克・吐溫以七十五歲高齡病死在寫作崗位上，實踐了他「工作是世界上最大的快樂」的信念；而傑克・倫敦卻在四十歲壯年之時，吞服了大量嗎啡，在自己豪華的大牧場中結束一生。

極端的個人主義與尼采的「超人」哲學把傑克・倫敦帶入一個矛盾的精神世界，使他青年時期具有向資本主義社會挑戰的叛逆性格逐漸消失，變成一個玩世不恭的花花公子。

他成名後收入頗豐。一九一一年，他公開聲明，他寫作的目的就是為了錢。也許是因為童年的苦難對他造成精神上不可逆轉的創傷，當成名之後，他認為自己有權過著豪華奢侈的生活。他不僅斥重金建造遊艇、別墅，而且使自己陷入不能自拔的拜金主義泥淖。雖然他後期的作品因為要得到更多金錢而多粗製濫造，寫出一些完全背離自己信念的低劣之作，但他早期的許多作品還是非常具有閱讀價值。傑克・倫敦的主要代表作有長篇小說《鐵蹄》、《馬丁・伊登》，中篇小說《野性的呼喚》、《白牙》，短篇小說《熱愛生命》、《強者的力量》等等。

《野性的呼喚》與《白牙》這兩部出色的作品都是以狗為主角，不同的是巴克由狗變成了狼，而白牙由一匹狼變成了狗。這是兩種截然相反的變化，我們不必深究哪一種是進化、哪一種是退化，更無所謂哪一種變化正確、哪一種錯誤。巴克還是巴克，白牙也還是白牙，變化的只是人類對牠們的稱呼——狼或狗。

一本好書必定會令人念念不忘，《白牙》無疑就是這樣精彩的作品，它將動物故事、探險故事、人性故事、心理故事及寓言故事集於一身，細膩地描述真實的情感，生動的語言更極富感染力，適合各個年齡層及不同審美情趣的讀者閱讀。

狗是被人類圈養的狼，有一天把牠放逐野外，牠自然會恢復祖先種在牠血液裡的野性。狼是還沒有被馴服的狗，牠在等待有一天一個合適的人來征服牠，發掘牠天性裡的忠誠。

巴克和白牙分別崇拜著一個人類，這兩個人成為牠們變化的原因和動力。因為自己所崇拜的人被殺，巴克決定不再做溫順的狗，而是以兇悍的狼的身分來復仇。而白牙為了永遠守衛自己崇拜的人，放棄作為狼的自由，甘心變成一隻溫順的狗。

究竟成為狼還是成為狗，這就要看到底是什麼更吸引你——是曠野，抑或是家園。

第一部

第一章 獵物的蹤跡

黑壓壓的針縱林陰沉地佇立在凍結的河流兩岸。剛剛颳過的大風把原本覆蓋在樹上的白色冰衣無情的剝落，每棵樹似乎靠得越來越近了，在這黑暗、不祥的暮色中互相依偎著，浩瀚無邊的寂靜籠罩著大地。這大地原本就是一片荒蕪、沒有生氣、毫無動靜，它是如此地孤獨、寒冷，悲傷、淒慘。它隱藏著一種似有若無的笑意，但這笑卻比任何悲傷更令人害怕，就如同斯芬克斯（sphinx，希臘神話中的獅身女首怪物，有翅膀，凡是答不出其謎語的人都將受害。）般像冰雪一樣冷酷、冰冷的微笑。那是以千年卓絕、難以言述的智慧對徒勞無功的奮鬥及生命的嘲笑。那就是荒野，野蠻的、冰天雪地的北國荒野。

但是，在這荒野中居然還有生命頑強抵抗著，竭力與寒冷較量。一列狼狗沿著凍結的河流艱難的前行著。牠們聳立的硬毛已被冰雪覆蓋，形成了一層白霜。牠們的呼吸一離開嘴巴就會在空氣中結成冰霜，噴在牠們的身體上成為霜雪的結晶。牠們的身上套著皮具，身後拖著一部雪橇。這雪橇用堅實的樺樹製成，下面並沒有滑板，表面已覆蓋上靄靄白雪，而上面則翻捲著，使其能夠順利的滑過前方有如波濤起伏般的軟雪。在雪橇上，繩子牢固的綁著一個狹窄的長方形木盒。當然，雪橇上面還有幾張毛毯、一把斧頭、一個咖啡壺和一口煎鍋，但占據最大空間、最為明顯的，還是那個長長的、狹窄的長方形木箱。

在這些狗前面領隊的，是一個穿著大雪鞋的男人，正舉步維艱的前行著，跟在雪橇後面押隊的另一名男子也正艱難行進著。雪橇上的箱子裡躺著第三個男人，他的苦難已經結束了，因為這個男人已經被這荒野所征服、打到，再也無法動彈了。

荒野是不喜歡運動的。對它而言，生命是違反規則的冒犯，因為生命是運動的，而荒野的宗旨就是將一切運動摧毀。它將河流凍結，以防止它們流入大海；它將樹汁榨乾，使得它們強健的心臟凍結；更可怕的是，荒野將人類折磨蹂躪到屈服為止，因為人才是最不安靜的生命，並且一直反對那句「所有運動最終一定會停止」的格言。

但這一前一後，尚且存活的兩人卻毫無懼色，堅強不屈的前行著，柔軟的毛皮和皮革包裹著他們的身體。睫毛、面頰和嘴唇都覆蓋著伴隨他們呼吸所形的冰霜，這些冰霜讓他們的臉都無法辨認了，就如同他們帶著鬼魅面具一般，好像是陰間鬼魂出殯時的喪禮承辦人員。但是，事實上在面具下的他們，都是實實在在的凡夫俗子，是深入這片無比荒涼、嘲弄沉寂大地的人類探險家，是面對巨大危險的渺小冒險者，是強逼自己與這個無限渺茫、陌生、死寂的世界的巨大威力抗爭者。

為了節省力氣，他們一路沉默。四周一片寂靜，但這寂靜卻似有形的壓迫著他們，就好像深水對潛水者的壓迫一般，影響他們的精神。它以一種無垠的空間與永不更改的特有巨大威力將他們擊碎，讓他們只得縮到自己的靈魂深處，彷彿榨葡萄汁一般，將所有的狂熱、驕傲和人類內心所有的自尊、自重全都榨乾，使他們最終發現自己不過是微不足道的塵埃，僅憑自己不太高明的狡詐小聰明是無法在偉大盲目的自然力量中活動。

一小時過去了，兩小時又過去了。日照很短的白天，太陽的光線正逐漸消失，此時，遠方傳來一聲微弱的哀鳴，劃破寂靜的長空，急速的翱翔而上，達到最高音後，就一直縈繞不散，緊張而顫抖，隨後才逐漸消失。它也許是一個即將消逝的靈魂哀鳴，但卻有種淒慘的兇猛和饑餓的焦急。走在最前面的人轉過頭，他與後面的人對視了一下，然後隔著狹長的木盒，彼此點了點頭。

第二聲嚎叫出現了，像針一樣的尖銳，聲音刺破沉寂。兩人都聽出聲音的來源方位。就是他們後面那片剛剛走過的冰天雪地的曠野。第三聲相應的叫聲也在後面響起，在第二聲的左邊。

「牠們在後面追我們啊！比爾。」前面的人說。他的聲音聽起來十分沙啞，還是假聲，顯然說得相當吃力。

他的夥伴回答道：「我們很缺食物啊！好幾天都沒看到半隻兔子的蹤跡了。」而後，他們又陷入了沉默，但是他們的耳朵仍專心聆聽著身後繼續傳來的獵食嚎叫聲。

伴隨黑暗的來臨，他們將狗趕入河邊的一叢雲杉林裡宿營。生起的火堆旁放著棺材，他們把它當作是凳子，也是桌子。火堆旁也已聚集了成群的狼狗，牠們相互咆哮著，慶幸並沒有顯露出要跑入黑暗中的意思。

「我覺得牠們離營地很近，亨利！」比爾說。

亨利正蹲在火堆旁，以冰塊墊起咖啡壺，他點了點頭，保持沉默直到坐在棺材上吃東西時才開始講話。

「這些狗知道那裡才是安全的，牠們很聰明，知道獵食勝過被吃。」

比爾搖搖頭說：「哦！可我不知道。」

他的夥伴驚詫的看著他說：「這可是我第一次聽你說牠們不見得聰明哦！」

比爾慢吞吞的在嘴裡嚼著豆子說：「你有沒有注意到，當我餵這些狗的時候，牠們比往常叫得厲害。」

「是比平常要熱鬧。」亨利同意的說道。

「亨利，我們有幾隻狗啊？」

「六隻。」

「噢，亨利……」比爾停頓片刻，卻使他的話更饒富意味。「是啊！亨利，我們有六隻狗。我從袋子裡拿出了六條魚。每隻狗都有一條魚，但是，魚卻少了一條。」

「一定是你數錯了！」

「我們有六隻狗！」對方冷靜的重申。「我拿出了六條魚，獨耳卻沒有吃到魚。之後我又從袋子裡拿了一條魚給牠。」

「可我們只有六隻狗啊！」亨利說。

「我並沒有說牠們都是狗呀，但吃掉的魚確實是七條。」比爾接著說。

亨利停止進食，隔著火堆數起狗來。

「現在這裡只有六隻。」他說。

「我看到另外那隻剛剛從雪地上跑掉了，我看見了七隻。」比爾冷靜果斷的說。

亨利憐憫的看著他說道：「這旅行結束的時候，我就謝天謝地了。」

「你這麼說是什麼意思？」比爾問道。

「我的意思是說，我們運的這個東西對你造成了影響，你剛剛是見鬼了。」

比爾嚴肅的回答說：「我也這樣想過。所以，當我看見牠從雪地裡跑掉，我就留意了雪上的痕跡，我看見了牠的腳印，之後我立即點了狗的數量，還是六隻。現在雪地上還有牠的腳印，你要看看嗎？我指給你看。」

亨利沒有回答，只是嘴裡默默地嚼著直到吃完，最後以一杯咖啡為結束。他用手背擦了擦嘴，然後說：「那麼，你認為牠是——」

一聲哀鳴哭泣般淒厲地從夜色中的某處發出，打斷了他的話。他停下來仔細聆聽，然後將手往發出叫聲的那邊一揮，繼續他要說的話——「是牠們其中的一個嗎？」

比爾點點頭：「我不相信那是別的東西，你剛才也注意到這些狗鬧得很厲害。」一聲又一聲的哀鳴和相應的叫聲，將寂靜變成了混亂。四面八方都是叫聲，那些狗都害怕的靠近火堆擠在一起，因為太靠近，毛都燒焦了。比爾往火堆上添了些樹枝，然後點燃了菸斗。

「我看你有些垂頭喪氣啊！」亨利說。

「亨利……」比爾抽了一會兒菸斗，沉思了一下後繼續說：「我在想，他比我們兩個幸運多了。」

他用大拇指往下朝著他們坐著的棺材戳了一下，表示是在說這第三者。

「你和我，亨利，當我們倆死的時候，如果能弄到足夠的石頭擋住那些狗來搞我們的屍體，就算是天大的幸運了。」

「我們可不能跟他比，我們可沒有人啊、錢啊，和別的條件來料理後事，這種長距離的葬禮可不是你我付得起的。」亨利回答。

「可是我不明白，像他這樣的人，在家鄉不愁吃，不愁穿，可以活得舒適愜意，為什麼要跑到這荒郊野外的找罪受啊！我還真是不明白。」

「是啊，如果他乖乖待在家裡，一定會壽終正寢的。」亨利表示同意。

比爾原想開口說話，卻改變了主意。他只是向四周如同圍牆一樣的黑暗指了指。在那漆黑中看不出任何東西的形象，但他們卻看見一雙如燒紅的煤炭般發光的雙眼。亨利隨即用手指出第二雙、第三雙。一圈發亮的眼睛已經包圍在他們營地的四周了。時而會有一雙眼睛晃動著暫時消失，但過不了一會兒就又重新出現了。

那幾隻狗越發不安了起來，牠們在一串突然而至的恐懼中驚散了，一起竄到火堆邊，在人腿附近畏畏縮縮的蹭來蹭去。在爭搶當中，一隻狗一跤摔到火堆邊，驚嚇與疼痛令牠發出陣陣哀叫，空氣中也瀰漫著燒焦的毛髮臭味。這場混亂令那一圈眼睛不安的移動了一下，甚至往後撤退了一點點，但狗一安靜下來，牠們也就再度安靜了。

「亨利，缺彈藥了，真他媽的倒楣！」

比爾已經抽完了菸，正幫他的夥伴將雲杉樹的樹枝鋪在晚飯前的雪地上，並在上面把毛皮和毯子攤開來做床。亨利沉重的哼了一聲，開始解鞋帶。

「你說還剩下多少子彈？」比爾問。

「三顆，我倒希望是三百顆。他媽的！如果有三百顆子彈，我就讓牠們好好領教一下我的本事。」

亨利憤怒地向那些發光的眼睛揮了揮拳頭，然後將鞋子放在火堆邊烤。

比爾接著說：「我也希望寒流快過去，已經兩個星期連續都只有零下五十度了。我真希望沒有走這一趟，亨利，我感覺不妙。不知道為什麼，我總覺得有什麼地方不對勁。我現在真希望已經結束這趟行程，你和我現在是在麥圭利堡的火爐旁邊打牌。這就是我的願望。」

亨利哼了一聲爬進床，當正要入睡時，他的夥伴卻把他叫醒了。

「喂，亨利，那隻混進來吃魚的——這些狗怎麼沒有攻擊牠？真是想不通。」

一個睡得迷迷糊糊的聲音回答：「是你想太多了，比爾，你不是這樣的人哦！現在閉上嘴巴，趕緊睡覺吧，等到早上就什麼問題都沒了。你現在的問題就是，你的胃在發酸。」

兩人很快都入睡了，在一個被窩裡並排躺著，沉重地呼吸著。等到火熄滅了，那些包圍在四周的發光的眼睛開始一步步靠近。那群狗恐懼地簇擁在一起，一看到有發光的眼睛靠近時就兇惡的咆哮以示警告。牠們的叫聲越來越響，以致將比爾吵醒了。比爾小心翼翼的下床，以免驚醒亨利，他向火堆扔了些木柴，當火焰重新旺盛起來時，那一圈發光的眼睛又退到更後面一點。他瞥了一眼擠在一堆的狗，揉了揉眼睛，又關注的看了看牠們，然後就爬回被窩裡了。

「亨利，哦，亨利。」

亨利呻吟了一聲，從睡夢當中驚醒過來：「發生什麼事？」

「也沒什麼，只不過我剛剛點數時發現，狗又變成了七隻。」

亨利從喉嚨中發出一小聲，表示他知道了，但那哼聲馬上拖長變成了鼾聲，他又進入了夢鄉。

第二天一早，亨利先醒來，隨後就把比爾也叫了起來。已經六點鐘，還要過三個小時天才會完全亮。亨利在黑暗中準備著早餐，比爾則將行李收好，並把雪橇準備妥當。

「亨利，你說我們有幾隻狗？」他突然問道。

「六隻。」

「不對！」比爾得意地宣告。

「又是七隻？」亨利繼續詢問。

「是五隻！有一隻不見了。」

「真是見鬼！」亨利憤怒地叫著，他放下炊具，走過去數狗。

「你說的沒錯，小胖不見了。」

「牠這一去就無影無蹤了。」

「沒有機會了！我敢說，牠們一定活生生地吞了牠。牠一邊進牠們的喉嚨，一邊還在不停的叫著。」亨利像是下結論般的說道。

「牠是隻蠢狗。」比爾說。

「可是，再蠢的狗也不可能蠢到去自殺啊！」亨利沉重地掃視了一遍那些剩下未拉雪橇的狗，他一眼就可以看出牠們各自的顯著特點。「我敢說其他的狗沒有一隻會自尋死路。」

「就是用棒打牠們，牠們也不會離開火堆邊，我一直覺得小胖不太對勁。」比爾表示同意。

這就是在這北國荒野的旅程中死去的一隻狗的墓誌銘——或許跟許多別的狗或是人的墓誌銘比起來也並不簡陋。

第二章 一隻母狼

吃完早餐，兩個人將少量的旅行用品捆紮到雪橇上後，轉身離開那堆還在熊熊燃燒的火堆，再次進入了黑暗之中。狗群淒厲的嚎叫立刻又響了起來，透過黑暗和寒冷一唱一和，談話終止了。九點的時候白天才來臨，正午時分，南面的天空呈現出一片玫瑰紅色，在那裡突起的地球肚皮擋住了正午的太陽，使其不能直接照射到北部的世界，但是玫瑰色很快便消失了。白天蒼白的餘暉持續到三點就消退，於是北極之夜的黑幕就籠罩著荒涼寂靜的大地。

黑夜降臨，四周獵食的狼嚎聲更近了——近得讓那群在困苦中行進的狗又湧起新一波恐怖浪潮，再次陷入短暫的驚慌失措中。

在一次這樣的恐慌結束時，他們再次將狗群控制在軛下，比爾說：「希望牠們到別處去找食物，放棄我們就好了。」

「牠們真讓人頭痛。」亨利表示同意地說。

他們沒再多說話，直到紮好營。

亨利正伏身往燒得沸騰的煮豆子鍋裡加冰，突然聽到一下打擊聲和比爾叫喚聲，狗群也發出陣陣痛苦的尖叫。他站起身來，正好看見一個模糊的影子跨過雪地，消失在夜色之中。他看到比爾站在狗群中，半是得意，半是沮喪，一手拿著一根粗棒，另一隻手則拿著一條曬乾的鮭魚尾巴和一部分的身體。

「牠吃掉了一半，你聽見尖叫聲了嗎？」

「牠到底是什麼東西？」亨利問。

「看不清楚，不過，牠跟狗一樣有四條腿，一張嘴和一身毛。」

「我想，一定是隻馴狼。」

「真他媽的！管牠是不是狼，反正餵狗時，牠就會過來吃它的那份魚。」

那天夜裡吃過晚飯後，兩人坐在長方形的盒子上抽菸時，發現那一圈發光的眼睛竟然比之前圍得更近了。

「希望牠們碰上一群麋鹿或是別的什麼，丟下我們走掉。」比爾說。

亨利哼了一聲，表示並不完全同意比爾的說法。他們沉默的坐了一刻鐘，亨利一直凝視著火焰，比爾則注視著火焰外那一圈黑暗中的眼睛。

「真希望我們現在就進入麥矽利堡了。」比爾又發言了。

「閉嘴！收起你滿腹的願望和牢騷吧！你又犯胃酸了，毛病就在這兒，吞一小勺蘇打就會好得多，也會比較討人喜歡。」亨利突然大發雷霆。

清晨，亨利被比爾惡毒的咒罵聲驚醒。他撐起一隻手肘往外看，發現他的夥伴站在新添了木柴的火堆旁的狗群裡面，高舉著雙臂譴責著，由於過分的激動使他的嘴臉都變得扭曲了。

「嘿！發生什麼事？」亨利喊道。

「青蛙不見了。」比爾回答。

「噢！不！」

「我告訴你，不見了。」

亨利從毯子上一躍而起，走到那群狗旁邊，認真仔細的數過之後，他就和夥伴異口同聲地咒罵起那劫走他們第二條狗的「荒野」強者。

「青蛙可是這群狗當中最強壯的啊！」比爾說道。

「而且牠也不蠢啊！」亨利補充道。

就這樣在第二天記錄了第二篇墓誌銘。

當兩人悶悶不樂的吃過早餐之後，他們幫剩餘的四條狗套上雪橇。這一天跟以往的日子並沒有什麼兩樣。兩個人默默地在冰天雪地裡艱難的前行著。四周一片寂靜，除了那跟隨在他們身後看不見的追蹤者的叫聲以外，再沒有什麼能將這寂靜打破。黑夜來臨時，追蹤者照舊靠近了，叫聲也就更接近了；那些狗被這叫聲弄得驚慌失措，幾次都將挽繩弄亂，使得兩個人更喪氣。

「嘿，你們這些蠢東西只配這樣。」那天夜裡當比爾做完工作後，他筆直的站在那裡十分滿意的說道。

亨利丟下炊具走過來看到他的夥伴不僅將狗栓起來，還是照著印第安人的方法用棍子捆住。每隻狗的脖子上都被掛了一圈皮帶，皮帶圈上則栓了一根四、五英尺長的粗棍，棍子的另一頭又用皮帶綁在地上的木樁。這樣一來，狗既咬不到這頭的皮帶，又碰不到綁在棍子另外一頭的皮帶。

亨利讚許的點了點頭。「也只有這個妙法能夠制住獨耳，牠咬起皮帶可比刀割還快一倍，牠們明天一早肯定都在這裡。」

「來打賭，假如發現弄丟了一隻，我不喝咖啡就動身。」比爾贊同地說。

「牠們竟然知道我們不會開槍。」睡覺的時候，亨利指著那一圈包圍著他們的發光眼睛說。「假如給牠們兩顆子彈，牠們一定會客氣一點。現在牠們一天比一天更靠近了，你把眼睛睜大避開火光看，你看！那一隻你看見了嗎？」

有很長一段時間，兩人以觀察火光邊緣朦朧影子的動作作為消遣，只要目不轉睛的緊盯著黑暗之中閃閃發光的眼睛，那隻野獸就會漸漸的顯出原形。他們甚至可以看出那些影子有時在移動。

狗群裡的一陣響聲引起兩人的注意。獨耳正發出迅速且焦慮的慘叫，拉直了棍子試圖衝進黑暗之中，時而又停下來用牙齒瘋狂地咬那根木棍。

亨利悄悄的說：「你看，比爾。」

一隻像野獸一樣的狗，完全暴露在火光下，牠側著身子偷偷摸摸地溜了過來。行動的時候，牠的神情既猶豫又大膽，看似小心的觀察著人，其實注意力都集中在狗身上。獨耳一邊拉直了棍子爭著要衝向入侵者，一邊急切的哀叫著。

「這個笨蛋獨耳，好像一點都不知道害怕。」比爾小聲地說。

亨利低聲用耳語回答道：「那是一隻母狼，這就是小胖和青蛙失蹤的原因了。牠只是狼群裡的誘餌，負責把狗引出去，然後其餘的就一起動手，分而食之。」

營火「啪」的爆了一聲，一塊木頭隨著響亮的爆裂聲徹底破裂。一聽見這聲音，那隻野獸就立刻跳回黑暗中。

「亨利，我想——」

「你想什麼？」

「我想我用木棒打到的就是這個。」

「沒錯，就是牠。」亨利回答。

比爾繼續說道：「這畜生沒有理由如此熟悉營火，很可疑。」

「牠比一隻機靈的狼還要機靈，一隻狼得要有不少經驗才會懂得在餵食的時候混到狗群裡。」亨利表示同意。

比爾一邊想一邊說：「我知道老威廉曾經有一隻狗跟狼群跑了，我在小斯迪克那邊的放麋場上，在一群狼中打中了牠，老威廉哭得像個小孩，說已經有三年時間沒有見到牠了，牠就一直跟狼混在一起。」

「我想你說對了，那隻母狼根本就是一條狗，不知道牠從人的手裡吃過多少次魚了。」

「如果有機會抓住牠，我一定要讓這條是狗的狼變成被吃的東西，我們再也丟不起狗了啊！」比爾說。

亨利表示反對：「可是你只有三顆子彈呀！」

「我會等到有十分把握的時候再開槍。」

清晨，伴隨著比爾的鼾聲，亨利將火燒旺了開始煮早餐。

「你睡得太舒服了，我真不忍心把你叫醒。」亨利把比爾叫起來吃早餐的時候對他說。

昏昏沉沉、睡眼惺忪的比爾吃早餐時發現自己的杯子是空的，於是伸手去拿咖啡壺，但咖啡壺在亨利那邊，就算比爾伸開胳膊還是拿不到

「嘿，亨利，你沒有忘記什麼吧？」比爾溫和的責備道。

亨利在仔細環顧四周之後搖搖頭。

比爾將自己的空杯子舉起來給亨利看。

「你沒咖啡喝了！」亨利解釋。

「沒了嗎？」比爾急切地說。

「不是。」

「你是怕它傷我的胃嗎？」

「不是。」

「那我倒要認真聽聽你的解釋。」比爾臉色泛起血色，顯然有些發怒了。

「飛腿不見了。」亨利說。

比爾帶著一副聽天由命的神情，從容地扭過身，坐在原地把狗認真數了一遍。

「怎麼回事？」他冷淡地問。

亨利聳聳肩：「不知道。除非獨耳咬斷了皮帶，但根本不可能。」

「混蛋！」比爾使勁兒憋住滿腔怒火，莊重而緩慢的說：「牠咬不到自己的，就咬飛腿的。」

「好了，無論如何飛腿的痛苦結束了。我想，這會兒牠正被消化掉，在二十隻狼肚子裡的大堤上蹦蹦跳跳！」這就是亨利送給剛剛死去這隻狗的墓誌銘。

「喝點咖啡吧，比爾。」

但是，比爾搖搖頭。

「喝吧。」亨利將壺舉起，勸他。

比爾把杯子推開說：「我要是喝的話，就是個混蛋，我說過只要再丟一條狗就不喝咖啡，所以我不會喝。」

「咖啡真好喝！」亨利誘哄他。不過比爾非常固執，他嘰裡咕嚕的咒罵著獨耳把玩的伎倆，就用咒罵替代咖啡，吃完一頓沒咖啡的早餐。

他們啟程的時候比爾說道：「今天晚上我一定要把牠們拴得互相碰不著。」

他們剛剛走了一百碼多一點時，走在前面的亨利彎下腰撿起雪鞋碰到的東西。天還很黑，他看不清楚是什麼，但大致摸得出來。他將東西甩到後面，落在雪橇上彈了起來，恰巧撞上比爾的雪鞋。

「也許這東西會對你有用。」亨利說。

比爾一聲驚叫。那是飛腿所留下的東西——他幫牠扣上的木棍。

「牠們把飛腿連皮帶骨都吃了呀，這棍子乾淨得像根笛子，連兩頭的皮帶都被啃了。亨利，牠們餓瘋了，恐怕等不到走完這段路，我們也會被牠們吃掉！」比爾說。

亨利滿不在乎地哈哈大笑說：「我從來沒有像這樣被狼群追逐過，但我遇過更糟糕的事，我都熬過來了！所以，比爾，就讓那些討厭的畜牲再多來幾次試試看吧！」

「我不知道，我不知道……」比爾不祥的咕嚕道。

「等我們到了麥矽利堡你就知道了。」

「我並不覺得那兒有什麼特別之處。」比爾固執己見。

「你就是不正常，毛病在這裡，你需要奎寧，到了麥矽利堡，我一定要幫你灌下去。」亨利武斷地說。

比爾哼了一聲，表示不同意這說法，兩人就再一次陷入沉默。那天跟其他日子一樣，直到九點天才亮。十二點的時候，南面的地平線被看不見的陽光曬得溫暖極了，只是隨之而來的又是冰冷、陰沉的下午；過了三個鐘頭，就再度陷入黑暗之中。

當太陽費盡力氣也不能出現的時候，比爾從雪橇抽出來福槍說：「亨利，你繼續向前走，我去試試能不能看見些什麼。」

「你還是跟著雪橇比較好，你只有三顆子彈，我們都不清楚會發生什麼情況。」亨利表示反對。

「現在是誰在囉哩囉嗦的？」比爾如同得到勝利一般的問。亨利不再回答，獨自向前走，但他焦慮不安地頻頻向後張望，回顧比爾消失其中的那一片灰暗的荒野。一個小時之後，比爾抄近路避開雪橇必須繞彎的地方回來了。

「牠們散開了，跟散兵似的排成一線，一邊跟蹤我們，一邊獵取食物。你看，牠們是死盯著想要吃掉我們，只不過在等待動手的時機。當然，假如附近有什麼其他可吃的東西，牠們也樂得大飽口福。」

「你說牠們有足夠的把握吃掉我們？」亨利提出異議，但比爾並沒有理他。

「我看到幾隻狼，牠們很瘦，我在想，除了小胖、青蛙和飛腿，牠們一定好幾個禮拜都沒有吃到一口食物；這個狼群的數量太多，所以幾隻狗對牠們來說根本就無濟於事。牠們都非常瘦，一身皮包骨，前胸貼後背，我跟你說，小心一點哪！牠們可是完全不顧一切，隨時都可能發瘋！」

幾分鐘後，走在雪橇後面的亨利吹了一聲低哨作為警報。比爾回身看了看，然後悄悄地讓狗停下來。一個毛茸茸的傢伙就在他們剛剛轉過的拐彎處，鬼鬼祟祟的小步奔跑著。牠用鼻子貼近雪地，用一種看來毫不費力的特別步伐，滑著似的走著。當發現他們停住腳步，牠也就停住了，昂首凝視著他們，鼻孔抽搐著努力地嗅著，似乎在研究他們的氣味。

「是那隻母狼。」比爾心想。此時，拉雪橇的狗已臥在雪地裡了，比爾繞過牠們身旁，走到雪橇後，與亨利一起觀察著那隻已經跟蹤他們數日、摧毀半支狗隊的奇怪傢伙。

這傢伙在經過一番徹底的審視之後向前走了幾步，這樣反覆進行了好幾次，一直走到差不多一百碼外時，牠就停在一叢針縱樹林邊上，然後抬起頭，用眼睛和鼻子仔細的審視著正打量著牠的兩個男子。

牠像一條狗一樣，以一種若有所思的怪異態度看著他們，不同的是，這其中並沒有狗的情誼。而是因為饑餓帶來的關於如何獵食的思索，如同冰雪一般無情，就像牠的牙齒一樣殘酷。牠的身材有一隻狼的大小，那消瘦的骨骼顯示牠是所屬族類裡面最大的品種。

「站在那裡足足有兩英尺半高，我敢說有將近五英尺長。」亨利估計說。

「這種毛色很奇怪！」比爾有些疑惑。「我沒見過紅色的狼。照我看應該是肉桂色。」

當然，那隻狼其實不是肉桂色的，牠純淨的狼毛主要是灰色的，只不過那毛上斑駁的紅點若隱若現，彷彿是想像的幻覺一般，明明是灰色的，但一下子又有朦朧的紅光閃現，那是一種難以描述的顏色發出的閃光。

「看起來跟一條大型的愛斯基摩雪橇狗一樣，要是牠搖起尾巴，我一點也不意外。」

「嘿！你這隻愛斯基摩犬！不管你叫什麼名字，過來！」他喊道。

「牠一點都不怕你！」亨利笑道。

比爾高聲大叫著，並對她威嚇的揮著手，但那傢伙毫無懼色。他們發現唯一的變化是牠提高了警覺。但仍用那種饑餓無情、又若有所思的態度關注著他們兩個。牠似乎快要餓死了，而他們兩人就是食物，假如牠夠大膽，早就撲上去把他們吃了。

「喂，亨利。」想到即將要做的事情，比爾不由得將音量降低，變成低低的耳語，「我們有三顆子彈。不過，這得百發百中，絕對不能失手，牠已經吃了我們三隻狗，我們也該把這件事做個了結，你認為呢？」

亨利點點頭表示贊同。比爾小心翼翼地從雪橇的繩索裡把槍抽出來。他正試圖把槍放到肩上，不過卻怎麼都搆不到，就在這剎那之間，那隻母狼從雪路上往旁邊一跳，鑽進針樅林裡看不見了。

兩個人看看彼此。亨利似乎想到了什麼，突然吹了一聲長長的口哨。

「我應該想到的嘛！」比爾大聲責備自己，把槍重新放好：「這狼既然知道在餵食時混到狗群裡，那肯定也知道槍的威力，我跟你說，我一定要搞定牠，要不是因為牠，我們現在就會有六隻狗，而不是三隻了。但是牠太狡猾了，明著恐怕打不到牠，不過我明天一定可以伏擊到牠的，就像我叫比爾一樣不會錯。」

「比爾，你千萬別走得太遠啊，如果那群狼一起撲向你，三顆子彈換來的不過是三聲大叫罷了。那些傢伙都餓瘋了，要是牠們一起撲向你，一定會要了你的命。」亨利勸告他。

這天晚上，他們早早就紮營。三隻狗拉雪橇的速度絕對不可能像六隻狗迅速，也不可能拉得比較遠，牠們顯然已疲憊不堪。在比爾小心拴好狗，使牠們保持互相咬不到的距離後，兩人早早就上床。但是，那些狼卻更肆無忌憚。他們兩人不止一次從夢中被驚醒。狼群靠得那麼近，讓三隻狗害怕得像發瘋似的，因此他們必須時時添火，好把那些冒險的歹徒制止在安全距離之外。

比爾在一次添完火、鑽回被窩時說：「我聽水手講過鯊魚追船的故事，這些狼就像是地上的鯊魚，比我們還要精明，牠們窮追不捨並不是為了鍛鍊體魄。牠們就快要吃掉我們了。亨利，牠們就要吃掉我們了。」

亨利厲聲斥責道：「聽聽你說話的口氣，牠們已經把你吃掉一半了。當一個男人說自己就要被打垮時，實際上他已經被打垮一半，瞧你的德性。」

「牠們吃掉過比我們更強壯的人呢！」比爾回答。

「閉上你的臭嘴！煩死了！」亨利生氣的翻身側躺著。讓他感到驚訝的是，比爾竟然沒有絲毫發脾氣的跡象，這完全不像比爾的作風，他是那種很容易被難聽的言語激怒的人！亨利在入睡前思考了很久，當他的眼皮忍不住的打架、漸漸地沉入夢鄉時，他腦子裡面想的是：「比爾太沮喪了，明天一定要給他打打氣。」

第三章　饑餓的哀嚎

這一天竟然特別順利，什麼事也沒有發生，狗也沒有再丟失，他們愉悅輕鬆地上了路，進入那寂靜、黑暗的寒冷世界中。比爾似乎已經將前一晚的不祥預感完全甩掉了，他漸漸高興起來，甚至開始逗狗玩。就在正午時分，他們的雪橇在一段艱難的路途上翻倒了。

真是一團糟啊！雪橇被夾在一棵樹幹和一大塊岩石中動彈不得，他們只好把狗卸下來，解決這混亂的狀況。兩個人正彎下腰想要扶正雪橇的時候，亨利卻發現獨耳側身走開了。

「嘿，獨耳，站住！」他站起來，轉身對著狗喊道。

但獨耳卻奔跑了起來，在雪地上留下一串足跡，而那隻母狼就在他們走過的雪地的那一邊等著牠。靠近母狼時，獨耳突然小心起來，放慢腳步，以一種警覺並遲疑的步子走著，然後就停止不動了。牠以謹慎、猶豫又渴慕的眼神注視著母狼，母狼彷彿在對牠微笑，與其說是威脅，不如說是討好的露出牙齒。母狼如同嬉戲般的向獨耳走近幾步就站住了。獨耳也湊上前去，但依然保持著覺心，牠昂著頭，尾巴和耳朵則豎在空中。

牠想嗅嗅母狼的鼻息，但母狼卻嬉戲、羞澀的往後退。牠每前進一步，牠就後退一步。牠正一步一步被引誘至牠的人類夥伴的保護圈之外。牠的腦海一度彷彿隱約閃過一個個警告，於是回頭注視那輛翻倒的雪橇，以及和牠一起拉車的同伴，還有正在呼喚牠的那兩個人。但無論牠的腦海中形成什麼想法，總之已全被那母狼驅散了。母狼走到牠面前，嗅了嗅牠的鼻子，隨後就又再次演出羞澀後退的故技。

比爾這時想到了槍，但槍卻壓在翻倒的雪橇下，等亨利過來幫他將裝載物扶正時，獨耳早已和母狼緊靠在一起，而且射程也太遠了，所以比爾不敢輕易嘗試。

等到獨耳發現犯錯時，一切已太遲。兩個人看見獨耳不知為何突然轉身往回跑，緊接著就有十幾隻灰色的瘦狼在雪地上跳躍著直奔過來，截住牠的退路，就在一瞬間，那原本羞澀而嬉戲的神情已從母狼臉上消失得無影無蹤，牠咆哮著向獨耳撲去；獨耳試圖用肩推開牠，想回到雪橇那裡，無奈退路已被切斷，只能改變路線繞道而回。此時越來越多的狼陸續出現，並加入追逐的行列中。那隻母狼距離獨耳僅一步之遙就可以撲上牠。

亨利突然伸手抓住比爾的胳臂：「你要去哪裡？」比爾擺脫掉他的手：「我受不了了。只要我能力所及，絕不會再讓牠們吃掉我們的狗。」

他拿著槍鑽到路邊成排的矮樹林去，他的意圖顯而易見。獨耳正把雪橇當作圓心繞圈奔跑，比爾打算搶在狼群之前突破追逐圈的一個點，他想自己手上有槍，尤其又是在大白天，或許會嚇住那些狼，拯救狗的性命。

「喂，比爾，小心一點！別冒險啊！」亨利喊道，亨利在雪橇上坐著觀察，什麼也做不了。比爾已經走出他的視線，他只能看到獨耳在矮樹叢和針縱樹叢之間時隱時現，亨利判斷牠的處境根本是無望的，狗正拚命地應付面臨的危險。只是，牠在外圈跑著，狼群則在較短的內圈上跑著，想讓獨耳遠遠的超過追逐者，以便伺機抄近路回到雪橇那裡簡直就是妄想。

各條不同的路線很快就要匯在一點。亨利知道，在那被樹叢遮住的雪地某處，狼群、獨耳和比爾很快就會碰在一起，而事實上這發生得比他預料的快很多。他聽到第一聲槍響，緊接著又是兩響。他知道比爾沒子彈了，隨即他聽到了一片咆哮和吠叫聲。他聽得出那是獨耳痛苦的哀嚎，緊接著他又聽見了一聲狼叫，顯然是這傢伙被擊中，而這就是全部了。吠叫聲戛然而止，叫聲也隨之消失。死寂再度籠罩在這片荒涼的大地上。

亨利在雪橇上坐了很久。不用走過去看也能知道事情的結局，就好像這一切都發生在他眼前一樣。他曾驚惶失措地跳起來，急忙從雪橇裡將斧頭抽出來。但更長的時間裡，他只是坐在那裡沉思，僅剩的兩隻狗伏在他腳下，渾身顫抖著。

最後，他疲憊地站起身，彷彿全身的力量都消失了，他將狗架在雪橇上，在自己的肩膀上也套了一根韁繩，一根人拉的繩子，他和狗一起拉。還沒走多遠，天就快黑了，他趕緊宿營，並且特別備足了柴火。餵完狗，煮好晚飯吃過後，他把床緊靠著火堆鋪好。

但他卻沒有福氣享受。眼睛都還沒閉上，狼群就已經靠近，令他感到非常危險，已經無須想像就可以清楚的看到或坐或臥的狼圍成的小圈包圍著他和火堆，火光中牠們有的伏在地上向前爬著，有的則悄悄的進退，有的甚至還在打瞌睡。隨處可見一隻隻狼像狗一樣的蜷在雪地裡，享受他現在沒辦法享受的睡眠。

他惟有將火燒得旺旺的。他知道這是唯一能阻隔他的身體與牠們饑餓的牙齒之間的憑藉了。那兩隻狗左右各一隻的緊靠著他，挨在他身上嗚咽著、哀嚎著，祈求著他的庇護，每每有狼特別靠近時，狗就會開始拚命狂叫。當他的狗一叫，整個狼群就激動起來，全部都爬起來試探性的前進，在他四周充斥著狼叫與狗吠的合唱，緊接著狼群又臥倒，到處都有狼開始打瞌睡。

但是這個狼群組成的圍圈卻有一個持續的企圖，就是靠近他；一點點、一寸寸的，到處都有狼將肚皮緊貼著地面慢慢地爬過來，就這樣一直縮小到狼群只需一躍就會將他撲倒的範圍。於是，他從火堆中抓起還在燃燒的木塊向狼群扔去，如果恰好有一塊木頭擊中某隻膽大包天的傢伙，總會引來一陣慌忙的後退以及驚慌憤怒的嚎叫。

臨到早上，亨利已憔悴不堪，他的雙眼由於缺乏睡眠而深陷，在黑暗中煮好了早餐。差不多九點的時候，隨著白天的來臨，狼群終於撤退了，他便開始著手實施在漫漫長夜裡已經想好的計畫。他砍了幾棵小樹紮在大樹的樹幹上，搭成一座高架，再用兩條狗拉起用雪橇繩索做的吊索把棺材吊到架子上。

「牠們吃掉了比爾，很可能會吃掉我，但別想吃掉你，年輕人。」他對著用樹木做成的墳墓裡的死者說。然後，他踏上行程。

由於卸去了重負，兩隻狗輕鬆愉快的拉著減輕負擔的雪橇前進，牠們也知道只有到了麥矽利堡才算安全。那狼群開始肆無忌憚的追逐，牠們排列在雪橇的兩旁跟蹤前行，吐著紅紅的舌頭，瘦削的腹部兩側因運動露出波狀的肋骨。牠們是如此的瘦，幾乎是皮包骨，一根根青筋暴露無遺！亨利納悶的想，牠們這麼瘦居然還能站立奔跑，怎麼沒有栽倒在雪地裡呢？

他不敢走到天黑。正午時分，太陽不僅照暖了南方的地平線，還把黯淡的金色邊緣延伸到了天邊。亨利認為這是白天將變長的標誌，太陽快回來了。當太陽那令人欣喜的光明剛要消逝之際，他就宿營了。利用餘下的幾小時的灰暗白天及朦朧的黃昏，他砍了大量木柴生火。

恐怖和黑夜同時降臨。不僅是因為那些餓狼更加大膽了，還有嚴重的睡眠不足對他造成很大的影響。亨利蹲在火邊，將毯子裹住肩膀，把斧頭夾在雙膝之間，左右兩邊各一隻狗靠在他身旁，他就這樣不由自主的打起瞌睡。一次，當他醒來的時候，看見在他前面不到十二英尺處就有一隻狼群中最大的灰狼。當牠發現亨利在看牠時，那傢伙甚至還學狗的樣子伸懶腰、打呵欠，以一種滿懷占有的目光盯著他，就像他只不過是一頓較晚享用的食物，很快就會被吃掉一樣。

整個狼群都洋溢著這種堅信不疑的神情。他數出整整二十隻狼正在饑餓地注視著他，或安靜的睡在雪地上。牠們令亨利想起小孩圍在飯桌邊等待開動命令的情景，而他顯然就是這群狼要吃的食物！他不知道這頓飯將會在何時以及如何開始。

往火堆裡添柴火時，他產生了一種從未有過、非常欣賞自己身體的心情。他觀察著自己活動的筋骨，突然對自己手指的巧妙結構產生濃厚興趣。借著火光，他將手指慢慢的重複彎曲，時而只彎曲一根，時而全部一起彎曲，一會兒全部張開，一會兒又迅速握拳。他反覆琢磨著指甲的構造，並開始刺指尖，一會兒很用力，一會兒又輕地測試由此產生的神經刺激能夠維持多長的時間。這令他著了迷，他突然對自己如此美好、流暢又精巧的美妙肉體由衷地熱愛起來。當他一眼瞥見那些包圍著他，且充滿期待的狼群時，殘酷的現實又重重的敲了他一下，他這美妙的肉體，活力充沛的肌肉，只不過是那餓到極點的傢伙們追尋的食物，很快就會被饑餓的狼牙扯碎，變成牠們的營養品，和他自己經常食用的麋鹿和野兔是一樣的。

當亨利從似夢非夢中清醒過來時，看到那隻略帶紅色的母狼就在他面前，在離他不到六英尺遠處若有所思的注視著他。兩隻狗則在他身旁嗚咽狂叫著，可是牠卻毫不在意，牠注意的不是狗而是人。亨利也與牠對視了一會兒，但牠並沒有表現出絲毫要威脅他的意思，只是用那種強烈的若有所思眼神看著他，但亨利很清楚，這若有所思的眼神有多強烈，那饑餓也就有多強烈。他明白自己是食物，而牠看著自己，就如同在牠的內部引起了一種味覺。牠張大嘴巴、垂涎三尺，牠充滿希望且快樂地舔著嘴巴。

他的身體由於一陣恐懼而抽搐了一下，他馬上伸手去拿一塊熊熊燃燒的木頭扔牠。但是他的手還沒有伸過去，手指都還沒有來得及抓住可以扔擲的東西，牠就已經跳回安全的地方了；由此，他知道這母狼是熟知人類用投擲物體打擊動物的方法。

牠一邊狂叫，一邊跳開，露出雪白的牙齒，一直露到牙根，而之前那種若有所思的神情消失的無影無蹤，取而代之的是屬於肉食動物的兇狠——這使亨利發抖。他看著自己握著燃燒木柴的手，觀察到那些捏住木柴的手指的靈活精巧，它們是如何適應木頭表面的凹凸不平而貼合木塊彎上彎下的呢，還有一隻小手指因為太靠近木頭燃燒的部分而本能的從太燙的地方猛縮到比較冷的地方。與此同時，他彷彿在幻想中看見這些靈巧敏感的手指被母狼雪白的牙齒撕裂嚼碎。他從來沒有像現在這樣，在他的身體危在旦夕的時候如此的熱愛它。

這一整夜，他都在用燃燒的木頭擊退饑餓的狼群。在他支撐不住快要睡著的時候，狗就會用嗚咽和狂叫將他驚醒。清晨來臨了，但是這一次白天的光明卻破天荒地沒能將狼群驅散，亨利只能徒然等待牠們自動離開。牠們仍然圍繞在亨利的火堆四周，並且顯示出一種占有者的傲慢，動搖他因為看見晨光產生的勇氣。

他拚命地努力了一下，試圖出發趕路。可是一旦走出火的保護外，最勇敢的狼就馬上跳上前撲他，所幸並沒有撲到。他往後一跳救了自己，而那狼牙咬住的方位離他的大腿只差不到六寸，其他的狼也都猛地起來，向他蜂擁而至，他只能用燃燒著的木頭投向四面驅趕狼群，令牠們保持在一種相對安全的距離內。

即使是在白天，他也不敢離開火堆砍柴。在他身邊二十步外聳立著一株已經枯死的大針樅樹，他費了半天勁才將營火移到了樹下，他的雙手隨時都抓著燃燒的木頭，準備向他的敵人扔過去。到了樹下，他開始仔細的研究周圍的樹林，以便讓那樹砍倒在燃料最充足的方向。

這個夜晚是前一夜的重現。唯一不同的是對睡眠的誘惑讓人越來越難以抵制，狗的叫聲也不再發揮作用。儘管，牠們一直都在叫，但因為麻木和困倦的感官已經讓他不再注意得到變換著的調子和強度。他驚醒了，那隻母狼跟他之間只有不到一碼的距離，距離是如此之短，根本不用投擲，他想都沒想，一下子就將燃燒著的木柴塞進牠狂叫著張開的嘴巴裡。母狼慘叫著跳開了，當他正得意的聞著母狼被燒焦的皮毛和肉的氣味時，他看到牠在距離二十英尺左右的地方搖晃著腦袋，發狂而憤怒地向他咆哮。

這一次在他睡著前，他將一塊燃燒的松節綁在右手上。才剛閉眼幾分鐘，火焰就燒到手，讓他痛醒過來。他就用這方法堅持了幾個小時。每回被燒醒時，他就扔出燃燒的木頭擊退狼群，然後再添柴火，又再綁一個松節在手上。一切都做得還不錯，只是有一次松節沒有綁牢，在他閉眼睛後，松節就從手上掉了下來。

他夢見自己身在麥矽利堡，舒適又溫暖，正和他的經理人玩紙牌。而且，他似乎感覺到狼群包圍了堡壘，就在每個入口處不斷咆哮；有時他和經理人停止玩牌，聚精會神地聆聽著，並且嘲笑著這些妄想衝進來的狼群。這夢真是很神奇！後來，隨著嘩啦一聲，門被衝開了。他看見狼群湧進堡壘的房間，朝著他和經理人直撲過來。由於門被打開了，牠們的咆哮因此增大，令他感到煩惱無比。他的美夢就這樣被淹沒了，但他也不知道到底是被什麼淹沒，只是在整個過程中，咆哮聲持續不斷的追趕著，緊逼著他。

此刻，他清醒過來，才發現這咆哮原來是真實存在的。他處在一大片狼嚎聲中。那狼群正衝向他，他已被團團圍住，那些狼試圖撲向他。有一隻狼牙咬到他的手臂。基於本能反應他跳進了火裡，就在他剛跳入時，感覺腿上的肌肉被銳利的狼牙割破了，隨即一場廝殺開始。他的手暫時地被堅厚結實的手套保護住了，他鏟起燒得通紅的炭火向四周扔去，一直到火堆變成一座火山的樣子時才停下。

可是，這種情形已刻不容緩了，他的臉上被燙起了泡，眉毛和睫毛也被火燒掉，地面的熱度也讓他的腳難以忍受。他兩手各執一根燃燒的木頭，跳到火堆邊上。狼群已被擊退了，四周通紅的炭火落在各處，連雪都在嗤嗤作響，時而會有一隻撤退的狼因為不小心踩到火炭痛得又蹦又跳，大聲慘叫。

亨利把兩根燃燒的木頭向最近的敵人扔過去後，就把冒煙的手套丟進雪裡，跺著腳好讓腳涼下來。他的兩隻狗又失蹤了。他十分清楚，他的狗最終成了那頓已經拖了很久的宴席上的一道菜。這宴席是在幾天前由小胖開始，而最後的一道菜，恐怕就是幾天內的他自己了。

他野蠻地對那群饑餓的狼揮舞著拳頭大喊：「你們還吃不到我！」狼群聽到他的聲音後，又是一陣騷動與嗥叫，而那隻母狼卻走近他，依然用那種饑餓的、若有所思的神情看著他。

他正準備實施一個剛剛才想到的新主意──把火擴大為一個大圈子，自己則蹲在圈子裡，身下墊著睡覺用的被褥以隔開融化的雪。在他這樣從火焰的掩蔽下消失時，所有的狼都好奇的走到火邊看他怎麼了。在這之前，狼群是絕不肯接近火的，而這會兒牠們卻圍成一圈坐在火邊，好像許多條狗一樣，眨著眼、打呵欠，瘦瘦的身體在還未習慣的溫暖中伸一伸懶腰。這個時候，那母狼坐下來，鼻子對著一顆星星開始長嗥，其餘的狼一隻隻跟著牠，最終全部都蹲了下來，把鼻子指向天空，發出陣陣饑餓的哀嚎。

黎明來了，接著又是白天。火燒得已經不太旺，燃料也快沒了，需要再補充，亨利企圖邁出火焰圈，無奈狼群蜂擁而上。燃燒的木頭逼得牠們跳開，但沒多久牠們又跳了回來。他奮力地逐退狼群，但根本毫無成效。正當他放棄努力，在圈子裡絆倒時，一隻狼跳過來撲向他，但沒撲倒，四隻爪子卻落在炭火之中。那狼驚恐得大叫，迅速地爬了回去，在雪地裡晾爪子。

亨利蹲坐在毯子上，把身體向前傾斜，肩膀鬆弛的垂著，頭也伏在膝蓋上，這表示他已經停止了掙扎。他不時抬起頭看看逐漸變弱的火焰。火圈已開始出現缺口，破裂成幾段弓形，而且缺口正不斷的擴大，弓形在不斷縮短。「我知道你們隨時都能把我吃掉，但無論如何，我要睡覺了。」他喃喃自語。

他醒了一次，看到在他面前的火圈的缺口處，那隻母狼正凝視著他。

不久後，他又醒了，儘管他覺得好像是過了幾個鐘頭，但發生了一個神奇的變化令他驚訝得完全清醒。一開始他根本不知到底發生什麼事情，後來他發現那些狼全都消失不見，只留下被踐踏的積雪，顯示牠們曾經如此接近他。睡意再度湧上，他的頭垂到膝蓋上，此時他突然一驚而醒。

他聽到人的呼喊聲、雪橇的震動聲，輓具的咯吱聲及拉雪橇的狗嗚聲。四輛雪橇離開河床來到樹林中的野營旁。六個人站在那個蹲在即將熄滅火圈中的人身旁。他們搖他、戳著他，想讓他清醒過來。他卻像個醉鬼似的看著他們，嘴裡迷迷糊糊的嘟噥出幾句奇怪的話：「紅母狼……餵狗食的時候混到狗群裡……開始吃狗食……接著就吃狗……再接著吃比爾……」

那群人之中的一個人粗暴的推著他，對著他的耳朵大喊道：「艾爾弗雷德少爺呢？」

他緩緩地搖搖頭：「不，牠並沒吃他……他睡在上一次宿營地的一棵樹上了。」

「死了？」那人叫道。

亨利回答：「他躺在木盒子裡。」然後他煩躁的扭動一下肩膀，擺脫問話那人放在他肩上的手，「嗨，你們別煩我了……我完全精疲力盡了……晚安，各位。」

他的眼睛顫動了一下就閉上了，下巴垂在胸口上。當亨利被那群人放在被褥上舒舒服服的躺下時，他的鼾聲早已在冰冷的空氣裡升騰而起。但在遙遠的地方還有一種聲音，微弱而遙遠，那是饑餓的狼群在哀嚎，牠們剛才沒有吃掉亨利，此刻正追逐著新食物。

第二部

第一章 奪偶之戰

最先聽到人聲及雪橇狗嗚叫聲的是那隻母狼；首先從被圍困在即將要熄滅的火圈中的人身邊逃走的，也是那隻母狼。狼群不願意放棄即將到嘴的食物，為了聽清楚那聲音，逗留了幾分鐘之後，便心有不甘的跟隨著母狼逃走了。

跑在狼群最前面的是一隻大灰狼——狼群的幾個首領之一，牠指揮著狼群跟隨母狼。每當狼群中年輕的野心家企圖跑到牠前面，牠就會用吼叫訓誡牠們，或用利牙殺向牠們。而現在也正是牠看到母狼在雪地上用小跑步著，便加快腳步追上前去。

母狼放慢步伐，走在大灰狼身旁的一側，和狼群一起前進，彷彿那裡就是牠的固定位置。當母狼跳躍、偶爾超過牠時，牠並不向母狼吼，也不會露出牙齒。牠總是想靠近母狼，似乎對牠頗有好感，就像要討牠的歡心。而每當牠挨得太近時，大聲吼叫、露出牙齒的倒是母狼。但母狼也不會過分，最多也就是偶爾咬一咬牠的肩膀。在這種情況下，大灰狼並不會顯出憤怒，只是跳到一旁，然後極不自然的向前、怪模怪樣的連跳幾步，那態度和動作猶如一個鄉下少年般羞澀。

母狼正是牠在狼群之中的煩惱所在，但母狼卻還有些其他煩惱。在牠的另一邊跑著一隻毛色灰白、傷痕累累、瘦削的老狼。牠總是跑在母狼的右邊，那也許是因為牠只有一隻左眼。當然，牠也是特別喜歡接近母狼，伸著腦袋向牠靠近，以致牠滿是疤痕的嘴臉碰到母狼的身體、肩膀和脖子，母狼同樣齜一齜牙，和對待左邊的競爭者一樣，拒絕牠的殷勤，但是當左右兩邊一起獻殷勤，牠就會被粗暴的擠撞，這時牠不得不迅速的分別向左右兩邊亂咬一氣，驅逐兩位求愛者，同時打量著前面的道路，繼續與狼群齊步前進。此時，同時追求牠的兩個競爭者則隔著牠相互亮出牙齒，威脅的咆哮著；牠們似乎要打起來了，只不過，在迫切的饑餓面前，求愛與爭風吃醋都得退讓一步。

每當遭到拒絕，那瞎眼的老狼就會連忙迴避，這時牠通常會碰到跑在牠右邊的一隻三歲小狼。這隻小狼已經成熟了，而且在狼群這樣衰弱和饑餓的情形下，牠具有一種超乎尋常的勇氣和精神。即使如此，當牠與老狼並駕齊驅的時候，頭也不能超越牠的獨眼狼長輩的肩膀。牠難得斗膽與老狼齊頭並進時，總是會被咬一口，然後再伴隨著怒吼，縮回到老狼肩膀那裡。但有時當牠小心謹慎的放慢步子走到後面，插進老狼和母狼之間，會使牠招受雙倍甚至三倍的攻擊。如果那匹母狼發出厭惡的吼叫，獨眼老狼就會更兇狠的攻擊小狼，有時母狼甚至會一起攻擊，左邊那隻年輕的首領也會一起加入。

當小狼同時面對三個野蠻的利齒時，就會趕緊停止不前，挺直前腿，將身體支在後腿上，豎起鬃毛，威脅的張大嘴巴。這樣的景況總會引起行進中狼群的混亂，後面的狼撞到那小狼，就會咬牠的後腿和腰部來洩憤。牠是自作自受，因為缺乏食物總是和脾氣暴躁息息相闢；不過，由於年輕人特有的無限自信，每隔一會兒，牠就會像這樣重複一次，不過除了狼狽，牠從沒撈到過什麼好處。

如果有食物，求愛和爭鬥會快速的進行，整個狼群也會即刻瓦解，但是，這群狼的處境卻非常艱苦。由於長期的饑餓，牠們都十分消瘦，奔跑的速度也時常低於正常水準。隊伍的尾端是些一蹶一拐的老弱病殘，前列是最強壯有力的，但是牠們都不像生機勃勃的野獸，反倒更像墳墓裡面的骷髏。不過，除了步履蹣跚地走在後面的之外，牠們的動作倒是既不覺得吃力也不感覺疲憊。牠們那繩索一般的肌肉，就如同取之不盡的能源。

那天，整整跑過一夜，跑了許多英里。第二天，牠們還在繼續奔跑，跑在一個死寂冰冷的世界的表面，毫無其他生命跡象，只有牠們在這廣闊無邊的死寂當中奔跑，只有牠們是活生生的。為了繼續存活，牠們尋覓著一切可以吞食的活物。

當牠們越過一些低矮的分水嶺，跨過一片地勢低窪的平原小溪時，牠們的搜索才有了收穫。最先被發現的是隻大的雄麋鹿，這是鮮活的生命，也是牠們的食物，而且既沒有神祕的火，也沒有火藥守護者。牠們當然知道那扁平的蹄子和掌形的角是什麼，但都將平常的忍耐與謹慎拋到九霄雲外了。

那是場短暫而激烈的戰鬥。牠們將大麋鹿團團圍住，而那隻鹿則試圖用自己的大蹄子踢破或擊碎牠們的頭顱，用大角搗碎撕破牠們。在掙扎的過程中，牠們被麋鹿踩進雪裡。但是大麋鹿的命運早被註定，牠的喉嚨被那隻母狼野蠻的撕開，而其他狼的牙齒在牠身體各處咬來咬去，麋鹿倒了下去，被活生生的吃掉，不過直到嚥下最後一口氣之前，牠並沒有停止最後的掙扎。

這餐食物太豐盛了，那隻大麋鹿大約有八百多磅重，麋鹿四十幾隻狼平均每隻都有足足二十磅可以吃。但是，既然牠們能夠不可思議的斷食，牠們當然也同樣會不可思議的暴飲暴食。因此，只是過了一會兒，那隻幾小時前還活蹦亂跳、雄偉的野獸，就只剩下幾根散亂的骨頭。

現在，牠們可以享受充分的睡眠和休息了。填飽肚子後，較年輕的雄狼間的爭鬥和吵鬧也開始，而且這情緒在隨後的幾天持續發生，一直到狼群解體。饑餓已經過去，狼群現在位於食物比較豐富的地帶，雖然牠們依然還是成群結隊的獵食，但更謹慎了，大多都是從麋鹿群裡截下懷孕的母麋鹿或跛足的、老的公麋鹿。

後來這一天終於來到了，在這食物豐饒的位置，狼群分裂成兩半，從此分道揚鑣。那隻母狼、在牠左邊的年輕首領和右邊的獨眼老狼，共同領導著牠們的半支隊伍沿著麥肯錫河進入沼澤地區後向東走去。這個隊伍每天都在不斷的縮小著，公狼們和母狼們總是成雙成對的跑開。偶爾會有一隻孤獨可憐的公狼被情敵的鋒利牙齒驅逐。到了最後只剩下四隻狼：那隻母狼、那隻年輕首領，那個獨眼老狼和那位野心勃勃的三歲小狼。

現在，那隻母狼的脾氣異常的兇惡，牙齒的痕跡遍布在追求牠的三位求愛者身上。但牠們絕對不會報復母狼，也絕不會為了自衛而進行反擊。牠們把肩膀扭轉過來，承受著牠最殘暴的虐待，還竭盡全力的搖晃著尾巴，並用扭捏的步態寬慰牠的憤怒。雖然牠們對母狼都十分溫柔，但是牠們彼此之間卻只有兇惡。那三歲的小夥子簡直不知道天高地厚，牠竟然從獨眼老狼瞎眼的那邊撲上去，把牠的耳朵撕碎。雖然這位毛色灰白的老傢伙只能看見一邊，但憑著多年累積的智慧，足以對付對方的年輕力壯。牠那隻失去的眼睛與傷痕累累的嘴臉，證明牠擁有多麼豐富的經驗。曾經歷過多次戰鬥的牠，對於下一步應該要做什麼，完全不會有片刻遲疑。

戰鬥開始的時候的確是很公平的，但是結果卻並非如此，是很難預料的。第三者與老狼聯手，於是老前輩和年輕首領一起攻擊野心勃勃的三歲小夥子，共同消滅牠。小狼被昔日同伴無情的狼牙兩面夾擊著。牠們已經忘記曾經一起獵食的日子、共同捕獲的獵物，以及共同遭遇的饑餓，那些事都早已過去了，擺在眼前的只有戀愛這件事——而這件事卻是比捕獲食物更殘暴冷酷。

此時，那隻母狼做為這一切的起因，正滿意地冷眼旁觀著。牠甚至十分高興，這可是牠的好日子——很難得碰到的——這個時刻，公狼將鬃毛聳立，牙齒相互撞擊著，撕開新鮮柔軟的肉，一切都是為了擁有母狼。

那可憐的三歲小夥子就這樣在生平第一次的戀愛戰鬥中丟掉性命，牠的兩個情敵分別站在牠的屍體兩邊。牠們凝視著那隻母狼，母狼則坐在雪地上微笑。那位上了年紀的前輩，在戀愛和戰鬥中都十分聰明。當那年輕首領扭過頭舔自己肩上的一處傷口，脖子的曲線正好對著老狼時，獨眼狼立即看到了機會。牠偷偷衝上去用利齒咬住那裡，一下就撕開了一個又長又深的裂口。牠的牙齒割斷牠情敵喉頭上的大血管，然後牠就跳到了一旁。

年輕首領的吼聲異常可怕，可是那可怕的吼聲吼到一半就變成顫抖的咳嗽聲。牠咳著，鮮血不斷流出，身負重傷的牠再次撲向老狼試圖搏鬥，然而，牠的生命已經漸漸消逝，雙腿逐漸的發軟，白天的光明開始變得模糊不清，牠的跳躍與攻擊越發沒有力氣了。

那隻母狼則一直坐著微笑。這場爭鬥在不知不覺中令牠無比歡樂，因為這「荒野」特有的求愛方式，自然界中的兩性悲劇僅僅對死亡者來說才算是悲劇，而對於活下來的並非悲劇，而是成就和業績。

當年輕首領躺在雪地上不再動彈的時候，獨眼狼昂然走到母狼身邊。牠的神情既得意洋洋又小心謹慎。牠原本預期自己會遭到拒絕，但令牠吃驚的是，這一次母狼並沒有憤怒的亮出牙齒。這是牠第一次用和藹的態度對待牠，牠和老狼嗅了嗅鼻子，甚至和牠嬉戲玩耍起來；而老狼呢，雖然已經到了垂暮之年，也擁有經驗，可現在牠的行為也完全像隻小狗，甚至還要笨拙一些。

那被消滅的情敵與用鮮血寫在雪地上的愛情故事，已被統統遺忘。除了一回，獨眼狼停下舔自己身上凝血的傷口時，雙唇半扭著發出吼叫，脖子和肩膀上的毛不自覺的豎起來，與此同時，牠微微蹲下準備跳躍，痙攣的爪子牢牢的嵌住雪地，以便站穩一點。但是僅僅一瞬間，一切就都被遺忘了，牠跟著母狼蹦蹦跳跳，母狼則羞澀的引誘牠在樹林中追逐。

在這以後，牠們就像取得諒解的好友並肩奔跑。牠們相守著過日子，一起獵捕食物、殺戮和共用食物。過了一些日子，母狼變得躁動不安，似乎尋找什麼找不到的東西。牠對倒下來的樹木下的洞穴頗有興趣，並且花很多時間去嗅岩石中間那些積雪較大的縫隙，以及突出的河岸兩邊的洞穴。獨眼狼對此根本不感興趣，但卻耐心的跟著母狼一起尋覓，當母狼因在某些地方逗留太久，獨眼狼就會俯臥等著，一直到牠準備繼續走下去。

牠們並不會總在一處停留，而是一路走過原野，然後又再回到麥肯錫河，沿著河緩緩行進，並時常會離開河，沿著與河相通的條條小溪獵食，但最終總會重回到麥肯錫河邊。牠們有時會遇見別的狼，多半是成雙成對的；可是，雙方都不表示出往來的友好，既沒有相逢的喜悅，也毫無結伴的意願。

牠們偶爾也會遇到一些孤獨行走的狼。基本上總是公狼，這些獨行者都急切的想跟獨眼狼和牠的配偶一起同行。這令獨眼狼十分的憤慨，而牠的配偶也會跟牠並肩而立，齜牙豎毛，那些原本滿懷期望的獨行者只好後退、逃跑，繼續孤獨的走著自己的路。

在一個明月當空的晚上，牠們正在寂靜的樹林中奔跑的時候，獨眼狼猛地止步不前，張著嘴巴，挺著尾巴，把鼻孔張大嗅著空氣，試圖瞭解空氣中透出的訊息。母狼隨便嗅一下就明白了，為了讓獨眼狼放心，母狼小跑步在前面。雖然獨眼狼跟著母狼跑，但還是心存疑慮，總是忍不住偶爾停下來，以更小心的研究那不明的徵兆。

母狼從樹林一大塊空地邊上，小心翼翼的爬了出來單獨站了一會兒。接著，獨眼狼貼著地面爬過來與牠一起並列站著，觀察聆聽且警覺的嗅著，牠們的各個感官都十分敏銳，連每根毛髮都放射出無盡的猜疑。

傳到牠們耳朵裡的有狗群喧鬧打架的聲音，男人們叫喊的聲音，女人們尖銳吵架的聲音，還有一次，牠們還聽見一個孩子刺耳悲傷的哭叫聲。牠們只看見幾處火光，除了一些皮革做成的小帳篷的龐大形體外，不斷有人來來往往在其間穿梭，當然還有寂靜的空中緩緩升起的炊煙。牠們的鼻子聞到的是一個印第安人營地的千萬種氣息，其中包含的大部分內容都不是獨眼狼能瞭解的，而母狼卻似乎熟知每一個細節。

母狼很奇怪地開始激動，嗅了又嗅，越來越高興起來，可獨眼狼卻很懷疑。牠透露出些許憂懼，走動著試圖跑開。母狼調轉頭用嘴唇輕觸牠的脖子以示安慰，於是獨眼狼又再看著那營地。在母狼臉上呈現出一種新的若有所思的神情，卻並非因饑餓造成的神情。牠因一種欲望而顫慄，正是這欲望促使母狼向前走去，靠近那些火、跟那些狗爭吵，躲閃人們的踐踏。

獨眼狼很不耐煩的在母狼身邊來回走動；母狼重新不安起來，牠重新明白自己迫切需要的是找到牠所尋覓的東西。於是，母狼轉身跑回樹林，這令獨眼狼大感寬慰，牠跑在稍稍前面一點，直到樹木完全將牠們掩蔽。

在月光下，牠們像影子似的悄無聲息滑行時，遇到一排野獸的足跡。兩個鼻子一起伸下來湊近雪地裡的腳印，那是些很新的腳印。獨眼狼小心的在前面跑，而牠的配偶緊隨其後。牠們將寬闊的腳掌張開，與雪地接觸的時候就像天鵝絨一樣輕柔。獨眼狼看見一個模糊不清的白色東西在一片白茫茫之中移動。原本牠滑行的速度已經快得令人難以置信，但是跟現在這東西奔跑的速度比起來，卻算不了什麼；牠發現的那個模糊不清的白點正在牠前面跳躍著。

牠們沿著一條兩旁滿是小針縱樹的狹窄路奔跑。透過樹林，可以看見這條小路的路口通往一片灑滿月光的空地。獨眼狼很快就要追上那個上下跳躍的白東西了。牠跳了一下，又跳一下，終於追上了，現在到牠身邊了，只需再一跳，牠的牙齒就可以刺進牠的肉裡了。可是，這一跳卻永遠沒實現。就在牠正上方的空中高高的懸著一個白東西，原來就是那隻又蹦又跳的雪兔，在牠頭頂上怪模怪樣的跳著，卻怎麼也不落到地上。

獨眼狼往回跳了一步，忽然吃驚的哼了一聲，然後立即縮在雪地裡伏著，對這個牠難以理解的東西發出恐嚇，而母狼卻十分冷靜的從牠的身邊衝過去，在猶豫了一下之後，立即就跳起來撲向那跳舞的兔子。母狼跳得已經很高了，但仍然沒有抓著那獵物，牙齒咬空了，發出金屬的撞擊聲。牠繼續再跳，再跳。

母狼已經漸漸從蹲伏的姿態鬆弛下來。對於母狼的一而再、再而三的失敗，獨眼狼更不高興，於是牠向上用力的一跳，咬住了兔子，把牠拖到了地上。就在這時，周圍發出一種可疑的聲音，獨眼狼用那隻僅存的眼睛吃驚的看到一棵小針縱樹正從牠的頭上彎下來打牠。牠鬆開嘴往後一跳，躲過了這奇怪的險境，但兔子也跑了。牠將嘴唇縮起，牙齒露出來，咆哮也從喉嚨中發出，由於驚慌和憤怒讓每根毛髮都聳立起來了。此時，那棵細長的小樹又筆直的豎著，兔子又在半空中跳舞。

母狼很生氣，牠將牙齒刺進配偶的肩膀以示譴責。獨眼狼驚慌失措，不知為什麼平白無故的受到攻擊，於是惡狠狠的給予驚恐的反擊，母狼臉的側面被牠撕破了，牠壓根兒就沒想到獨眼狼會對自己的責罰進行反擊，憤慨的吼著撲到牠身上。獨眼狼很快就意識到自己的過錯，試圖安慰母狼。然而，母狼繼續懲罰獨眼狼，直到牠放棄一切撫慰的念頭，轉著圈子退讓，扭過頭避開牠接受處罰，並把肩膀給母狼咬。

這個時候，兔子依然在牠們上空中不停跳躍。母狼坐在雪裡，獨眼狼現在非常害怕母狼，於是重新跳起撲向那隻兔子。牠一邊將兔子銜到地面，一邊用眼睛觀察著小樹。和之前一樣，樹隨著牠落回地面。在面臨當頭一擊時，牠緊縮身體，聳立鬃毛，牙齒還是依然緊咬住兔子。然而，打擊並沒有降臨。小樹就那樣一直在上面彎著。牠動時，樹也會動，牠就緊咬著牙關衝著樹咆哮；牠不動時，樹也就不動，因此，牠判斷保持靜止會比較安全。但是，口中兔子的熱血的味道實在好極了。

將獨眼狼從困境中解救出來的是母狼。母狼從獨眼狼口中將兔子銜了過來，當那小樹在獨眼狼頭上威脅的搖晃時，獨眼狼冷靜果斷一口將兔子的頭咬了下來。小樹又跳回去，沒有再製造麻煩，保持著大自然本來賦予它的筆直挺拔的模樣。隨後，母狼和獨眼狼將這棵神祕小樹替牠們捉到的兔子分而食之。

這一對狼將所有的路徑都探尋了一遍，在其他路上也有兔子懸在空中，母狼在前面帶路，獨眼狼則順從的跟著，學習竊取捕獸機關的方法——這種知識對牠將來的日子絕對大有幫助。

第二章 巢穴

母狼和獨眼狼就這樣在印第安人的營地附近逗留了兩天時間。獨眼狼對這個地方十分厭煩和恐懼，但營地的誘惑使牠的配偶始終不願離開。終於在一天清晨，不遠處響起一聲震天的槍聲，有一顆子彈射在離獨眼狼的頭僅有幾英吋的一棵樹幹上，這讓牠們再也不能猶豫，決定揚長而去，很快就將危險遠遠拋到好多英里之外。

牠們走得並不是太遠——只有兩天的路程。現在，母狼要尋找牠所需要東西的心情顯得更加迫切了。牠的身體變得笨重起來，所以只能慢慢跑。有一回牠去追一隻兔子，以往牠是可以輕而易舉捉住的，但這次牠卻甘願放棄，轉而臥下來休息。獨眼狼見狀走到牠身旁，用嘴輕觸母狼脖子安慰牠的時候，母狼卻突然狠狠地咬了牠，為了努力避開母狼的牙齒，獨眼狼竟跌了一個筋斗，那樣子實在是狼狽至極。母狼的脾氣現在是前所未有的壞透了，而獨眼狼卻變得非常的有耐心和焦慮。

母狼終於找到一直尋找的東西。在一條小河上游幾英里的地方，這條小河的水在夏季會流入麥肯錫河，但此刻卻全部結冰，連都是岩石的河底也結冰。母狼疲憊的向前小跑步，獨眼狼遠遠的在前面跑著。這時母狼遇到一座高聳的泥土河岸，牠斜著向那邊跑了過去。因為遭受春季暴雨和融雪的衝擊，河岸的下面被淘走很多土，有一處狹長的裂縫被沖成一個小洞。

母狼站在洞口認真小心的觀察岸壁的各處。牠鑽到洞的狹口裡，開始的一段只有大約不到三英尺，牠只能把身子伏下來爬行，過了一會兒，洞壁就變得寬闊起來，上面也變高了，最後是一個直徑約為六英尺的圓形密室。洞口只比牠的頭高了一點，牠仔細的打量這個乾燥舒適的洞。這個時候，獨眼狼已經回來了，正耐心地站在洞口守著牠。母狼將頭低下，鼻子湊近地面，繞了幾個圈之後發出一聲近似呻吟的疲憊歎息，母狼蜷著身子，伸開腿，頭向著洞口臥了下來。獨眼狼大感興趣的豎起耳朵並對著牠笑。不僅如此，母狼借著洞口的白光可以清楚地看見獨眼狼高興的搖著尾巴，母狼也隨著身體蜷縮的動作，將耳尖向後倒貼在頭上一會兒，張著的嘴拖著鬆弛的舌頭，以表示牠的滿意和高興。

獨眼狼有些餓了。雖然母狼躺在洞口裡面睡覺，但是睡眠卻斷斷續續。牠將耳朵豎起來傾聽光明世界的動靜，時刻保持著警覺，外面四月的陽光正映照在雪地上。當母狼打瞌睡時，隱藏的流水微弱的潺潺聲就在牠耳邊悄悄迴響，於是牠就醒來聆聽。太陽回來了，召喚牠的是整個已經甦醒的世界，生命開始蠢蠢欲動，空氣中滿是春意，這是生命在積雪下生長的感覺，甘露重新開始滋潤樹木，萌芽就要掙破冰雪鐐銬。

獨眼狼焦急的看了母狼幾眼，但並未流露出絲毫要走的意思。牠望著外面，幾隻雪兔掠過了牠的視線。牠爬了起來，回過頭再看看母狼，再又臥下來睡覺。一個尖銳而微弱的聲音輕觸著獨眼狼的聽覺。一次，亦或兩次，牠在睡夢中迷迷糊糊的用腳掌揉了揉鼻子。然後牠醒過來了。一隻孤單的蚊子在牠鼻尖的上空嗡嗡飛著。這是一隻凍在一塊乾燥的木頭裡，長眠了整整一個冬天，現在被太陽曬得解凍，再也無法抵制外界的召喚，加上牠很餓的蚊子。

獨眼狼爬到母狼身邊試圖勸牠起來，但母狼只是向牠怒吼。牠只得獨自走了出去，走進明媚的陽光下，獨眼狼發現積雪表面已開始鬆軟，走起路來很吃力。於是，牠走在凍結的河床上，那裡的積雪因為被樹木所遮擋因此依然堅硬晶瑩。牠出去了八個小時，到天黑時，牠比出發前更饑餓的走回來。牠發現過獵物，但並沒抓到。一路上，牠踏破正在融化的積雪表殼，而那些雪兔仍然從上面輕鬆的滑過。

獨眼狼走到洞口突然猶豫的愣住，從洞裡面傳出微弱陌生的聲音。那不是母狼發出的聲音，但是也有那麼點耳熟。牠小心翼翼的將肚皮貼著地爬進去，迎接牠的卻是母狼一聲警告的怒吼。牠默默的接受了，保持著一定的距離不再往前，以示服從；不過對於那些微弱又含糊的嗚哇聲，牠仍然十分感興趣。

母狼暴躁地告誡牠走開，牠就在洞口蜷縮著睡覺。當清晨來臨，一片朦朧的微弱光線透射進巢穴時，牠又在尋找那有些耳熟的聲音來源。母狼警告的吼聲中有一種新的音調，那是猜忌，所以牠特別小心的敬而遠之。不過，牠發現了，在母狼雙腿中間掩護著五個奇特的小生命，牠們緊貼著母狼的肚子，十分微小，十分可憐，小眼睛閉著看不到光，嘴裡發出微弱的嗚嗚聲，獨眼狼驚訝無比。在順利而漫長的一生中，牠並非頭一次遇到這種事。即使遇到很多次了，每一次對牠來說，都同樣令牠覺得新鮮和驚異。

母狼每隔一小會兒就會發出低低地的咆哮聲，有時當牠覺得獨眼狼已經離得太近時，那咆哮就會變成尖銳的怒吼。在牠的經歷中並不記得發生過這種事，但那是本能，也是所有做母親的狼經驗中潛伏的記憶。曾經有父親將自己剛剛出生、無能為力的子女吃掉。這令牠的內心表現出一種強烈的恐懼，使牠阻止作為父親的獨眼狼更近距離的觀察自己的小孩。

但事實上並沒有危險發生。獨眼狼在心中湧起一股衝動，牠轉過身離開自己剛出生不久的孩子出去獵食，這是世界上最自然的事了。

這條河在離巢穴五英里的地方分了岔，在群山之中以直角角度奔流而下。牠從這裡沿左邊支流前進，遇見了新鮮的腳印。牠的嗅覺告訴牠是剛留下來不久的腳印，於是，牠趕緊伏下身望向腳印消失的方向。那腳印比牠自己的大出許多，牠清楚追蹤這樣的腳印獲得食物的可能性幾乎為零，因此牠從容地轉身，走向右邊的支流。

牠沿著右邊的支流走了半英里，靈敏的耳朵聽到牙齒咀嚼的聲音。牠悄悄地靠近，發現原來是一隻豪豬，正直立的趴在樹上用牙齒啃著樹皮。獨眼狼小心又絕望的向前靠近。牠是知道這種野獸的，但即使在如此遙遠的北方，牠從來也沒有遇到過；並且在牠漫長的一生中，從來沒有把豪豬當過食物。不過牠繼續向前靠近，誰都說不準到底會發生什麼事，因為對活著的生命而言，事情的結果總會或多或少各不相同。

豪豬身體蜷成了一個球，又尖又長的針向四面張開，令人想攻擊時都無從下手。曾經在獨眼狼年輕的時候，有一次，牠由於太湊近聞一隻類似這樣毫無動靜的刺球，結果被突然甩出的尾巴打傷臉，一根刺戳到嘴裡，腫痛發炎，直到幾個星期後才痊癒。所以現在牠俯臥下來，並且將鼻子離開那個刺球足足一英尺遠，在牠尾巴能及的弧線範圍之外。牠就這樣異常安靜的等待著，也許說不定會有什麼事發生呢！豪豬有可能會伸展身體，也許有機會讓牠的爪子敏捷成功的刺入那柔軟而未加防護的肚子。

但是過了快半小時，牠爬起身來，憤怒的對著那一動不動的刺球咆哮就跑開了。以前，牠也曾多次徒勞無功的等待類似豪豬這樣的野獸伸展身體，所以這一次牠再也不願意白白浪費時間了。牠繼續沿著右邊的支流前進。白天逐漸的消逝，牠的獵食一無所獲。

牠那為父的天性強烈的鞭策著牠必須找到食物。下午，牠無意間遇到一隻松雞。從樹林裡走出時，牠發現自己和這隻反應遲鈍的鳥正好碰著。牠就在一段木頭上棲息，離牠的鼻尖只有不到一英尺。雙方相互看見了，松雞驚慌的飛起來，可惜被牠一掌打倒在地上，趁松雞在雪地上倉惶逃避、試圖再飛起來的時候，牠立刻撲了上去，將牠銜在口中。當牠的牙齒咬在那柔軟的肉和脆弱的骨頭時，牠自然而然的吃了起來，但很快牠就記起剛出生的孩子，於是將松雞銜在嘴裡，轉身沿來路回家。

牠用自己習慣的步伐跑著，彷彿一條滑過的影子，牠仔細的探尋著一路上碰到的每一處新奇的情景。就這樣沿著河走了一英里時，牠碰到剛剛早晨發現的大腳印。那些腳印與牠同路，牠尾隨腳印，準備在河道的任何一個拐彎處碰到它的製造者。

在河道的一個大轉彎處，牠偷偷的把頭沿岩石的轉角伸過去，敏銳的眼睛看到一個東西，令牠迅速伏下身，那正是腳印的製造者，一隻雌性的大山貓。大山貓蹲著，面前是那隻緊緊蜷成一團的刺球。

獨眼狼把松雞放在一旁，在雪地裡趴下，透過一棵很矮的針縱樹窺視著面前這一幕生活的戲劇——等待著的大山貓和豪豬都在各自專心致力於各自的生存問題，這齣戲的奇特之處就在於：一個的生存方式是吃掉對方，另一個的生存方式則是不被吃掉。同時間獨眼狼隱藏在暗處，也在這齣戲裡扮演著屬於牠的角色，等待著恰好的「機會」，也許會對牠的獵食工作有所幫助。

半小時過去了，一小時過去了，沒有發生任何事情。那滿是刺的圓球像塊石頭似的一動不動；大山貓則如同凍結的大理石般；獨眼狼也像死了一樣。然而，這三隻野獸都為了生存緊張到幾乎痛楚的程度，事實上，牠們再沒有比這似乎是石化的時候更加活躍了。

獨眼狼稍微移動了一下，更加急切的窺探著前方。有件事情將要發生，豪豬終於判斷出它的敵人已經走開，牠緩慢的、小心的展開披在身上、堅不可破的甲冑的球，由於並沒有預料的驚恐，牠豎著刺的圓球逐漸的變直伸長了。在一旁偷窺的獨眼狼看見活生生的肉像一餐食物似的擺在面前，突然覺得嘴裡潮濕，情不自禁的垂涎三尺。

豪豬在還沒有徹底伸展的時候就發現了敵人。大山貓就在這一刻展開攻擊，那帶有老鷹般鐵爪的硬掌，如同閃電一樣，就像一把利劍刺進牠柔軟的肚子，並且以一種迅速的撕裂動作縮回。假如豪豬未完全展開，或牠在這打擊前幾分之一秒內並不曾發現敵人，大山貓的腳爪可以毫髮無損的逃脫；然而，在那腳爪往回縮的時候，豪豬的尾巴進行了一個側擊，將那些箭似的尖毛刺進去。

所有一切都發生在一瞬間——攻擊、反擊，豪豬的慘叫，大山貓猛地受傷和吃驚的尖叫。獨眼狼異常興奮，牠抬起身體，豎起耳朵，伸直尾巴並抖動著。這時，大山貓兇惡的壞脾氣發作起來，兇猛地撲向那個傷害牠的傢伙，但那慘叫著的豪豬卻用盡全身力氣將撕裂的身體艱難的蜷成刺球狀進行反抗，又伸出尾巴一擊，大山貓再度負傷，吃驚的狂吼著。接著牠退到一旁，打著噴嚏，被刺滿刺毛的鼻子就像是一塊大針氈。牠用腳爪抓鼻子，又把鼻子插到雪裡，或在樹上來回揉搓，試圖弄掉那些火辣辣的刺。牠前後左右上下不停的痛苦跳著，驚恐不堪。

牠不停的打著噴嚏，用一段殘缺的尾巴迅速激烈的揮舞著，拚命的抽打。過了好一會兒，才安靜下來，停止這可笑的舉動。獨眼狼觀望著。當牠忽然出人意料的向天上筆直的一跳，同時發出一聲十分可怕的嚎叫時，獨眼狼被嚇了一跳，脊背上的毛不由自主的聳立起來。之後，大山貓就沿小路跑掉了，一路上又叫又跳。

一直到大山貓的喧鬧聲消失在遠處後，獨眼狼才敢走出來。牠十分小心的走著，好像雪地上布滿豪豬的刺毛，隨時都可能刺進牠柔軟的腳掌。迎接牠的是豪豬的一聲怒吼與長牙咬牙切齒的聲音。豪豬又試圖把身體蜷成一個球，但卻再也不如從前那般結實了；牠的肌肉有太多被撕裂，牠幾乎已經裂成兩半，而且還在汩汩不絕的淌血。

獨眼狼含了幾口浸血的雪，嘗了嘗，嚼一嚼，然後嚥了下去。這著實很吊胃口，牠頓時感到異常饑餓；但牠是如此的世故，堅決不會忘記謹慎二字。牠臥下來等待著，此時豪豬磨著牙，發出哼哼唧唧的嗚咽聲，偶爾還會發出短促的尖叫。沒過多久，獨眼狼看到豪豬發出一陣劇烈的顫抖，那些刺毛開始倒了下來。最後，當顫抖突然停止，長牙肆無忌憚的狠狠磨了一會兒，身體就鬆開不動了，所有的刺毛完全倒了下去。

獨眼狼神經質的用一隻爪子畏縮的將豪豬弄直並且將牠翻了一個身，沒有發生任何事情，牠肯定是死了。牠仔細的研究了一會兒後，小心翼翼的用牙齒咬住豪豬，半提半拖的沿著河前進，為了避免踩到刺毛，牠始終將頭扭向一邊。突然，牠像是想到了什麼，扔下豪豬，跑回牠原本放著松雞的地方。牠不再遲疑，非常清楚自己應該做什麼，於是，牠迅速將松雞吃掉後，又回來銜起牠的豪豬。

牠把一天狩獵的成果拖進洞時，母狼察看了牠一番，然後扭過頭用嘴輕舔牠的脖子。只是下一秒母狼就又吼叫著警告牠離開小狼，但那吼聲已不再像之前那麼嚴厲，與其說是威脅，還不如說是抱歉。為了後代，牠對做父親所懷有的本能的恐懼已經緩和下來。牠的行為是作為父親該有的行為，並沒有表現出那種要吃掉剛出生的小生命的惡劣欲念。

第三章 灰色的小狼

牠和牠的兄弟姐妹們十分不同。其他小狼的毛色已經顯出從母狼那裡繼承的隱隱的紅色，唯獨牠酷似父親。牠是這一窩中一隻小小的、灰色的小狼，是道地的狼種——實際上，就生理方面而言，牠跟獨眼狼長得一模一樣，唯一的區別在於，牠有兩隻眼睛，而牠的父親只有一隻。

這隻灰色的小狼才剛睜開眼睛沒多久，就能夠看得很清楚了。當牠的眼睛還閉著的時候，牠就能夠用味覺與嗅覺感覺外物。牠十分熟悉牠的兩個兄弟和一雙姐妹，並開始用軟弱笨拙的方式與牠們嬉戲甚至打鬧。當牠發怒的時候，喉嚨中會發出稚嫩的咆哮。在還沒有睜開眼睛之前，牠早就憑著觸覺、嗅覺和味覺認識自己的母親——那溫暖而慈愛的乳汁來源。

母親用溫柔的舌頭愛撫的舔牠柔軟的小身體時，牠會感到十分安慰，就這樣緊緊的依偎在母親懷中安詳的進入夢鄉。生命最初一個月的大部分時間，牠都是在睡眠中度過；牠現在終於可以看清楚東西了，而且醒著的時候也變長了，牠知道自己要逐漸認識這個賴以生存的世界。牠的世界一片灰暗，但牠還不明白，因為牠並不瞭解外面的世界；牠的世界光線微弱，因牠的眼睛還沒有接觸過其他的光線。牠的世界非常小，巢穴的岩壁就是界限，但是正因為牠對外面的廣闊世界一無所知，所以牠並不曾為這過於狹窄的生活環境感到壓抑。

可是很早牠就發現，牠的世界裡有一面牆和其餘的牆不一樣，那就是洞口，是光明的發源地。早在牠還沒有任何自主思想與意志之前，牠就已經發現這面牆的與眾不同；在牠還沒有睜開眼睛看到它以前，這面牆對牠而言就有一種無法抗拒的誘惑。從那裡來的光線照射在牠緊閉的眼瞼上時，眼睛跟視覺神經就開始悸動起來，發出火花般微弱的閃爍，這令牠感到無限的溫暖與出奇的愉快。牠身體裡每個細胞的生命，以及那作為肉體的唯一實質又與牠個人生活毫無關係的生命，全部都渴望著這光線，並推動牠的身體靠近光，就如同一株植物在微妙的光合作用推動下面朝太陽。

最初，牠就常往洞口那邊爬。在這一點上，牠跟自己的兄弟姐妹們都是一致的。在那段時期，牠們之中沒有任何一個願意往後牆的黑暗角落爬。牠們就像是植物一樣，被光線吸引，組成牠們生命的某種化學物質急需要光線，就如同它是生存的必需品；而牠們幼小的身體則盲目的依照化學作用爬行，彷彿是葛藤的捲鬚。後來，牠們幼小的身體發育了，並開始有了衝動與欲望，這時光線的誘惑力就更大了。牠們總是匍匐著爬向洞口，結果又被母親趕回來。

灰色小狼就是以這樣的方式發現除了母親舌頭溫柔的撫慰之外的東西。牠發現，當牠們堅持向光明爬去的時候，母親總會用力的用鼻子拱一拱作為譴責，隨後還會用爪子將牠打倒，或用有計畫的敏捷打擊讓牠連滾幾下。於是，牠感受疼痛，也就明白如何避免受傷，第一是不要自找麻煩；然後是如果已經惹了麻煩，就要躲避退卻。在這之前，牠只是無意識地躲避傷害，就如同牠曾經無意識地向光明爬行一樣。

牠是一隻兇猛的小小狼，牠的兄弟姐妹們也是一樣，這些都是在意料之中的。牠是一隻肉食動物，出身在屠殺和食肉的種族中，牠的父母完全靠肉食生存。在生命最初閃爍的時刻，牠所喝的奶水就是由肉直接變成。而此時，牠才剛剛一個月大，眼睛才睜開一個禮拜，牠自己也開始吃肉了。這些肉是已經被牠的母親消化了一半，然後吐出來再餵給這五隻逐漸成長的小狼，因為牠的乳房已經遠遠不能滿足牠們的需求。

這一窩裡最兇猛的小狼就是牠。牠可以發出比其他任何一隻小狼更響亮、刺耳的咆哮。牠那幼稚的憤怒也可怕得多。第一個懂得用爪子狡猾的將同胞兄妹們打得四腳朝天是牠；第一個咬住其他小狼的耳朵又拖又拉，從咬緊的牙縫中不停咆哮的也是牠。當然，由於牠的母親禁止孩子們跑到洞口去，所以牠也確實給母親增添不少的麻煩。

光明的魔力對這隻灰色的小狼來說，每一天都在增加。牠時常冒險爬到離洞口一碼遠的地方，又時常被母親趕回來。其實牠並不明白那是一個入口，也不知道入口就是從一個地方到另外一個地方的通道，牠不認識別的地方，更不知道到其他地方的路。所以，對牠而言，那洞口就是一堵牆——一堵透光的牆壁。這面光明的牆壁在牠的世界中就是太陽，它就像燭光誘惑飛蛾似的引誘牠，總是盡可能地去靠近它。如此迅速的生命在牠身體裡面擴張，不斷促使牠向光明的牆壁走去。牠內在的生命明白那是出路，是即將踏上的路途。然而，牠自己卻一無所知，壓根兒就不清楚還有什麼外界的存在。

還有一件事令牠倍感奇怪。牠的父親總是走入並遠遠的消失在那光亮的白色牆壁中，這讓灰色的小狼困惑不已。只是牠的母親從來都不允許牠接近那裡，但牠在靠近其他牆壁的時候，會有粗糙的東西將牠嬌嫩的鼻尖碰傷，歷經幾回冒險之後，牠再也不去碰那牆壁了。完全不必思考，牠認為走入牆壁是父親的特性，正如半消化的食物和奶水是母親的特性一樣。

事實上，小灰狼並沒有像人類那樣仔細思考，牠的腦袋迷糊的工作著，但牠的判斷卻像人類一般敏捷而清晰。牠有一種接受事物但不問緣由的方法，牠從不會為了某件事物為何發生苦惱，對牠而言，知道它是怎樣發生已經足夠。所以，在幾次碰壁之後，牠認定走入牆壁是父親的能力，而牠不能。牠並不會費盡心思去思索牠與父親之間的不同。在牠的精神活動構成中還沒有包含邏輯性與物理學。

就像荒野中絕大多數動物一樣，牠很早就經歷過饑餓。有一段時間，牠們失去肉的供給，母親的乳房也不再流出乳汁，小狼們起先總是嗚咽哭叫，後來大部分的時間都在睡覺，不久之後牠們就因為饑餓陷入昏迷，再沒有淘氣和吵鬧，再沒有稚嫩的怒吼與咆哮，向不遠處的白色牆壁進行的探索活動也完全停止了。小狼們睡著了，與此同時，牠們生命的閃光正逐漸消逝著。獨眼狼急壞了，牠長途跋涉找尋食物，母狼也離開孩子們出去覓食。

在小狼出生的頭幾天，獨眼狼曾經幾次到印第安人營地偷竊捕捉機關上的兔子；但由於冰雪融化，河流解凍，印第安人已經將營地搬走，牠的供養來源就此被切斷。

當小灰狼恢復生命活力，並重新開始對遠處的白牆發生興趣時，牠發現牠們世界的人口減少了，只剩下一個姐姐，其餘的都不見了。當牠變得更強壯時，牠又發現自己不得不獨自玩耍了，因為那僅剩下的姐姐再也沒有抬起頭，再也不走動了。現在牠的小身體吃得脹鼓鼓的；而對於牠的姐姐來說，這食物來得太晚了。姐姐仍在睡覺，瘦得皮包骨頭，生命的火焰逐漸減弱，最後完全熄滅了。

後來，又發生第二次不太嚴重的饑荒，不過快結束時，小灰狼再也沒有看見父親出入或躺在巢穴入口處睡覺。母狼知道獨眼狼為什麼再也不回來，卻無法將目睹的一切告訴小灰狼。母狼沿著河流左邊的支流往上游獵食，那裡有大山貓。牠追蹤著獨眼狼頭一天的足跡，在足跡的盡頭找到牠，更準確的說是找到牠的殘骸。那裡隨處可見曾經發生過一場血腥大戰的痕跡，還有那大山貓的巢穴，有這些標誌可以判定大山貓就在裡面，但是牠沒敢闖進去，只得走掉。

從此以後，母狼獵食時就會避開左邊的支流，牠已經知道大山貓的洞穴裡有一窩小貓，也很清楚大山貓兇惡的脾氣，與牠搏鬥十分可怕。假如是六隻狼就可以輕鬆地把一直聳毛發怒的大山貓趕到樹上，但如果只有一隻狼單獨迎戰一隻大山貓，結果會完全相反，尤其是大山貓身後有一窩嗷嗷待哺的小貓時。

然而，荒野就是荒野，母性就是母性。無論是否在荒野中，也無論是在什麼時候，母親保護後代時總是兇猛無比的。只要必要，為了牠的小灰狼，母狼還是要去挑戰左邊支流上岩石間的巢穴與大山貓。

第四章 世界的牆壁

母親出去獵食時，小灰狼已經清楚明白那條禁止牠接近洞口的規定。這不只是因為母親曾多次用鼻子和爪子警告過牠，更是由於牠內心深處的恐懼正在本能的發展。在牠短暫的穴居生活中，其實並沒有遇見過什麼可怕的事情。但是恐懼卻存在於牠內心深處，那是遺傳自遠古祖先千萬個生命的，是牠直接從獨眼父親與母親身上繼承下來的遺產；當然，牠們也是從過去各世代的狼身上繼承到的。恐懼——這是荒野的遺產，任何獸類都無法逃避，也不能當濃湯喝下。

所以，儘管並不知道恐懼是由什麼構成的，小灰狼還是接受了。或許，牠將其作為生命中的各種限制之一而接受下來，因為牠已經瞭解有各種的限制。牠瞭解了饑餓，當饑餓不能得到解除的時候，牠就感受到限制；洞壁堅硬的障礙，母親以鼻子劇烈的推擠和爪子的擊打，幾次饑荒帶來無法解除的饑餓都影響著牠，使牠認識到這個世界沒有自由，對生命來說，有的卻是限制和約束。它們就是規律，只有服從它們，才能夠逃避傷害獲得幸福。

牠並不是「像人類一樣」進行推理，牠只是把有害的事與無害的事進行分類。經過這種分類，牠就可以避開有害的事，避開限制與約束，享受生活的舒適和收穫。

因為如此，服從牠母親所設立的規律，服從未知的、難以表述的東西——恐懼，牠不再到洞口去了。對牠來說，那只是一面光亮的白牆。母親不在家的時候，牠大部分時間都在睡覺，睡夢中間或醒來時，牠也十分的安靜，遏制著發癢的喉嚨中就要拚命叫喊的嗚咽聲。

有一回，當牠正清醒的躺著時，一個陌生的聲音從白牆裡發出。他並不知道站在外面的是一隻狼獾，那狼獾一邊因自己的大膽而發抖，一邊小心地嗅著洞裡面的氣息。小灰狼聽到那吸鼻子的聲音不是熟悉的，那是沒有經過分類的一種東西，也就是未知的、可怕的東西——因為未知也是恐懼的主要來源之一。

小灰狼背上的毛不由自主地豎了起來。牠怎麼會一聽到陌生的吸鼻聲音就豎起毛來呢？這絕非出自牠的任何知識，實際上只是內心恐懼的顯著表現。以牠的經驗來說，那個聲音是難以理解的。但其實和恐懼共生的還有另外一種本能——偽裝。即使小灰狼害怕極了，牠卻不動聲響的靜躺著，彷彿被凍住或石化了，就像死去一樣。當牠母親回來的時候，嗅到狼獾留下的氣味，立刻咆哮起來，跳回洞中，用過分的溺愛和熱情舔著小灰狼，以鼻子輕拱牠以示寵愛；小灰狼感覺自己總算逃過一場浩劫。

但是，其他的力量也同樣在小灰狼內部發揮著作用，其中最為強大的就是成長。本能與規律要求牠服從，但成長卻要求牠反抗。牠母親和那恐懼迫使牠遠離那面白牆。成長就是生命，而生命卻註定要永遠靠近光。在牠的體內洶湧膨脹，難以遏制的生命之潮。這是伴隨著牠所吞食的每一口肉、呼吸的每一口氣而增長的生命之潮。終於到了這一天，生命的激流將恐懼與服從統統沖走，小灰狼邁著大步爬向洞口。

這面牆與牠接觸過的牆完全不同，似乎牠一靠近，這面牆就退縮了。牠試探性的伸著柔軟的小鼻，但沒有碰到任何堅硬的表面。組成這面牆的材料彷彿與光明一樣柔順，可以穿透一切，不受阻礙；這面牆似乎是一種有形的物體，所以牠就走入這個曾以為是牆的地方，整個身體都沉浸在構成這面牆的材料當中。

這實在令人頭暈眼花、莫名其妙。牠穿越堅固的物體爬過去了，光線越來越明亮。恐懼逼迫牠退回去，可生長卻驅使牠向前進。突然之間，牠發現自己已經置身於洞口。牠曾經以為包圍著自己的牆，好像突然之間從牠面前跳開了，退到無邊無際的地方。光線變得異常明亮、令人痛苦，照得牠眼花撩亂。相同地，空間突然無限的擴大，令牠頭暈目眩。

牠的眼睛為了適應光明，自動的調整焦距以迎合距離增大的物件。剛開始，牆跳到牠視線之外。現在當牠再度看見它時，它已離得十分遙遠了，外觀也改變了。它現在是由排列在河邊的樹木，高聳在樹木上空的群山與超出群山的藍天組成的一面斑駁陸離的牆壁。

一陣巨大的恐懼湧上牠的心頭，主要是因為那可怕的未知。牠伏在洞邊，凝視著外面的世界。牠害怕極了，因為那不僅是未知的，而且還充滿了敵意。所以，牠將背上的毛筆直的豎起，嘴唇軟弱的扭動著，企圖發出一聲兇猛的咆哮。由於稚氣和驚恐，牠向外面廣大的世界發出挑戰和恐嚇。

什麼也沒有發生。牠津津有味的注視著，已經忘記了咆哮。當然，也忘記了害怕。因為此時恐懼已被成長擊潰，而成長以好奇的形式出現。牠開始觀察周遭的東西——一片在陽光閃耀下的空曠河面，在斜坡角下被風摧毀的松樹，還有向他延伸過來的斜坡，一直到牠伏著的洞下邊兩英尺的地方。

小灰狼向來都是居住在平坦的地面，從未體驗過跌落的傷害。當然，牠並不知道什麼是跌落，因此牠勇敢地向空中抬起腳，後腿仍然站在洞邊，但身體卻以頭朝下方的倒栽了下去。土地重重的打擊了牠的鼻子，疼得牠叫起來。然後，牠開始沿斜坡滾下去，翻了又翻，牠感覺恐怖到了極點。未知到底殘暴地抓住了牠，並給牠可怕的傷害。此刻，成長被恐懼擊潰，牠像任何一隻受到驚嚇的獸仔一樣哇哇地哭叫起來。

然而，越往下斜坡就越平坦了，斜坡腳下遍地是草。這時小灰狼減慢滾動的速度，當牠最終停下來的時候，牠發出最後一聲痛苦的哀叫，接著便是一陣長時間的嗚嗚哭泣，並自然而然的將身體上的乾泥巴舔掉。

小灰狼坐起來環顧四周，牠就這樣衝破世界的壁壘。現在，可怕的未知放過牠了，牠也忘記未知有什麼可怕之處。牠只是對周遭的一切事物感到好奇。牠察看著身體下面的草，身旁不遠處的蔓越莓，還有豎在樹林中空地上的一棵被摧毀的乾枯松樹。一隻松鼠繞著枯木的根筆直的向牠跑過來，令牠大吃一驚。牠畏懼的伏下身咆哮了一聲，但松鼠也同樣怕得要命，爬到樹上安全的地方惡狠狠的回罵。

然後小灰狼壯了膽，就算接著遇到的一隻啄木鳥又讓牠吃一驚，牠卻自信滿滿地前進著。牠是這樣有信心，以致當一隻鳥莽撞的跳到牠跟前時，牠竟然開玩笑似的伸出一隻爪子打了牠。鼻尖卻被狠狠地啄了一下，疼得牠伏下來哇哇大叫，那鳥被牠巨大的叫聲嚇得落荒而逃。

小灰狼在學習著。牠那無知的小腦袋已經做了一種不自覺的分類。這裡有活的東西和不活的東西，牠得留神活的東西。不活的東西總是在一個地方停著；但活的東西卻動來動去，很難預料牠們會做出什麼事情。所以，牠必須對活的東西而產生的意外有所防備。

牠十分笨拙的旅行著，也遇到很多麻煩。在牠看來距離很遠的一根細枝，卻會在下一秒打中牠的鼻子或擦過牠的肋骨。地面上凹凸不平，有時牠一不小心就會撞到鼻子，一下扭傷腿，還有那些踩上去會翻身的小石頭與石塊，因為這些，牠逐漸明白不活的東西並不都像牠的巢穴，總是在鞏固平衡的狀態下；還有不活動的小東西比大東西更容易讓人跌落摔跤。牠走得越久就走得越好，牠正適應著環境，學習計算自己肌肉的運動，瞭解自己體力的極限，估算物體之間和物體與自身之間的距離。

作為初學者，牠的運氣實在很好。身為肉食動物（雖然牠自己並不明白），牠卻在頭一次走出巢穴、入侵全新世界時，瞎貓撞上死耗子的撿了便宜。牠無意中碰到隱藏得極其巧妙的松雞窩並掉了進去。原本，牠是嘗試走上一株倒掉的松樹樹幹，可是因為牠身體的重量壓垮了腐朽的樹皮，所以伴隨著一聲絕望的叫喊，牠跌落斜坡、撞穿一小簇灌木叢的枝葉，竟然落在七隻小松雞中間。牠的從天而降讓小松雞嚇了一跳，牠們譁然。牠發現小松雞們實在是小得可憐，於是就壯起膽子來。小松雞們則開始動彈。小灰狼用爪子碰了其中一隻，小松雞就動得更快些。小灰狼感到很高興，於是嗅了一下，把小松雞用嘴叼起來，松雞拚命的掙扎。

小灰狼的舌頭開始發癢，又感到饑餓無比，於是牠緊咬牙齒，脆弱的骨頭就這樣粉碎了，熱血進入牠的口中，味道實在是太棒了！這是食物，就像母親餵給牠的一樣，但這可是活生生的咬在嘴裡，味道就更棒了。就這樣，牠吃掉那隻松雞，一直把那一窩都吃完才停止，然後，牠像母親一樣的舔了舔嘴唇，向灌木叢外爬去。

突然牠被一陣羽翼旋風般憤怒的擊拍打得頭暈眼花。牠本能的用爪子護住腦袋，哀嚎不已。母松雞異常憤怒，發狂般越發猛烈的拍打著牠。小灰狼也發怒了，牠站起來咆哮著，伸出爪子回擊。母松雞自由的用翅膀雨點似的打向牠，則用小小的牙齒咬住一隻翅膀，倔強的拉扯。這是牠的第一場戰鬥。牠已經得意忘形，無所畏懼了，把「未知」這東西早就拋到九霄雲外。

牠此刻正在戰鬥，在咬一個打牠的活體，而且這個活東西還是食物，牠頓起殺念。牠剛剛毀滅幾個小的活東西，現在牠要毀滅一個大的活體。牠實在太幸福、太忙碌了，此刻這種激動與興奮，對於現在的牠來說不僅新奇，而且變得異常強烈。

牠緊緊咬住母松雞的翅膀不放，透過緊咬的牙縫咆哮著。松雞把牠拖出了灌木叢，在母松雞掉過頭試圖把小灰狼拖進灌木叢遮蔽處時，小灰狼卻反過來將母松雞拖到空地。松雞一直不停的大聲喊叫著，用翅膀拍擊，羽毛如同下雪般紛紛飛揚。小灰狼發起的狠勁實在驚人。現在，遺傳自種族的全部戰鬥的血液都在牠體內洶湧澎湃著。

這就是生活。儘管牠還不知道，牠在證明自己活在這世界上的價值與意義。牠正在做著與生俱來就應當做的事情——戰鬥著去獵殺食物。過了一會兒，松雞的掙扎停止了。牠們都躺在地上，互相看著對方。牠仍然死咬住牠的翅膀，並試圖發出兇猛的咆哮以示威脅。母松雞啄了下牠的鼻子。這痛苦更勝過之前受的打擊，小灰狼往後退了一步，但還是死咬住母松雞不放。

母松雞開始不停的啄，小灰狼從後退變成了哀哭，想要躲避開，卻忘記是自己咬住牠將牠往後拖的事實。當牠那吃盡苦頭的鼻子經歷一陣雨點似的啄擊之後，存在於牠內部的戰鬥熱血退卻了，牠放棄自己的獵物，調轉尾巴急忙逃到空地的對面。

牠靠在空地那邊的灌木叢邊臥下來休息，舌頭在嘴外吐著氣，胸部伴隨著喘氣一起一伏，鼻子還是疼痛不止，以至牠繼續哭叫著。牠就這樣俯臥在那裡，突然之間，牠有一種大難來臨的不祥預感，這未知的恐懼一瞬間撲面而來。出於本能，牠躲進灌木叢。就在這時，牠感覺一陣風吹過來。一個長著翅膀的不祥之物悄無聲息的掠過。那是一隻從空中衝下來的老鷹，差一點點就把牠抓去了。

當牠臥在灌木叢中，驚魂未定，膽怯的向外窺視時，空地另一面的松雞卻拍打著翅膀，從慘遭侵略的窩裡跳出來。剛剛失子的傷痛使牠沒注意到從天而降的災難——老鷹急速俯衝而下，牠的身體掠過地面，強有力的爪子一把抓住松雞，帶著驚聲尖叫的松雞重新衝上天空。

好一會兒，小灰狼才敢從隱蔽處走出來，牠又學到許多的知識，活的東西就是食物並且十分美味，但假如牠們太大了，就會傷害到自己，所以，最好只吃像小松雞那樣小的活東西，放棄母松雞那種大的活東西。不過，牠仍然有點野心，心裡很想再與那母松雞搏鬥一番，只可惜牠被老鷹抓走了。說不定，在其他地方還有別的母松雞，牠想要去找找看……

牠沿著傾斜的河岸走到了水邊，牠還沒有見過水。看上去這地方似乎很好走，表面平坦極了，也沒有坑窪不平的地方。於是，牠勇敢的踩上去。牠馬上就伴隨著驚恐的叫喊跌入未知的懷抱。冰冷！牠倒吸一口氣，但是進入肺部的不是平常伴隨呼吸進入的空氣，而是水。牠所體驗到的窒息，就像臨死時的痛苦。這對於牠來說，就代表死亡。牠對死亡並沒有自覺的認知，可與「荒野」上的任何一個動物相同，牠擁有直覺死亡的本能。對牠而言，這比其他任何傷害都厲害。它就是「未知」的本質；是「未知」所有恐怖的總和，是可能會遇到的一種難以想像的最大災難，關於這些，牠都一無所知，但是與此相關的一切都令牠感到害怕。

牠浮出水面，新鮮的空氣重新進入張開的嘴裡。牠再也沒往下沉，伸出四肢游起泳來，好像牠早就有游泳的習慣一般。最近的河岸離牠只有一碼遠，但浮出水面的時候，牠恰好背對著它，牠第一眼看到河的對岸，於是便立刻往那邊游去。河不大，不過水有二十英尺寬。

牠游到半路，被河水沖向下游。牠被一條細小的湍流捲住了，根本沒法游泳。平靜的河水突然變成了怒濤，牠時而在浪頭下面，時而又在上。隨著急速的水流，牠被沖得上下翻滾，團團打轉；有時又被沖得重重的撞在岩石上。每一次撞上，牠就哭叫一聲。整個過程根本就是一連串的哭喊構成，根據這些哭喊就可以知道牠碰撞岩石的數目了。

在這急流的下游是一個河灘，在這裡牠被漩渦捲住，輕輕的送到河灘上，送到一張鋪滿砂礫的床上。牠一陣狂喜，慌忙的爬著離開水，躺了下來。關於世界，牠又學到了新東西。水不是活的，是流動的。而且，它雖然看上去像大地一樣堅實，實際上卻並非如此。牠得出的結論是，物體並非永遠像它們顯示的那樣。對於未知的恐懼，是小灰狼遺傳下來的不信任，現在由於這些經驗而更加鞏固了。自此以後，牠永遠不會僅憑外表決定信任與否，除非牠弄清事物的本質。

這一天，註定還有一次冒險等著牠。牠想起世界上還有母親存在，頓時覺得需要母親勝過世上的一切。由於歷經冒險，不僅身體疲憊不堪，牠的小腦袋瓜也同樣十分疲倦。自打出生以來，牠還從未像這天一樣辛苦工作過。還有，牠想睡覺了。所以牠動身開始尋找自己的巢穴和母親，並感到心中有一種不可抵擋的孤寂。

牠在灌木叢中爬行著，突然聽到一聲尖銳的示威。一陣黃光從牠眼前閃過，牠看到一隻黃鼠狼敏捷地從牠跟前跳走。牠只是一個小的活東西，牠並不害怕。隨後，牠又在腳下看見一個非常小的活東西，只有幾英寸長——那是一隻小黃鼠狼，跟牠一樣不服訓誡，自己跑出來冒險。小黃鼠狼試圖從牠面前後退，牠用爪子將小黃鼠狼翻了個身，牠發出一種奇怪的軋軋聲。下一秒，黃色的閃光重新出現在牠眼前，牠又再聽到那示威的叫喊，就在此時，牠的脖子上遭到嚴重的一擊，並且感覺到母黃鼠狼的利齒刺進牠的肉裡。

當牠亂叫著向後跌倒時，看見母黃鼠狼跳到小黃鼠狼身邊，帶著牠一起消失在附近的叢林裡。牠脖子上被母黃鼠狼的牙齒留下的傷口仍然發痛，但被傷害得更為嚴重的是牠的感情，牠坐下來軟弱的哭叫。這個母黃鼠狼這麼小，竟然如此野蠻！牠並不知道就身材和體重而言，黃鼠狼是荒野一切屠殺者中最兇猛、最具報復心且最可怕的。不過，這很快就成為牠的「知識」的一部分了。

牠還在哭的時候，母黃鼠狼再度出現。現在，母黃鼠狼的孩子是安全的了，所以牠並沒有衝向小灰狼，而是小心謹慎的靠近牠，小灰狼現在可以充分觀察牠像蛇一樣瘦削的身體，像蛇一樣昂起熱切的頭部。牠那尖銳的、威脅的叫喊讓牠毛髮聳立，牠也發出警告的咆哮。但是黃鼠狼越靠越近，那一跳比牠不老練的視覺還要快，一瞬間，那瘦削的黃色身體就消失在牠視野之外，而下一秒牠的喉嚨就被牠尖利的牙齒刺進毛髮和肉體。

最初，牠咆哮著試圖戰鬥，但牠還太小了，而且又是頭一天闖世界，牠的咆哮變成哭喊，戰鬥變成逃亡的掙扎。黃鼠狼絕不放鬆，死地叼住牠不放，用牙齒拚命地刺進去，咬牠那湧著鮮血的大血管。黃鼠狼是一個吸血者，從活生生的喉嚨吸血向來就是牠最喜歡的事。

假如不是母狼躍過灌木叢飛奔過來，小灰狼就會死掉了，而牠的故事也就到此為止了。黃鼠狼放了小灰狼，奔向母狼的喉嚨，沒有咬著，但卻咬住了下巴。母狼將頭一甩，揮鞭子般擺脫了黃鼠狼，把牠高高拋向空中。當牠還在空中的時候，母狼就已經用嘴咬住那瘦小的黃色身體。於是，黃鼠狼在嚼攏的牙齒間嘗到死亡的滋味。

小灰狼重新得到母親的愛撫，母狼用鼻子拱牠，安慰牠，舔著牠被黃鼠狼咬的傷口。然後，牠們母子倆分食那吸血的傢伙之後，就回到巢穴睡覺。

第五章 肉弱強食

小灰狼進步得很快。休息兩天之後，牠又出去冒險了。這一次，牠發現了那隻小黃鼠狼，就是牠曾經參與把牠的母親吃掉的那個，而現在牠正竭盡所能的讓小黃鼠狼重蹈牠母親的覆轍。這一次短途旅行並沒有讓牠迷路，當牠累的時候，就回到巢穴去睡覺。從此以後，牠每天都會出來，而且每天都擴大涉獵的區域。

牠已經開始準確的估算自己的力量和弱點，明白什麼時候大膽，什麼時候小心。只是牠發現時刻小心是上上策，除了極特別的情形外，只在確信自己有膽量時，才會讓脾氣和欲望盡情的發作。

在獵食方面，一開始牠的運氣就不錯。算起來牠已經總共殺掉七隻小松雞和一隻小黃鼠狼了。小灰狼很尊敬牠的母親，母親總能弄到食物，並且絕對不會忘記帶一份給牠。還有一點，母親什麼都不害怕。牠並不知道母親之所以不怕都是由於知識和經驗。在牠的印象中，這是來源於力量，而牠的母親就代表著力量。當牠成長些之後，從母親爪子更為嚴厲的訓誡中感受到這股力量；同時母親原本用鼻子的拱壓表示的責罰，已經更改為牙齒的劈刺了。正因為這樣，牠更尊敬母親了。母親強迫牠服從，可是牠越成長，母親的脾氣也越壞。

饑荒再度來臨。小灰狼以較為清楚的意識再度領教到饑餓之苦。母狼為了尋找食物都跑瘦了，牠難得再回到巢穴睡覺，而是花大部分時間在獵食上，此次饑荒雖然不長卻很嚴重。小灰狼無法從母親的乳房裡找到奶水，牠自己也沒能找到一口吃的東西。

以前牠獵食只是遊戲而已，僅僅為了取樂；現在，牠十分認真的獵食，可是一無所獲。失敗卻加速牠的成長，牠更加仔細地研究松鼠的習慣，費勁心思，以最大的努力偷偷挨近牠們，並且出其不意的嚇唬牠們；牠研究黃鼠狼，試圖從洞穴中把牠們掘出來；牠也學到很多關於糜鳥和啄木鳥的事情；再後來，連老鷹的影子都無法讓牠躲進灌木叢裡。

牠已經成長得更強壯、更聰明和自信，而且豁出去了。所以，牠公然在空地上往後腿一坐，想要做餌誘使老鷹從天上下來。牠已瞭解在藍天上高飛著的也是肉食，而牠的胃是如此急切的希望得到肉食。但是，老鷹拒絕下來參戰，牠只能失望地爬開，在一叢樹林裡為了饑餓而哭泣。

饑荒結束了。母狼把食物帶回來。這次的食物牠從沒吃過，與以往的都不相同。這是一隻大山貓的小貓，只長到一半大，就像小灰狼一樣，只是還沒有牠那麼大。這全部都是給牠吃的，牠的母親已經在其他地方填飽了肚子，儘管牠不知道其實正是大山貓窩裡的其他小貓餵飽了她。牠當然也不知道母親這次的行為冒了多大的風險。牠只知道那長著天鵝絨般皮毛的小貓就是食物，於是一口接著一口，越吃越高興。

吃飽就容易想睡，小灰狼躺在巢穴裡，依偎著母親睡著了，但牠被母親的叫聲驚醒，牠從未聽過牠發出如此可怕的叫聲，也許這是牠一生中發出的所有叫聲之中最可怕的一次。這其中的原因，牠是再清楚不過的了。洗劫過一個大山貓的窩之後，不可能安然無事。小灰狼看見在午後陽光的充分照耀下，做母親的大山貓正伏在巢穴入口。見到這情形，牠背上的毛馬上豎了起來，不用本能告訴牠，牠已經知道恐懼來了。假如只是目睹眼前的畫面還不夠，那麼就再加上入侵者的怒吼吧。這怒吼以咆哮開始，繼而突兀地提高成沙啞的嘶叫，再沒有比這更明白的事情了。

小灰狼感覺到生命在身體內的刺激，牠勇敢的站起來走到母親身邊發出咆哮，母親卻把牠推到身後，這不免令牠感到恥辱。入口處十分低矮，大山貓無法跳進來，當牠爬著衝進來時，母狼跳到牠身上壓住了牠。小灰狼沒辦法看清楚牠們搏鬥的情景。牠只是聽到令人恐怖的咆哮和尖叫。兩隻母獸扭打在一塊兒，大山貓的爪子與牙齒都用上了，連撕帶咬，而母狼只用牙齒。

有一次，小灰狼跳上去用牙咬住大山貓的後腿。牠死咬著不放，兇狠的咆哮著。雖然牠並不知道，小灰狼由於牠的體重確實牽制住大山貓的腿，使牠的母親免受不少傷害。戰鬥中的一個變化導致小灰狼被壓在二個母親身下，而牠死咬的那一口也被掙脫了。下一秒，兩個母親分開了，在牠們重新扭打在一起之前，大山貓用一隻巨大的前爪砍向小灰狼，牠的肩膀被撕裂得露出了骨頭，同時將牠側身重重的撞在牆上。於是在戰鬥的喧聲當中，新增加小灰狼疼痛吃驚的尖叫。這場戰鬥持續的時間很長，足夠讓小灰狼在哭夠以後，體驗到勇氣二度爆發。牠又衝上去死咬住大山貓一隻後腿，透過牙縫怒吼著，一直到戰鬥結束為止。

大山貓死了，但母狼也十分的軟弱，渾身都不舒服。最初，牠還撫慰小灰狼，舔牠受傷的肩膀；但失血過多令牠渾身無力。在已經死去的敵人身旁，牠一動不動的躺了整整一天一夜，幾乎連呼吸都停止了。足足一周的時間，除了外出喝水，母狼沒有離開過巢穴半步，而且出去的時候，牠的動作也是緩慢而痛苦。終於，把大山貓給吃完了，母狼的傷也康復到牠可以繼續出去獵食的程度。

小灰狼的肩膀由於那可怕的撕裂而僵硬疼痛，有一陣子都瘸著腿，但此刻，世界似乎已經改變了。牠再走進去時，變得更加自信、強大，英武十足，那是在與大山貓戰鬥之前所沒有的。牠以更兇猛的角度來看待生命；牠戰鬥過了，牠的牙齒刺入敵人的肉裡，而牠活下來了。因為這些，牠的態度變得前所未有的勇敢，有一種肆無忌憚的派頭。牠再也不害怕小東西，牠失去很多的畏怯，儘管未知還是永不停止的運用難以捉摸，充滿威脅的神祕和恐怖壓迫著牠。

牠開始陪同母親出去獵食，見識並參與很多的獵殺。按照牠模糊不清的方式學到食物的規律。有兩種生命——牠自己的一種和另外的一種。前者包括牠自己和牠的母親；後者則包括其他所有會動的東西。但後者又可以分為兩個部分。一部分是供給牠和母親獵殺和吃掉的。這其中有非獵殺者和微不足道的獵殺者，另一種則是獵殺和吃掉牠和母親的，或反過來會被牠們獵殺、吃掉的。在這分類之中，規律出現了。生命的目標是食物，而生命本身也就是食物，生命依靠生命而生存。因此才有吃人者和被吃者。於是，這規律就是：吃掉或被吃。當然，小灰狼並沒有用清晰明確的字眼將這規律歸納成公式，也不會推導其中的道德意義，牠甚至根本就沒有想到這條規律，牠只是按照這規律生活，無需去想它。

牠看到這條規律在牠的周圍到處發揮著作用。牠曾經吃掉過小松雞，老鷹曾吃掉過母松雞，老鷹也有可能把牠吃掉。後來等牠長大到不可小覷的時候，牠就想把老鷹吃掉。牠吃過大山貓的小貓；作為母親的大山貓要不是自己被殺、被吃掉，就會把牠吃掉了，事實就是如此。在牠周圍一切活著的東西都遵循著這規律，而牠自己也是實施這規律的一份子。

牠是一個獵殺者，牠唯一的食物就是肉，活生生的肉，這些東西就在牠面前或迅速逃跑，或飛向空中，或直奔上樹，或鑽入地下，或迎上來和牠戰鬥，或反過來追擊牠。假如小灰狼可以像人一樣思考，牠很有可能把生命摘要說成是一場大吃大嚼的盛宴，而這個世界就是一個充滿無數宴會的地方，牠們相互追逐和被追逐，獵殺和被獵殺，吃和被吃，一切都是盲目粗暴又混亂不堪，在機會支配下，暴食與獵殺混亂成一團，毫無感情、毫無計畫、也毫無終點。

可是，小灰狼並沒有像人一樣地思考。牠無法用遠大的眼光來看事物。牠一心一意，只抱著一種思想和欲望。除了食物的規律之外，牠還要學習和服從其他無數次要的規律，世界處處都是驚奇。牠內在的生命蠢蠢欲動，牠肌肉的運動是一種永無止境的幸福，吞下食物就會體驗到震顫與自豪。牠的憤怒和戰鬥就是最大的快樂，而恐怖本身和未知的神祕都與牠的生活密不可分。

而且，還有那舒適滿足的感覺，吃飽肚子或在懶洋洋的陽光下打瞌睡——這就是牠的熱情與辛勞的十足報酬，並且牠的熱情體驗辛勞本身也是一種報酬。它們是生命的表現，而生命在表現自我時總是快樂的。因此，小灰狼並沒有與那充滿敵意的環境產生任何衝突，牠十分活躍，非常快樂，生活得怡然自得。

第三部

突如其來的一件事情降臨到小灰狼的頭上，是大意讓牠犯下這個錯。睡眼惺忪的牠昏昏沉沉忽略了觀察，也許是因為對河邊過於熟悉從未出過意外。原本牠離開巢穴找水喝時，依著地勢向下走去，經過一棵乾枯的松樹，跑過那塊空地，在林木間輕快的小步跑著。接著，就在一轉眼間，牠彷彿看見並嗅到什麼。在牠前面，有五個靜坐著的活物，牠以前從未見過這樣的活物。這是自出生以來牠頭一次見到人類，但是看到牠的五個人並沒有如牠想像般的跳起來，也沒有露出牙齒並大聲的咆哮。他們沒有移動，只是沉默的坐在那裡。

小灰狼也沒有移動。本來牠的每一種天性本能都會驅使牠慌忙地逃跑，可就在這時，天性中另一種相悖的本能第一次湧了上來。巨大的敬畏感降臨到牠的身上；一種軟弱渺小的感覺充斥於牠的身上，壓制牠無法移動半步。牠從未見過人，但對人的認知是早就存在於牠與生俱來的本能中。牠模糊的感知人類是在戰鬥中證明自己的能力，並淩駕於荒野中所有動物上的動物。

當下小灰狼不僅僅是用自己的眼睛，還是用牠所有先祖們的眼睛看著人——這些眼睛曾經一代代的、在不計其數的冬天營火附近的黑暗中環視，也曾一代代在濃密的樹林深處保持著安全距離窺探這些奇怪的兩條腿生物。

符咒般的先天遺傳對牠產生作用，那是許多世紀以來，多代狼族經過許多實際的鬥爭累積的經驗所產生的敬畏之心。對於小灰狼來說，這樣的累積和遺傳有極強大的強制力。但如果牠是一隻成熟的成年狼，牠會立刻的跑掉，然而現在牠只會在自我麻痺狀態下俯伏在地上。

一位印第安人站起身走了過來，在牠身旁彎下身仔細觀察小灰狼。小灰狼的毛不由自主的聳立起來；牠向後收攏了嘴唇，將小小的虎牙展露出來。那印第安人笑著說：「瞧！雪一樣白的虎牙！」

其他的那些印第安人高聲大笑起來，催促那人把牠提起來。那隻手越來越近的時候，本能使小灰狼的內心發生了爭鬥。牠體驗到內心兩種巨大的衝動——退讓和戰鬥。

牠先選擇了妥協本能，兩樣都是牠的選擇，但當小灰狼退讓到那手幾乎碰到自己身體上的時候，牠戰鬥了，牠的牙齒很突然的咬合下來，咬進那手。接下來，牠頭的側邊受到了一下擊打，將牠側身打倒了，牠的鬥志就此土崩瓦解。小灰狼內心的幼稚與降伏的本能控制了牠，牠坐在後腿上哇哇大叫著。但是那個被咬到手的人很生氣，很快的在小灰狼頭部的另一邊打了一下。於是，當小灰狼爬起來後，叫得更大聲了。

四個印第安人更響亮的大笑了起來，那被咬的人也跟著笑起來，牠們圍繞著小灰狼笑著，小灰狼卻因為恐怖和疼痛大聲的哭訴。就在這時，小灰狼聽到了什麼聲音。與此同時，那些印第安人也聽到了。但是小灰狼知道那代表什麼，因此牠發出最後一聲勝利多於悲哀的長聲嚎叫，就這樣停止了牠的吵鬧，靜靜的等待、等待牠的母親。牠那兇猛而不可制服、曾經在一切戰勝和殺戮中未曾害怕過的母親，一路吼叫向這邊奔來。她聽到小灰狼的呼喚，趕緊衝來救牠。

牠奔跑著跳進他們中間，由於母性而產生的焦急、忙於戰鬥的狀態，使牠顯得有些猙獰。但從小灰狼的眼中，牠帶有自衛性質的憤怒極為悅目。小灰狼小小的帶著快樂的叫喚了一聲，就跳起來迎接牠的母親，與此同時，那些圍住牠的人慌亂的倒退了幾步。母狼護住小灰狼，毛髮聳立著，喉嚨深處一聲聲呼嚕嚕響著咆哮；臉部扭曲，擺出一幅威脅的凶相；牠從鼻尖到眼睛的皮都皺起來了，正是因為牠如此厲害的咆哮。

這時那些人當中的一個叫了一聲「傑西！」這是一聲充滿驚訝的呼叫。小灰狼感覺到母親一聽到這聲音就妥協下來。隨後小灰狼就看著牠的母親趴下來，低的直到肚子著地，發出嗚嗚的叫聲，搖晃著尾巴，表示牠的和解。小灰狼無法理解母親，牠慌了。那敬畏人的本能襲擾著牠的心靈，原來本能一直存在，牠母親的表現證實了它：母狼對人形動物納降。

那個說話的人走到母狼身邊，將手放在牠頭上，而母狼只是匍匐的更低些。牠沒有咬，也沒有顯露出想咬的樣子。剩下的人走過來圍著牠、撫摸牠、拍牠，母狼對這些動作沒有任何不滿和憤怒的表示。那些人都很興奮，從他們的嘴裡弄出許多聲響。小灰狼貼近母親匍匐著，雖然不時的聳起毛，卻還是盡力的表示著順從，小灰狼判定這些聲響並不是危險的徵兆。

「這並不奇怪，」一個名為灰海獺的印第安人說到：「牠父親是狼，牠的母親是狗。牠母親發情的時候，我哥哥把牠母親在森林裡扣了整整的三夜，所以傑西的父親是一隻狼。」

「一年了，牠跑掉都有這麼長時間了。」第二個人說。

「看來牠和狼群一起生活。」第三個印第安人接著說。

「好像是。」灰海獺答到，他把手放在小灰狼身體上說：「這就是證據。」

當那隻手觸摸到小灰狼身體時，小灰狼微微吠了一聲，那手便直接抽回擊打了牠一下。因此小灰狼趕快收起虎牙，順從的伏下，接著那手便伸到牠耳朵後面揉擦，來回的在牠背上撫摸。

灰海獺接著說：「很顯然，牠的母親就是傑西，但牠的父親是狼。所以牠身上狗的部分很少，狼的成分居多。牠的虎牙很白，像雪一樣，就叫牠白牙吧，就這麼說定了。傑西是我哥哥的狗，而我哥哥死了，這狗是我的。」

就這樣，小灰狼成了世界上第一個有自己名字的狼，牠匍匐在那裡小心的觀望人形動物口中不斷的發出喧嘩聲。其後，灰海獺在掛於脖子上的刀鞘裡拔出小刀，並進入樹叢砍了一枝短棍。白牙看著牠把棒子的兩頭刻上凹痕，將皮帶扣在凹痕裡，用其中一條皮帶扣住傑西的脖子，就這樣牽著牠到一棵小松樹的邊上，將另外一條皮帶扣在樹上。

白牙跟過去俯伏在母親身邊，其中一個人伸出手把白牙弄得仰面朝天，傑西焦心的觀望，恐懼又在白牙心裡湧動。牠無法遏止的吠叫著，但卻沒有撕咬。那彎曲張開的手指以一種玩笑的方式揉擦牠的肚子，並把牠翻過來弄過去，那真是很不體面和可笑的，就這樣以脊背著地並四腳朝天，那真是一種完全無能為力的姿勢，違背白牙所有的本能和天性。

如果哪個人想要傷害牠，牠沒有任何的辦法自衛。白牙明白這是牠無法逃避的，四腳朝天的牠又怎麼可能逃走？但是降伏使牠抑制住恐懼，卻無法克制牠的吠叫；那人形的動物卻沒生氣也沒有打牠的頭。但這事情還有些奇怪之處，當那手在白牙身上擦來擦去的時候，牠體驗到一種難以言喻的快感。所以當牠滾到側邊的時候，牠停止了吠叫；當那手指壓迫刺激牠的耳後根，那快感更是加倍增加。那人形動物最後揉擦牠一下並走開，白牙所有的恐懼竟然都消失了。牠還將在以後和人打交道中體驗到許多次的恐懼，然而這次卻是一個預兆，預示著白牙與人之間和諧的伴侶關係是可以建立起來的。

過了些時候，白牙聽到一些陌生的聲音靠近，牠有敏銳的分辨力，因為牠立刻判斷出這是哪些人形動物的聲音。幾分鐘後，這些印第安人的其他夥伴彷彿行軍一般，排成一隊隊開拔過來。其中一些是男人，還有許多的小孩和婦女，他們總共大約有四十幾個人，全都肩負著沉重的營帳裝備和物品。此外還有許多狗，牠們除了半大的小狗以外，也都馱著各種營帳和裝備。放在袋子裡，背負在背上，牢牢的捆在牠們身上，每條狗背負著大約二十到三十磅的東西。

白牙從未見過狗，但一看到牠們，就有一種同類的感覺，只是有略微的差異。但是當牠們發現小灰狼和牠母親的時候，牠們的表現卻和狼幾乎沒什麼區別，於是起了一些衝突。白牙對那一群呲牙咧嘴蜂擁而來的狗聳毛、吠叫、撕咬，並被壓制在牠們下面，牠感覺有牙齒尖銳的切割在牠的身上，牠也拚命的撕咬著對方上面的腿和肚子，那是好大一陣騷動。牠聽到母親在為牠而戰鬥發出的吠叫聲；牠聽到人形動物們大聲的叫喚，狗身上落下棍棒的聲音，和被打到了的狗的痛叫聲。

只有幾秒鐘的時間，牠又一次爬起來站住了。現在牠看到人形動物用棍子和石頭驅趕那些狗，保護牠，拯救牠脫離那些貌似牠的同族，而又有些非牠同族的野蠻牙齒。雖然牠腦子裡毫無理由的出現所謂公正概念那種抽象的東西，可是牠能以自己的方式感受到人形動物的公正，牠非常恰如其分的認識了他們——規律的制定者和執行者，並且欽佩他們在執行規律的時候擁有的權力。

人們和牠遇到的其他任何動物都不一樣，不用咬和抓。他們利用死的東西來保證他們的力量，讓死的東西聽從他們的指揮。因此，作為死物的石塊和棒子在那些奇怪動物的引導下，在空中彷彿變成活的東西，帶給那些狗沉重的傷害。

以白牙的腦子想來，這不是尋常的權力，無法言喻和超越自然的權力，那是神明般的權力。就白牙的天性來說，牠不可能知道關於神明的任何事，最多只能知道有些東西是超牠的理解範圍，於是牠對這些人形動物懷著驚訝和敬畏。

當最後一條狗也被趕走，騷亂平息了下來。白牙舔了舔傷口，思考著牠第一次嘗到的群體的殘酷和進入群體的情況。牠做夢都沒想到牠的同族包括的成員並不只是獨眼狼、母親和牠自己。牠們曾經是一個獨立的種族，但現在牠突然察覺顯然還有許多是牠同族的動物。

牠下意識的產生了一種憤恨，因為牠們、牠的同族，一看到牠就想要撲上來毀滅牠。牠對母親被一根棍棒拴住同樣的憤怒，雖然那是那些優越的人形動物做的事情，但有陷害和束縛的意味，而於牠而言是毫無所悉的；隨意的遊蕩、奔跑和躺下的自由，是牠所接受傳承下來的遺產，現在卻被侵犯了。

牠母親的活動範圍被限制在一根棍棒的範圍之內，身不由己的被棍棒的長度限制住，牠不喜歡這樣子。因為靠在母親身旁的需要對牠來說還是無法或缺的。當人形動物繼續前進的時候，牠也不喜歡，只因有一小型的人形動物將棍棒的一頭拿在手中，把傑西當作俘虜一樣牽在後面走，而白牙又跟在母親後面，為牠即將開始的新冒險而非常的焦躁和煩惱。

牠們沿著河谷向下走，遠遠超過白牙遊歷過的最遠範圍，一直走到盆地的最終點，就是在這裡，這條河流進了麥肯錫河。這裡有獨木舟高高的撐在杆子上，曬魚用的網架筆直的立著，他們就把營地紮在這裡；白牙以驚奇的眼光旁觀。這些人形動物體現的優越性時刻都在增加。他們主宰著所有這些有著銳利虎牙的狗，這顯示出他們的權力。

但是在白牙看來，更令牠驚異的是他們對死的東西的主宰，把動力傳給不動物體的本領，他們擁有的改變原本世界面貌的能力。特別打動牠的就是這最後一項，把用杆子搭成的架子豎立起來，這事情吸引了牠的視線，可是既然那些把石頭和棒子摔出去老遠的人就是境在豎起架子的人，這個事情就不顯得那麼希奇。但是當這些杆子做的架子被布料和皮遮住、搭建成一個圓錐形的帳篷時，白牙大大的吃驚了，這些巨大的帳篷使牠驚駭。

它們在牠的四面八方出現，彷彿是什麼猙獰可怖、生長快速的生命形體。它們幾乎充斥牠整個視野。它們讓牠害怕，隱隱的、不祥的浮動在牠上面；在它們被風吹而發生巨大的運動時，牠就無比恐懼的俯伏下去，緊緊的用眼睛盯住它們，準備它們可能向牠衝來的時候馬上跳開。

可是，只過了一會兒，牠對帳篷的恐懼就消失了。牠看到女人和孩子們毫無損傷的從那裡進進出出，牠看到常常有些狗想走進去，卻被嚴厲的言語和飛來的石塊趕走。又過了一會兒，牠離開傑西向最近的一座帳篷的牆壁小心翼翼的爬過去。推動牠前進的是成長的好奇——也就是為了獲得成長的經驗而去學習、生活和必須要做的。

最痛苦不堪和謹慎的是爬到帳篷牆壁的最後幾英吋。這一整天的遭遇已經使牠對最驚人和不可思議的方式顯現出來的未知，做好了應付的準備。最後，牠的鼻子碰觸到了帆布。牠等了一等，沒有任何事情發生，於是牠聞了聞浸透著人類味道的陌生組織。牠用牙齒咬住帆布輕輕一拉，沒什麼事發生，雖然那帳篷附近的部分輕輕動了一下。牠便更加用力的拖動，帳篷也就跟著動得厲害了些。牠覺得這很有趣，便更使勁的拖，並且一拖再拖，弄得整個帳篷都跟著晃動起來。這時裡面傳來一個女人的尖叫聲，使牠連忙逃回傑西的身邊，從此牠便不再害怕那些龐大的帳篷了。

不一會兒，牠又從母親身旁胡亂的走掉。扣住傑西的棍子被固定在地上的一根木樁上，因此牠無法跟隨小灰狼走。一隻半大的小狗，體形和年齡都比牠稍微大些，往牠這個方向慢慢走過來。帶著輕薄好戰、目中無人的自大神氣。這隻小狗的名字，白牙後來曾聽人喊牠歷歷。歷歷是一隻很有爭鬥經驗的狗，並且已經可以算是狠傢伙了。

歷歷與白牙是同族，而且還只是隻小狗，看起來毫無危險，所以白牙打算以友好的方式迎接牠。然而，此時這個陌生者卻露出牙齒，白牙也露牙齒給予回敬。牠們相互繞著半圓形兜起圈子，試探性的聳立毛髮和吼叫，就這樣持續了幾分鐘的時間，白牙認為這很有趣，把這當成了一種遊戲。

但是突然之間，歷歷以非常迅速的動作跳過來狠狠的咬了白牙一口又馬上跳開。這一口剛剛好咬在白牙那半邊被大山貓弄傷、此時還隱隱作痛的肩膀上。驚訝和疼痛使白牙本能的發出吼叫聲，一瞬間怒氣充斥了白牙的內心，牠撲到歷歷的身上惡狠狠的咬起來。

只不過，歷歷從小在營地長大，經歷過多次小狗之間的鬥爭，牠用銳利的小牙齒三次、四次、六次的咬在這新來者身上，直到白牙哀號著逃到母親的保護之下。這在白牙與歷歷在將來無數次爭鬥中的第一次，牠們從開始就成為各自的仇敵，這是基於註定的、永遠要發生衝突的天性與本能，天生如此。

傑西用舌頭舔著白牙撫慰牠，並試圖誘惑牠留在身邊，但是牠有著難以抑制的好奇心，幾分鐘後，牠又冒著危險開始新的探險。這次牠遇到的是一個人形動物，他就是灰海獺，他蹲在地上，並用面前散著的棍子和乾苔蘚做著什麼；白牙靠近他看著。灰海獺用嘴巴發出在白牙聽來沒有敵意的聲音，因此牠靠得更近些。

女人和孩子們又從別的地方拿了些樹枝和乾苔蘚給灰海獺。那顯然是件大事。白牙濟近，直到碰到灰海獺的膝頭，牠非常的好奇，以致忘記這些人形動物的可怕。突然牠看到一個奇怪的事物，像是霧一樣從灰海獺下面的樹枝和苔蘚裡冒出來。隨後在那之間出現了一種東西盤旋回繞著，那像是天上太陽的顏色，白牙對於「火」是完全的無知，它吸引著牠，就像洞口的光吸引著幼年時的牠一樣，牠靠近了火幾步，牠聽到灰海獺咯咯的笑著，牠知道那不是帶有敵意的聲音，隨後火焰接觸到牠的鼻子，同一瞬間牠伸出舌頭去舔它。

頃刻間，牠渾身上下都麻木了。那未知、藏在樹枝和乾苔蘚當中的事物，野蠻又粗暴的抓住牠的鼻子。牠一個跟斗栽了出去，爆發出一陣吃驚的叫聲。聽到牠的叫聲，傑西吠叫著跳到棍子的盡頭，卻又無法援救牠，只能在那裡發出可怕的吼叫。但灰海獺高聲大笑，拍著自己的大腿跟營地所有人訴說剛剛發生的事情，直到人人都放聲大笑。但白牙只能蹲著嗚哇亂叫，成為一個無依無靠、在人形動物包圍中的可憐小角色。

這是牠曾經遭受過的傷害中最嚴重的，那太陽一樣、從灰海獺手底下生長起來的活東西，灼傷了牠的鼻子和舌頭，牠哭了又哭，哭個不停，每次新發出的哭聲都引起人們的一陣哄笑，牠想用舌頭減輕鼻子的傷害，但舌頭也受到了灼傷，兩處受傷的地方碰到一起更疼痛，因此牠無助絕望的痛哭。之後牠感到羞恥，牠明白不同笑聲間的差別。我們不清楚獸類如何明白嘲笑和怎麼懂得牠們被人嘲笑，但白牙就是在這種情況下明白了，牠感覺到被人形動物嘲笑是可恥的。牠轉身逃走不是因為受到火的傷害，倒是因為那直接傷害牠心靈的嘲笑，牠逃到傑西身旁──牠正怒不可遏的像頭發瘋的動物闖到棍棒的盡頭；傑西是這個世界上唯一不嘲笑牠的動物。

黃昏來臨，夜色漸漸暗下來，白牙依偎在母親身旁，疼痛依舊從鼻子和舌頭傳來，然而一個更大的煩惱折磨著牠。牠想家，一種空虛充斥了牠的感覺，牠很想念絕壁上的洞穴和河邊的寧靜安詳。

太多人出現在牠的生活中。人太多了！男人，女人，小孩子都發出喧鬧的聲音和刺激。那些狗也一刻不停的爭鬥和叫鬧。牠從前唯一有的安閒和孤寂生活已經消失的無影無蹤。生命帶動這空氣都跟著顫動。它嗡嗡不停的無休止的作響，不斷的繼續變換著強度和突然的變調，衝擊牠的感官和神經，讓牠精神不安，異常緊張，牠時刻警覺，擔心著會發生什麼未知的事情。

白牙注視營地中這些人形動物們來來往往和活動，就如同人類看著他們自己創造的神明一樣。在牠朦朧的意識中，他們就像是人類信仰的神明，是奇蹟的創造者，他們是具有統治權的動物，擁有各種未知的和無法想像的威力，是所有活物和死物的主宰者——使活著的服從，使不會動的死物擁有活動的能力並創造生命，使那太陽般顏色、會咬人的生命從枯乾的苔蘚和樹枝裡生出來。他們創造火！他們是神明！

第二章　枷鎖

這些時日令白牙有了充足的經驗。在人類用木棍控制傑西的這段日子裡，白牙的足跡遍布整個印第安營地，進行探查，考察和學習。牠很快明白人形動物的許多做事風格，但是明白和熟悉並沒有使牠產生輕視。牠越瞭解人形動物，就越感受到他們的優越性，他們越顯露出神祕的權力，他們那高山仰止的神性就越顯得偉大。

人類時常由於看到他的神明被否定和祭壇坍塌而悲哀；可是靠過來俯伏在人類腳下的狼和野狗絕不會有這種悲哀。人的神是無法看見和觸摸想像中的東西，躲避現實存在的想像中的氣和霧，是在「美好」和「權力」期望中的遊魂，在精神領域中自我無跡可尋的顯現；而走近火邊的狼和野狗卻和人不同，牠們的神明是活生生、有血有肉的，是實實在在、觸摸得到的，需要地面的空間和時間來實現其目的和存在。

信仰這樣一個神明無需信仰維繫；不信任這樣一個神明是牠自己的意志不能允許的。他在那裡站著，用雙腿支撐著身體，棍棒握在他手裡，擁有無限潛力，有熱情、憤怒、愛情，他的肉體包藏所有高不可攀的神聖和神祕的權力，然而當他的肉體被撕裂時，同樣會流血，和其他任何的活體一樣好吃。

相對於白牙就是如此。人形動物是無法擺脫毫無疑問的神明，正像牠的母親傑西在別人呼喚一聲牠的名字後就奉獻了忠誠與順從一樣，牠亦將如母親般奉獻。牠順從他們，認為特權是他們毫無疑問應該擁有的。當他們走過來，牠便讓路給他們；當他們發出呼喚，牠就跑過來；當他們威脅，牠就俯伏下來；當他們要牠走開，牠就急忙離開。因為他們有把任何實施想法的權力，而權力可以帶給牠傷害，這權力以手打或者棒打的方式表現出來，或是在飛起的石頭以及鞭子刺痛的擊打中顯現出來。

牠是他們的，正如所有的狗都是他們的一樣。牠的行動是任憑他們差遣的，任憑他們敲打，踐踏和寬容。這就是牠得到的教訓。這教訓來之不易，因為牠的本性中某種強烈性格和此不相容；牠學習的時候感覺很不喜歡，卻不知不覺中嘗試著去接受。那是將自己的命運交托到別人手裡，把自己生存的責任轉移；依賴本身就是報酬，因為依賴別人永遠比獨立活著容易的多。

這樣把靈魂和身體都交付給人形動物的事情並不是在短短一天內完成。牠無法丟掉關於野性的遺產和記憶中的荒野。有些時候，牠走到森林邊，站立著聆聽遠遠的什麼東西的呼喚。牠總是帶著不安回到傑西身邊，若有所思的、輕輕的、嗚嗚叫喚著，用舌頭舔牠的臉帶著一種急切和質問。

白牙很快就瞭解營地的情況，牠知道成年狗搶著吃人們給牠們的魚和肉時，表現出的狡詐和貪饞。牠逐漸的瞭解到比較公正的是男人，比較殘酷的是孩子，最有可能丟一塊肉或者骨頭給牠的是比較和善的女人。在兩、三次與半大的小狗們的母親們有了痛苦的遭遇之後，牠清楚這些母親是不可以去招惹的，盡可能的遠遠離開牠們，並知道在牠們靠近時讓開路永遠是最好的選擇。

可是歷歷卻成為牠生活中最大的禍害。比較年長、身體較大、較強壯的歷歷，特別挑選了白牙做為牠的虐待對象。白牙是願意作戰的，不過牠是遠不及歷歷的，牠的敵人過於強大。歷歷成為牠的噩夢。每當牠大膽的離開母親身邊，歷歷就必然出現，追蹤牠、對牠吠叫，作弄牠，注意到人形動物不在身旁的時候，就撲上來強逼牠打架。歷歷總是勝利，並把這當成極大的樂趣；這成為歷歷生活裡最主要的樂趣，正如這成為白牙最主要的折磨一樣。

但是白牙並沒有畏縮，這些都沒影響牠，雖然牠總吃敗仗並受到傷害，但牠仍然不屈不懼。可是，白牙天生的野蠻脾氣在迫害下變本加厲了，牠變得惡毒而陰險。牠溫和、遊戲，但是作為小狗的那面性格幾乎無法表現，歷歷不允許牠和別的小狗一起玩耍，只要白牙一出現，歷歷就過來欺負虐待牠，跟牠打架，將牠趕走。

這一切使白牙喪失童年時為發洩精力而遊戲的途徑，牠變得內向狡猾，少年老成。牠用很長的時間去想詭計，當人們餵食狗群的時候，牠因受阻礙而得不到，就變成一個機靈的小偷，這往往讓婦女們煩惱，但牠不得不為自己掠食，而且做得很好。牠非常機靈的在營地各處潛行，知道什麼地方有什麼事，觀察、傾聽，並由此認識一切，想辦法順利的逃避那些迫害者。

牠第一次玩了個真正的大陰謀，並嘗到報復的滋味，就好像傑西和狼在一起時，誘出人們營地裡的狗吃掉一樣，白牙引誘歷歷到傑西的牙齒所及之處。牠在歷歷前面逃跑，繞著營地上的各個帳篷迂迴出入，歷歷追逐白牙興奮得忘了小心和位置，當牠醒悟時已經太晚。白牙繞著一座小帳篷全力奔跑，突然衝到躺在棍子盡頭的傑西身邊，歷歷驚慌失措的叫了一聲，但傑西已咬住牠；傑西被扣住不能動，歷歷也不能輕易脫身。於是，傑西將歷歷翻倒在地，用牙齒反覆的撕咬牠。

歷歷終於擺脫傑西滾爬起來時，毛髮散亂不堪，全身滿是傷痕，站在那裡放聲痛哭。然而，即使如此，白牙在牠哭到一半的時候又咬住牠的後腿，歷歷鬥志全無，只得帶著恥辱逃跑，白牙則在後面緊追不放，一直追到歷歷的小帳篷旁。這時女人們趕來幫忙，白牙則變成憤怒的魔鬼，最後在彈石齊發的情況下才走開。

有一天，灰海獺認為傑西不會跑掉了，就把牠放開了。白牙為母親獲得自由非常高興，快活的陪著牠在營地各處觀看；只要白牙和傑西在一起，歷歷就會敬而遠之，白牙反倒驕傲起來。但是歷歷不是傻瓜，無論怎麼想復仇雪恥，也只能等到白牙單獨一人時，所以牠對這樣的挑戰置之不理。

那天傍晚，白牙一步步的將傑西引導到營地附近的森林邊。當傑西站住時，白牙想再引牠向前走。河流、洞穴，寂靜的樹木在呼喚牠，牠要傑西一起前往。白牙前跑幾步，站住，回頭看看，傑西沒動。白牙哀哭懇求，故意在矮樹林中跑進跑出，跑回傑西面前舔牠的臉又跑掉，但牠仍然不動。白牙停下來看傑西，牠卻回頭凝視營地。

曠野之中，有什麼東西在呼喚白牙，牠的母親也沒有聽見，但傑西同時還聽到另一種更響亮的聲音——火焰與人類的呼喚，這呼喚是單單針對一切野獸中的狼和野狗這兄弟倆而發出要求回應的。

傑西慢慢的轉過身小步跑回營地，營地對牠的掌控比起棍棒對牠的束縛更加強烈。依然是那些神明的權力，無形的抓住不讓牠離開。白牙坐在一顆赤楊樹蔭下，輕輕的發出嗚咽聲。

空中充溢著一股強烈的松樹味道和稀薄的樹木香味，牠受到束縛之前的那些日子裡的自由生活又浮現在腦海裡。牠不過只是個半大的小狼，無論是荒野的呼喚還是人的呼喚都趕不上母親的呼喚。在牠現有的為時不長的所有時間都依靠牠，還沒有到牠獨立的時候。所以孤單單的牠站起來跑回營地，中間一次又一次的停住腳步，俯伏下來嗚咽和傾聽森林深處迴響著的呼喚。

在荒野當中，一個孩子和母親相依存的時間是短暫的；但在人類的權力之下，有時可能更短暫，對白牙來說就是這樣。灰海獺欠三鷹債務，三鷹要離開營地做短期旅行，逆著麥肯錫河上行至大奴湖。灰海獺便將一塊紅布、一張熊皮、二十發子彈和傑西拿來抵債。白牙看到傑西上了三鷹的獨木舟也想跟上去，三鷹一擊便將牠打回岸邊。獨木舟划走了，牠跳下河游著跟上去，全然不顧灰海獺叫牠回來的嚴厲命令。白牙竟然不顧一個人形動物、一個神明的命令，這就是牠失去母親時感到的恐懼。

但是神明是習慣被順從的，灰海獺極其憤怒的划了一艘獨木舟追趕上來。追上白牙的時候，他一伸手抓住牠的脖頸將牠拎出水面，他沒有立刻將牠放到船上，而以一隻手將牠拎在半空中，另一隻手則打牠一頓。他下手很重，每一下都令牠受傷；而牠卻被打了無數下。

那打擊時而打牠身體這邊，時而打牠那邊，雨點一樣落在牠身上，使白牙彷彿一隻急遽顫抖和晃動的鐘擺。牠的情緒不停在變換，最開始牠感到驚嚇，隨之而來的是一陣短暫的恐懼，這期間牠在手的擊打下哀鳴了幾聲。但很快就湧上憤怒，自由的天性在牠內部發作，牠面對著暴怒的神明大膽的露出牙齒和吠叫著，可是這只更引起神明的憤怒，以及更快、更重、更傷人的打擊接踵而來。

灰海獺繼續的打著，白牙繼續的吠叫。但不可能永遠這樣下去，不是牠便是他，總有一方要先罷休。先投降的是白牙，恐懼重新占據牠的大腦，被人真正的抓在手裡對牠來說是第一次，從前偶爾的棍棒和石頭擊打，比起這次只能算是愛撫。牠一下子就洩了氣，開始哀叫。有一會兒每次擊打都使牠哀叫一聲；但是恐懼慢慢的就變成恐怖，最終牠那連續不斷的哀號聲代替牠的哀叫，再也沒辦法與處罰的韻律合拍。

最後灰海獺停住手。白牙在半空中軟弱無力的懸著，繼續的哭叫著。這似乎給予牠的主人滿足，就將牠粗暴的扔到船底。此時流水已經將獨木舟沖下去了，灰海獺將船槳拿起來，白牙妨礙了他的行動，他就用腳野蠻的踢開牠。在這一瞬間，白牙自由的本能閃了出來，牠對著那穿著鹿皮鞋的腳用牙齒咬了下去。

剛剛的那頓打擊比起現在牠所遭受的簡直算不上什麼。灰海獺的憤怒是很可怕的，同樣的是白牙的驚恐，不單單是連堅硬的木漿都用上了，當牠再次被扔到船底的時候，傷痕遍布牠小小的身體並發出疼痛，灰海獺又一次踢了牠一腳，這一次卻是故意的。白牙卻不再向那腳進攻了，牠再一次得到關於束縛牠的教訓，不管任何的環境下，一定不可以放肆的咬牠的主宰者、牠的神明；主宰者擁有的身體是神聖的，不是牠的牙齒可以肆意褻瀆的。

獨木舟靠近岸邊的時候，白牙一動不動的趴著，小聲的嗚咽著，等待灰海獺的指示。讓牠上岸就是灰海獺的指示，因此牠被扔到了岸上——重重的撞擊到牠的腰部，增加了傷痕的疼痛，牠顫抖著站起來嗚嗚的叫著。歷歷在岸上看到這一切，向著牠衝過來，將牠打翻並用牙齒咬牠。白牙已經喪失自衛的力量，要不是灰海獺，牠必將大吃苦頭；灰海獺踢了歷歷一腳，歷歷被踢到半空中，「啪」的一聲跌在十二英尺外的地面上。這是人形動物的公正，白牙體驗到這一點——感恩和震撼，即使是在當時那種可憐的狀態，牠仍然體驗到了。牠跟在灰海獺後面跛著腳順從的跟著，穿過村子走到帳篷前，白牙因此明白了，處罰的權力是神明的，比他們低等的動物沒有份兒。

那天夜裡，當四周都安靜下來，白牙想起母親，為牠感到悲哀。那悲哀的聲音太大了，因此將灰海獺弄醒而被打了一頓，從此以後，當有神明在牠旁邊的時候，牠只有輕輕的哭啼；但是有些日子，牠獨自散步到森林邊時，牠就發洩一下悲哀，大聲的哭啼。在此期間，牠非常有可能跑回荒野，但是想念母親的心情卻使牠留下來。打獵的人形動物進進出出，所以終有那麼一天牠也會回到村子裡，為了這個原因，白牙繼續的在束縛中等待著牠。

不過那束縛並不完全是不幸的。很多事情都可以引起牠的興趣，總是有一些事情發生。這些神明做的奇怪的事情永無止盡，而這些永遠都是牠喜歡看到的。此外，牠學習如何和灰海獺相處。有時灰海獺會丟塊肉給牠，並幫助牠防禦別的狗的爭搶，這是一塊很有價值的肉，從某種奇怪的意義上來說，比十二塊從一個女人手裡弄到的肉還有價值。灰海獺從來不會拍牠或者撫摸牠。這對白牙有影響的，或許是他的公正，亦或是他手的重量，或是他純粹的權力，或許是這所有的一切，總之牠和牠乖戾的主人之間形成某種關係。

暗地裡，由於一些潛移默化的事情，同時也可能是由於棍棒、石子和手的擊打力量，白牙被看不到的束縛的桎梏牢牢的控制住，牠的種族中的某些特性正在白牙的內部發展著。不幸固然充滿了營地的生活，卻在不知不覺間不斷的使白牙喜愛營地的生活，但白牙對此一無所知，牠只知道希望傑西回來，失去牠很悲哀，並渴求著那曾經屬於牠的自由自在生活。

第三章 遺棄

歷歷繼續令白牙的日子不好過，因而白牙變得更加邪惡和兇狠。野蠻原本就是白牙天性中的一個部分，但是現在牠的野蠻卻大大超越了牠的天性。在人形動物中牠獲得邪惡的名聲，只要一有麻煩和騷擾在營地裡發生，甚至一個女人因為弄丟一塊肉吵鬧，白牙一定會被發現牽扯在內，而且通常牠就是肇事者。關於牠的行為與動機並沒有人費心探究。他們只看結果，而這結果往往又都是壞的。牠是一個鬼鬼祟祟的小偷，調皮搗蛋、惹事生非的傢伙；憤怒的婦女們罵牠，同時牠也警覺的關注著她們，預備隨時躲避任何快速飛過來的物體，她們罵牠是隻狼，毫無用處，註定不得好死。

在這個人數眾多的營地當中，牠發現自己是一個被遺棄者。所有的小狗都聽從歷歷的領導；白牙則與牠們不同。或許，牠們察覺出牠是野種，懷著一種家犬對狼的本能敵對來對牠。可是無論怎樣，牠們的確跟歷歷聯合起來迫害白牙，一旦成了對頭，今後就有理由永遠的作對。牠們全都經常領教白牙利齒的襲擊，令白牙感到光榮的是，牠打別人比較多，挨打卻很少。假使是單打獨鬥，許多狗都打不過牠；只是戰鬥剛開始，營地裡所有的小狗就都跑來一起打牠，牠毫無一對一決定勝負的機會。

從打群架當中牠學到十分重要的兩件事情：一是當許多狗聯合進攻時如何自衛；一是當

單打獨鬥時，如何在最短的時間裡，以最大限度的傷害對方。牠很清楚自己只有在對打的狗群之中站穩腳跟才會有生路，於是，牠變得跟貓似的具有站穩的本領，就算是大狗也要依靠自身體重的衝力，才能把牠撞得後退或往一旁退讓，但無論是向後或靠邊，騰上空或在地上滑，牠的雙腿總是支持住身體，腳步站得穩穩的。

狗在打架的時候，常常會有一些進入實戰前的預備動作，比如吠叫、豎毛、踢腿的步伐等。不過，白牙學會將這些預備動作統統省掉，耽誤一會兒就等於讓所有小狗一起來打牠，牠必須快速地打完就跑。於是，牠學會不將自己的意圖預告出來，牠衝上前直接就咬，完全沒有告知，令對手猝不及防。牠學會快速的給人嚴重的一擊，明白出其不意的價值。在完全沒有戒備的狀態下，一隻狗被襲擊了，肩膀被咬了一個大洞，耳朵也被撕成一條一條的，還沒搞清狀況就已經被白牙打得失敗一半。

另外，出其不意的襲擊十分容易令一隻狗翻身倒地，被推倒的狗都會把脖子柔軟的一面暴露出來——這個地方是可攻擊的致命弱點。白牙知道這點，從一代代獵食的狼祖先身上，牠直接遺傳到這個知識。因此，白牙的進攻方式是這樣的：第一，找到一隻掛單的小狗，然後出其不意的將牠推倒，最後用利齒向牠柔軟的喉嚨咬過去。

白牙還未長大，只是半大，所以牠的牙床並沒有又大又強到靠「襲擊喉嚨」就能致命；然而從很多在營地裡走著的小狗被咬傷的脖子看來，白牙的確是存心的。某一天，牠遇到一個仇敵正單獨在森林邊走著，牠想盡辦法將牠一再的推倒，對著牠的喉嚨進攻，最終將牠的大血管咬斷。那狗丟了性命，隨後被人發現了。消息傳到死去的狗主人耳朵裡，女人們也記起許多次肉被偷走的舊事，於是許多憤怒的聲音將灰海獺包圍。但他堅決地將帳篷的門頂住，把罪犯關在門內，拒絕族人要牠交出兇手並加以懲罰的強烈要求。

白牙成為人與狗都憎恨的動物。牠在發育的時期內，從未得過片刻的安寧。每一隻狗的牙齒與每一個人的手都襲擊牠。牠不斷的迎接著來自同類的吠聲與牠們的神明們的咒罵和石子，永遠都處於緊張之中，總在留意伺機進攻或提防遭到進攻，留意著突如其來、意外的飛擲物，冷靜的搶占先機，跳上前咬對方一口，或是跳開來發出一陣威脅的吠叫。

說到叫聲，白牙叫得比營地所有的大小狗都可怕。叫聲原本的用意是警告或威嚇，而何時發出叫聲是需要判斷的，白牙知道如何叫以及何時吠叫。牠的叫聲中混合著所有邪惡、惡毒，以及恐怖的東西。

牠的鼻子持續的抽搐縮成鋸齒狀，毛髮則像波濤般的聳立著，舌頭如一條紅蛇般射出又縮回，牠的耳朵是放平的，眼睛裡透露出仇恨的目光，嘴唇向上縮著，利齒暴露無遺，流淌著口水，就是如此一副樣貌，幾乎可以讓所有進攻者嚇得目瞪口呆。當牠毫無戒備遭受攻擊，敵人暫時的遲疑就會為牠贏來千鈞一髮的思考與決定行動的機會，對方的停頓最後通常都發展為攻擊的完全終止。因此在不止一隻大狗面前，白牙用這叫聲得到光榮又從容的撤退。

牠是小狗群當中的被遺棄者，然而牠嗜好屠殺的方式與出色的能力卻令小狗群因迫害牠而付出代價。牠不許與狗群一起奔跑，於是出現一個奇怪的事情，沒有一隻小狗可以跑到狗群外，那也不被白牙許可。

小狗們完全不敢領教白牙的游擊與伏擊戰術。除了歷歷之外，牠們都只能聯合在一塊兒對付白牙。一隻小狗孤身走到河邊，就等同於一隻小狗的死亡，或者就等同於牠一邊從伏擊的小狼身邊逃跑，一邊發出恐怖慘痛的尖叫驚動整個營地。

可是，白牙的復仇行動並沒有結束，就算小狗們完全明白牠們必須集合在一起。但只要牠們單獨的時候，白牙就會攻擊牠們；當牠們成群結隊時，就攻擊白牙。一看見白牙，就足以激勵牠們衝向牠，此時，敏捷常常會令白牙獲得安全。但是在這追逐之中，超過同伴們的狗可就要倒大霉！

白牙早已學會突然轉身殺個回馬槍，攻擊跑在大隊伍前面的狗，在大隊伍還沒有趕上前，牠就會被白牙徹底的撕碎。類似這樣的事情時有發生，因為那些狗一旦起哄，追逐的過程中會很容易興奮的得意忘形，但白牙卻從不會懈怠。牠總是一邊跑一邊向後偷看，隨時準備轉身將那超過同伴、過分熱心的追逐者幹掉。

小狗們是少不了遊戲的。由於這模擬戰鬥驚險有趣，所以牠們就將這視為遊戲。於是，追逐白牙就成了牠們最主要的遊戲——當然，也是性命攸關的遊戲，而且不管什麼時候都是嚴肅的遊戲。而在白牙這邊，因為牠跑得最快，所以牠不在乎也不害怕到任何地方。在牠等待母親歸來的日子裡，白牙曾經很多次將狗群引導著在附近森林裡面繞大圈地追逐。狗群每每總是找不到牠，由於牠們的聲音與叫喚，白牙知道牠們的所在，而牠卻單獨跑掉，腳步輕柔，無聲無息，模仿著牠父母的樣子，如同一個穿梭在森林中的影子。此外，比起狗群，白牙與荒野有更直接的聯繫；比起狗群，白牙更懂得荒野的祕密和計謀。牠鍾愛的一個伎倆是從流水中消失足跡，然後靜靜地躺在附近的叢林裡面，聆聽著狗群失敗的叫喚在四周響起。

白牙雖被人類和同類仇恨，但牠依然不屈不撓，時常挨打及打人，這讓白牙的發育極為迅速，卻又偏向一面。這可絕非仁慈與情感開花結果的土壤！關於這些，白牙連最模糊的認識都沒有。牠學會的法則都是服從強者與壓迫弱者。灰海獺是個神明，是強者，於是白牙服從牠；然而，那些比牠幼小的狗則是弱者，是可以毀滅的。牠向著權力發展。為了避免受到傷害甚至被毀滅的危險，所以白牙那肉食動物的特徵與防衛能力極不相稱的發展起來。牠變得比其他的狗動作更快，腳步更快，也更狡猾、更拚命、更柔軟，更具備鋼鐵一般的肌肉，更持久、更殘忍、更兇猛、更聰明。牠不得不擁有這一切的特質，否則沒辦法在所處的環境中存活。

第四章 神明的足跡

就在這年的秋天，當白天變短、霜凍也開始的時候，白牙終於獲得解放。村子裡連續幾天都發生了騷動。人們將夏天的營帳拆除了，所有人都帶著行李物品準備到其他地方進行秋天的漁獵。

白牙急切地關注著這一切，牠終於明白自己獲得解放是在帳篷開始被拆下來、獨木舟靠岸裝載物品的時候。那些獨木舟已經發動，有的順流而下失去蹤影。

白牙十分從容地決定留下來。牠伺機溜出營地去森林裡。牠的蹤跡隱藏於開始結冰的流動河水之中，然後牠爬入一叢茂密的樹林裡等待著。時間緩緩流逝，白牙斷斷續續地睡了幾個小時。此時，灰海獺叫牠的聲音把牠驚醒了，還有其他人的聲音。白牙聽得出來，一起尋找牠的還有灰海獺的老婆以及他的兒子米沙。

白牙害怕得發抖，即使有股衝動讓牠從藏身處爬出去，但牠還是將這衝動抗拒掉了。過了片刻聲音消失了，接著牠爬了出來，慶幸自己的行動成功了。黑夜來臨，牠在樹林之中玩耍了一會兒，盡情享受著屬於牠的自由。

然後，忽然之間，牠感到寂寞起來。牠坐下來思考，聆聽著森林的寂靜，這寂靜弄得牠心煩意亂。這毫無聲響、無動作的情景彷彿隱藏著不幸，牠感到潛在的危險，那不能看見也沒法預料，連那些藏著各式各樣危險東西的黑暗陰影，以及樹木那依稀可見的巨大樹枝都會令牠懷疑。

這兒非常寒冷，沒有帳篷溫暖的牆壁依靠，霜凍結在牠腳上，牠不停的輪流舉起兩隻腳，並將蓬鬆的尾巴彎過來蓋住它們。此時，牠看到了一片幻象，這絲毫不奇怪。存於內部的視覺在牠心中銘刻了一連串「記憶裡的畫面」。牠再次看見營地的帳篷與火焰，再次聽到女人們的尖叫，男人們粗重的低音以及狗群的吠聲；牠很饑餓，記起曾經扔給牠的魚和肉，但這兒並沒有食物，完全是一無所有，只有那不能吃又嚇死人的寂靜。

牠的束縛與不負責任已經使牠變得軟弱，牠早已遺忘如何獨自謀生了。黑夜在牠的四周張大了嘴，牠的所有感官都習慣於營地裡的嘈雜與忙碌，習慣於這所帶來的景象和聲音的不斷衝擊，可是如今卻都空閒了，無事可做，也沒有什麼可看可聽的。感官只得盡力抓住大自然斷斷續續的寧靜，這種沒有動作和大難臨頭的感覺令牠非常沮喪。

突然，白牙大吃一驚，一個巨大、形狀模糊的東西閃過牠的眼簾，那是月亮所投下的樹影，雲朵剛剛從月亮正面移開了。定下心來之後，白牙開始輕輕地嗚咽；然後牠又盡力抑制住嗚咽，因為牠害怕會引起潛伏的危險物的注意。

在黑夜的寒氣中，一棵樹收縮著，放出巨大的聲響，恰巧在牠的上方，白牙嚇得叫了一聲。一陣恐懼莫名襲來，牠瘋狂的跑向村莊，牠感到一種難以抗拒的欲望，那就是對人類保護與陪伴的需求，營地裡煙火的氣味充斥著牠的鼻孔，聲音與呼喚迴響在牠耳邊。牠已跑出森林，走到月亮照耀的空地，這裡不再有黑暗與陰影，然而，村莊卻沒有出現在牠眼前，是牠忘記村莊早就遷走了。

牠突然停止狂奔，失去可以投奔的地方了。在被遺棄的營地上，牠孤單的偷偷摸摸地走著，聞著那些垃圾堆以及神明們丟棄的破爛玩意。牠真是恨不得有發怒的女人向牠扔石子，也恨不得灰海獺將牠打一頓；甚至牠會興高采烈地對歷歷和那些狂叫的、卑劣的狗群表示歡迎。

牠走到灰海獺曾經搭建帳篷的地方，在那塊地方的中央坐了下來，將鼻子朝著月亮。由於劇烈的抽搐，喉嚨疼痛不已；牠張大嘴巴，用心碎的嚎叫唱出自己的孤獨與恐懼，還有為傑西所產生的悲哀，以往所有的悲苦不幸，以及那即將來臨的困苦和對危險的懼怕。一聲長長的狼嚎，這是牠生平發出的第一聲，充滿著悲哀的狼嚎。

牠的恐懼被白天的到來驅散，但卻徒增了寂寞。不久之前，還是那麼多人口的土地如今卻人去樓空，沈重的孤寂加在牠的身上。沒用多少時間，牠就下定決心了。牠鑽入森林裡沿著河岸向上游行進。牠整日都在奔跑，絕不休息，好像牠生來就得永遠奔跑一樣。牠那如鋼似鐵的肉體不知疲憊，就算疲憊降臨，牠所遺傳下來的耐性又會令牠重新振作，以無休無止的努力逼迫自己疼痛的肉體繼續前行。

當河流在靠近陡峭的山岩轉彎處時，牠就爬山；當遇到流入大河流的小溪山澗時，牠就涉水或游泳。牠時常踩到河邊剛開始結的冰，而且不止一次地將冰踩破，在冰冷的河水中為生命而掙扎；牠也時常留意看有沒有神明上岸走入陸地的蹤跡。

白牙擁有高於牠同類水準的智慧，不過，牠思考的視野還不夠寬闊，牠還沒辦法想到麥肯錫河的對岸。如果神明們的蹤跡都轉到那一邊去了呢？這一點牠可從來沒在腦子裡想過。後來，當牠擁有更多旅行的經驗，更長大些、更聰明些，知道更多關於水路與陸路的事情時，牠或許就可以想到並理解這種可能性了。然而這種智慧是以後的事情，此刻牠只是在盲目的奔跑，牠能想到的只是自己所在的麥肯錫河的這一邊。

整個晚上牠都在奔跑，黑暗中牠遇到許多耽擱進程，卻不能令牠氣餒的不幸障礙。直到次日中午，牠已連續奔跑了三十個小時，牠那堅強的肉體再也吃不消，可是牠頑強的意志卻令牠繼續奔馳著。牠已經有四十個小時未曾進食，早已餓得軟弱無力；由於身體反覆的浸泡在冰冷的河水裡，也影響牠的外貌，牠美麗的皮毛已經邋遢不堪，大腳掌也受了傷，流淌著鮮血，開始一瘸一拐的走路，並且跛得越來越厲害。

更糟糕的是，天色十分陰暗，下雪了，那冰冷、潮濕、融化黏著的雪令道路溼滑，也將牠前面的景物擋住了，地上的坑窪不平也同樣被掩蓋了，這都讓白牙腳下的路越來越難走。

灰海獺由於在打獵，所以打算在麥肯錫河的對岸宿營。只不過在河岸這邊，接近黃昏的時候，他老婆克魯．庫偶然間發現一隻在河邊喝水的麋鹿。如果不是這隻麋鹿下河去喝水；如果不是米沙因為下雪將船開錯方向；如果不是克魯．庫看到了麋鹿；而且如果不是灰海獺幸運的一槍就擊中了麋鹿，那麼之後的所有事情就都會相去甚遠了。因為那樣灰海獺就不可能在麥肯錫河的這一邊宿營，白牙就只能走過這兒並繼續走下去，結果不是就這樣死掉，就是找到牠的野生兄弟，成為牠們的一員直到死去，牠只會是隻狼而已。

天更黑了，雪下得更加大了，白牙一邊蹒跚著跛行，一邊獨自輕輕的嗚咽著，牠遇到雪地上一道新鮮的蹤跡，牠急切地哭喊著，追蹤著足跡從河岸進入森林裡。牠耳朵裡傳來了營地的聲音；眼睛看到了火焰，克魯．庫正在煮飯，灰海獺就蹲在那兒緩慢地嚼著一大塊生肉。營地裡面有新鮮的肉啊！

白牙料到要挨一頓打，一想到這點，牠就伏下身來稍稍聳了一陣毛，接著牠再度走向前。牠又恐懼又討厭等著牠的那頓毒打，然而牠卻知道，營火的舒適將屬於牠，還會有神明們的護佑以及狗群的陪伴——最後這個固然是敵人的陪伴，但也總歸是陪伴啊，足以令需要群居的牠感到滿足了。

白牙卑屈地爬到火光之中。灰海獺看見了牠，停止了嚼肉。白牙滿懷著卑順降服的屈辱畏縮匍匐著，慢慢地朝著灰海獺筆直地爬過去，每前進一寸，就更加痛苦，也更為緩慢，最終牠躺倒了主人的腳下，自願的將肉體和靈魂交付給他。由於自己的抉擇，牠來到人類的營火旁接受他們的統治。

白牙在發抖，牠等待著即將來臨的懲罰。在牠上方那隻手動了一下。牠情不自禁的在預想的打擊下縮了一縮。然而，那一擊並未降落在牠身上。牠偷偷地向上瞄了一眼，灰海獺正在把那塊生肉撕成兩半，給了牠一塊肉！白牙很優雅並略帶懷疑的先嗅了嗅那塊肉然後把它吃掉。灰海獺又再拿肉給牠，而且在牠吃的時候還替牠防著其他的狗。白牙很滿足，心懷感恩的躺在灰海獺腳下，注視著令牠感覺溫暖的火焰，眨了眨眼睛，打起了瞌睡，牠終於感到安心了，因為明天牠不會再孤獨的在荒涼的森林中徬徨了，而是會在人形動物的營地中跟神明們在一起，牠已經獻身於他們，並且此刻正依靠在他們身旁。

第五章 契約

十二月，灰海獺帶著米沙和克魯．庫一起到麥肯錫河上游做了次旅行。灰海獺負責一輛雪橇，由他借來或是換來的一些狗拉著。而另一輛小一點的雪橇則由米沙負責，上面套一些小狗。其實並沒有什麼，不過是遊戲而已，但米沙卻很高興，他認為自己開始做男人做的工作了。而且，他可是在學習如何駕馭及訓練小狗；小狗們則開始接受韁繩的磨練。再說，這雪橇也還有點用處，它上面載了約二百磅的行李和食物。

白牙見過營地裡的狗套上輓具辛苦勞動，因此第一次被輓具加身的牠並不是很反感。牠的脖子上套著一個用乾苔蘚做芯的皮軛，在那之上繫著兩根挽帶，其中一根繞著牠胸部和背部。在這之上又扣著一根長繩子，人形動物就是用這個繩來拉雪橇。

牠們這組一共是七隻小狗。其他的幾隻都比較早出生，是九個月和十個月大，白牙卻只有八個月大。每隻狗身上都有一根繩子扣在雪橇上面，而繩子的長度卻不一樣，任何兩根繩子間的差距至少都有一隻狗的身體長度；每根繩子都扣在雪橇前面的一個圓環上面。那種雪橇沒有滑板，是用赤楊樹皮做成的平底雪橇，由於雪是很軟的結晶，為了防止陷入雪中，雪橇前端都是翹起來的。這樣的結構令雪橇和裝載物品的重量都分散到最廣的面積上；依據面積越大重量越分散的原理，繩子盡頭的狗也都分散成扇形，如此沒有一隻狗可以踏在別人的足跡上。

扇形的另一個好處就是，不同的繩子長度可以防止後面的狗攻擊前面的狗。倘若一隻狗想要攻擊另一隻狗，就必須轉身攻擊繩子短的狗。但是這樣一來，牠與被攻擊者就是面對面的，那可占不了任何的便宜，只會發現自己面對著駕駛者的皮鞭。最特別的好處就是，不管哪一隻狗想要攻擊前面的狗，就必須把雪橇拉得更快，而雪橇拉得越快，被攻擊的狗就逃得越快。如此一來，後面的狗永遠也抓不到前面的狗。牠跑得越快，所追的狗也就跑得越快，所有的狗也都更快，理所當然的，雪橇就跑得更快了，所以人類就是這樣用狡猾的手段主宰野獸。

米沙很像他的父親，他從父親那裡得到許多成熟的智慧。從前他看見歷歷對白牙的迫害，但那時歷歷是別人的狗，所以他最多只敢偷偷向牠扔石子。可是如今歷歷是他的狗了，他就將牠放到最長的那根繩子盡頭進行報復。這樣對歷歷顯然是個光榮，牠成了首領，但事實上卻剝奪牠所有的光榮，小狗群中原本的首領和好漢如今卻遭受大家的仇恨與迫害。由於牠跑在最長的繩子盡頭，小狗們永遠都看到牠在牠們前邊逃跑。牠們只是看見牠那蓬鬆的尾巴與飛奔的後腿——這絕沒有牠聳立的鬃毛和閃光的利齒兇猛嚇人。再則，狗的心理總是看到一隻狗在跑，牠們就想要追牠，如此就產生歷歷在逃避牠們的感覺。

雪橇發動以後，這組小狗就開始追逐歷歷，一整天都是這樣。剛開始由於尊嚴的問題，歷歷很生氣，牠喜歡轉身去咬那些追逐者，但這時米沙就會拿起那三十英尺長的鞭子對著牠的臉狠狠的抽一下，強迫牠掉轉尾巴繼續奔跑。或許歷歷可以對付這群小狗，卻沒辦法對付鞭子，牠唯一能做的只有繃緊綁住牠的長繩，令牠同伴的牙齒永遠碰不著牠。

不過，在印第安人的想法裡還有一個更狡猾的計畫。為了讓狗群更有理由對首領進行永無止盡的追逐，米沙故意對首領狗比其他狗更寵愛，牠們的妒忌與憎恨將由這些寵幸引發。米沙會當著其他狗的面給歷歷吃肉，並且只給牠。這簡直讓牠們發瘋。歷歷吞食著肉，而就在鞭子抽打到的距離以外，其餘狗正在狂怒著，但米沙卻保護著歷歷。沒有肉的時候，米沙會將所有狗趕得遠遠的，假裝要給歷歷吃肉。

白牙聽話的做著工作。在屈服於神明的統治道路上，牠走的路比其餘的狗多，並且牠已徹底地瞭解違抗神明意志是毫無益處的，加上牠被狗群迫害，這讓牠認為狗群毫不重要，倒是人類更加重要。牠不習慣跟自己的同類有情誼，更何況牠也快忘記傑西了；而對獻身投奔的神明們盡忠已成為牠發洩情感的主要途徑。因此，牠勤勞地工作，學習並服從紀律，忠誠與甘願是牠的特點。這就是狼和野狗被馴服以後最根本的特點，白牙不但具備這些特點，而且還超乎尋常。

跟別的狗之間，白牙存在著另一種關係，只不過是戰爭與敵對的關係。牠從未學習過與牠們玩耍。牠只知道如何戰鬥，而牠也曾經與牠們戰鬥過，那是當歷歷還在做小狗群的領袖時，曾用百倍的撕咬報復白牙的撕咬，然而現在歷歷已不再是領袖了——除了在牠拉著轠繩逃跑在同伴前面，而雪橇就在後面跳躍的時候。在營地裡，牠是跟在米沙、海獺或克魯．庫的左右，現在所有狗的利齒都對著歷歷，所以牠不敢離開神明們半步，牠備受迫害之苦，而這從前曾是屬於白牙的。

既然歷歷被推翻了。白牙極有可能成為小狗群的新領袖，但是牠過於孤僻並不適合做領袖。牠總是欺負拉車的同伴，再不然就對牠們不理不睬。牠一走過來，牠們就全都讓開了，就算是最勇敢的那一隻，也從不敢與白牙爭奪食物。而且牠們總是狼吞虎嚥地趕緊吃掉自己的食物，生怕被牠搶去。

對於壓迫弱者，服從強者這則規律，白牙十分瞭解並熟悉。牠會盡快吃掉屬於自己的食物。那些還沒吃完的狗就只能自認倒楣了！只是一聲咆哮，一亮利齒，那狗就只能為自己的苦命而哭訴，此時白牙會替牠解決糧食。

可是每隔不久，便會有這隻或那隻狗奮起反抗，當然很快又會被鎮壓，白牙就這樣一直接受著訓練。牠愛惜自己在狗群當中的孤立狀態，並時常為維護這個狀態戰鬥。不過這樣的戰鬥總是非常短暫的，牠實在比別人迅速太多了，當牠們還沒有弄清楚怎麼回事，白牙就已經將牠們咬得頭破血流，根本還沒開始作戰就已經敗下陣。

在牠和同伴們之間，白牙一直都維持著一項紀律，如同神明們的雪橇紀律那樣嚴格。白牙不允許牠們自由行動；牠們被迫著對牠保持著永遠的敬意。牠們相互之間怎樣對待與白牙無關，但某些事情是與牠有關的，例如牠們必須保持著牠的孤立狀態，當牠打算走到牠們之中時，必須讓出路給牠，並時時刻刻都得認可牠的統治權。倘若牠們膽敢表示出不順服的神情，牠只要聳聳鬃毛就會無情殘酷的撲向牠們，迅速的令牠們明白自己犯了多大的錯誤。

白牙是個可怕的暴君，嚴厲的統治著其他小狗，並竭盡所能的壓迫弱者。牠童年時代歷經無情的生存鬥爭，那時還只有母親和牠，孤苦伶仃的在荒野險惡的環境奮力保全性命，而這對牠並非毫無用處，牠學會當優越的力量經過身旁時要輕輕行動。牠壓迫弱者，卻對強者無比敬重。跟著灰海獺長途旅行的途中，當牠們路過陌生人營地的大狗們之間時，牠總是走得格外輕聲。

一個月接著一個月就這麼過去了。灰海獺仍然繼續著旅程。由於長時期的走路與辛勤地拉雪橇，白牙的力量更加強大；牠的精神似乎也得到充分的發展，漸漸對自己生活的世界有徹底的瞭解，牠的觀點是悲涼與現實的。在牠心中，這個世界是險惡野蠻的，沒有溫暖，也不存在任何關愛、親切，以及精神上的甜蜜幸福。

對於灰海獺，牠完全沒有感情。牠是神明，沒錯，但卻是最野蠻的神明。白牙樂於承認牠的統治權，但那是依據優越的智慧及野蠻的暴力而來的統治權。存在於白牙本性中的某些因素令這統治權成為牠所需求的東西，否則牠絕不會從荒野中跑回來。在牠本性深處的某些東西還未曾被觸碰過；只要灰海獺一句和善的話，一隻手的愛撫，就可能會觸動到這深處，然而灰海獺從不會撫摸牠，也不會和善的說話，那不是他的作風，野蠻才是他的首要職務。他用棍棒實施著公平，野蠻地統治著，以痛楚懲罰犯規者，而獎賞也並非和善，只是免去挨打罷了。

因此，白牙毫未感受到人類雙手帶給牠的幸福。再說，牠也不喜歡那些人類的手。牠對它們表示懷疑，有時候會給牠肉吃，但更多時候是帶給牠傷害，手，是需要敬而遠之的。

他們會扔出石子，也會使用大大小小的棍棒和鞭子劈打牠，而當手接觸到牠時，會奸詐的捏牠、抓牠，使牠受傷。在陌生村莊裡牠遇過小孩子們的手，瞭解他們如何殘酷的傷害牠，有一次牠幾乎被一個蹣跚學步的小孩挖出一隻眼睛。依照這些經驗，牠對所有的小孩都有戒心，牠無法容忍他們。當他們靠近時，牠便會即刻爬起身。

那是在大奴湖的一個村子，當牠對人形動物作惡多端的手反抗時，推翻了從灰海獺那裡學到、咬任何一個神明都是絕對無法饒恕的罪過之一。依照村莊裡面所有狗的習慣，白牙也在這個村莊當中尋找食物。一個小孩正用斧頭將冰凍的麋肉斬碎，那碎片飛落到雪地中，正在潛行覓食的白牙剛好在附近，就停下來吃掉那些碎片。

牠看到那小孩將斧頭放下，隨手拿起一根粗木棒。白牙立即跳走，恰巧躲過了那一擊。那個小孩開始追牠，對這村落很陌生的白牙逃跑進兩座帳篷時，卻發覺自己已經被一堵高高的土牆擋住去路。

白牙再也沒有路可以逃跑了。通過兩座帳篷之間是唯一的出路，卻被那小孩死死守住。他舉起棍棒準備開打，而且向被截住的獵物走過來。白牙發狂般的對著那孩子聳立鬃毛開始咆哮，牠的正義感慘遭踐踏，牠瞭解搶劫的規則，一切被廢棄沒用的碎肉，諸如凍肉的碎屑，都是屬於發現它們的狗。牠並沒有做錯什麼事情，也沒有違反規則，但是這小孩卻要痛打牠一頓。隨後發生的事情，連白牙也幾乎想不明白。那是牠在一陣暴怒當中所做的，而牠是那麼迅速的執行，連那小孩也還沒搞明白。那孩子只知道自己被某些難以理解的方式推倒在雪地當中，而那拽著木棒的手早就被白牙的利齒咬了一大口。

然而，白牙卻明白自己違反了神明的規則。牠從前曾將利齒刺入神明的肉體當中，這次也難逃一頓恐怖的懲罰了。牠逃向灰海獺，伏在牠的腿後以尋求保護，就在那時，被咬傷的孩子和孩子的家屬都到齊了，他們要求復仇。然而在他們離開時，復仇的要求並未得到滿足。灰海獺保衛著白牙，而米沙和克魯·庫也是如此。聽到那一場唇槍舌戰，看到那些發怒的姿態，白牙清楚牠的行為已然合法了。於是，牠才會對這些神明和那些神明都有所瞭解。有屬於牠的神明，還有屬於其他人的神明，這中間是有分別的。無論公正與否，只要是牠的神明對待牠的方式，牠統統都會領受。然而，牠卻沒必要接受其他神明的不公平對待。牠的特權就是用自己的利齒表達憤慨，而這也正是神明們的一個規定。

當天天黑以前，白牙又更進一步的學會了這個規定。米沙獨自一人在森林當中搜集木柴時，碰見之前被白牙咬傷的小孩，還有其他孩子與他在一起，那些小孩講了些惡言惡語，接著那幫小孩開始一起攻擊米沙，這可令米沙吃盡了苦頭。那雨點般的拳頭從四面八方向他打來，最開始白牙只不過是旁觀者，這是神明們之間的事情，與牠毫無關聯，後來，牠才想到這可是米沙，也是自己的神明們之一，而此刻他正遭受虐待。

白牙經過十分理智的推敲，做出牠當時做的事情。一陣狂怒令牠跳入了戰鬥當中，僅僅五分鐘，就只看到孩子們逃竄，很多孩子都流血了，鮮血滴在雪地上，這表示白牙的利齒並非無用。當米沙回到營地講出這故事時，灰海獺就吩咐別人將很多的肉都拿來餵給白牙。白牙吞食之後，就躺在火堆旁邊打著瞌睡，牠明白那規律已得到了允許。

和這些經驗相聯繫，白牙也同樣明白財產的規律與保護財產的責任。從保護牠的神明身體到保護其所有，這又進了一大步；而白牙已經跨出這一步。牠應該不顧一切的保護牠神明的東西，甚至可以撕咬其他的神明。這種行為有著巨大的威脅，本質上就是對神聖的褻瀆，因為神明們可是全能的，那可是一隻狗無法比擬的；然而白牙卻學會如何對抗他們，對著他們兇猛地挑戰並毫無懼色。責任已超越了恐懼，偷竊的神明們只得放過灰海獺的財產。

對此，白牙很快瞭解了一點，那些偷竊的神明通常都是膽怯的神明，往往聽到警告聲後就逃之夭夭；而且，牠也瞭解在牠發出警告聲之後，只要一會兒的功夫，灰海獺就會趕來幫助他。後來，牠才知道那些小偷逃走並非害怕白牙，而是害怕灰海獺。白牙並不會用汪汪叫喚來報警。牠從未汪汪叫過，筆直的衝向入侵者並盡量用利齒咬對方的肉才是白牙的方法。因為牠孤獨乖僻，跟其餘的狗沒有絲毫的緣分，所以牠更適合防守主人的財產，於是，灰海獺開始鼓勵並訓練牠做這件事情。結果就是令白牙更兇惡和堅毅，總是不屈不撓，並且也更加的孤獨。

日子慢慢的流逝著，在狗與人之間的契約已越發緊密的聯結。那是來自荒野走向人間的第一匹狼與人類訂下的古老契約。白牙卻如同那之後所有狼與野狗做過的一樣，為自己立下了這契約。條文異常簡單，為獲得一個有血有肉的神明，牠可以用自己作為交換。食物和營火的陪伴與保護是牠從神明處得到的東西，另一方面，牠保衛著神明的財產，保護著他的安全，服從他並為他工作。

得到一個神明，也就包含需要服務的意思。白牙的服務充滿著敬畏與責任，但牠並不熱愛服務，也完全不明白什麼是愛。牠從沒有過愛的經驗，傑西早已成為一個渺茫的回憶。就算牠與傑西再度重逢，牠也沒辦法將神明們丟棄跟隨傑西離去。對於人類的忠順，是白牙存在的一個規律，而這彷彿比愛自由和愛種族更重要。

第六章 饑荒

灰海獺的長途旅行結束時，春天已經來了。白牙將雪橇拖回村子，米沙將牠從輓具放了出來，那是四月的時候，牠還只有一歲大，雖然離成年的時間尚遠，但卻是除了歷歷之外，全村最大的一歲小狗。牠從獨眼狼父親以及母親傑西兩方面繼承了體格和力量，身體已有普通成年狗的大小了，只不過身子還略顯單薄。牠的身體細長而瘦削，富於彈性，但體質卻很柔弱。

牠擁有屬於狼的灰色皮毛，也擁有狼的容貌。牠在傑西那裡繼承到四分之一屬於狗的部分，但沒有表現在牠的外貌上，但卻在牠的精神層面發生作用。

牠在村子裡散步，神情穩重而滿足，學會辨別在這次長期的旅行前已經認識的那些神。另外還有那些狗，小狗們和牠一樣都長大了，大狗好像也不再像牠記憶中那樣巨大可怕了。牠面對牠們不再像從前那樣害怕，走在牠們中間隨隨便便大搖大擺的，感覺既新鮮又有趣。

貝斯科是一隻有著斑白毛皮的老狗，白牙小時候，貝斯科總是喜歡向白牙露出牙齒，這是狗的一種威脅方式，迫使牠畏縮和俯伏逃走。由於牠的原因，白牙曾經感到自己多麼的微不足道和沒有價值；但是現在，白牙卻也是由於牠對自己所發生的變化和發展更清楚了。貝斯科的年老使牠變得軟弱，而年輕卻使白牙變得強壯有力了。

從一隻被殺的麋鹿開始，白牙明白牠和狗世界的關係已經改變。牠將麋鹿的一隻腳和部分脛骨弄到手，上面有很多肉。在別的狗跑來搶的時候，白牙已經帶著自己的勝利品撤退到一叢樹的後面，在牠們看不到的地方吞嚥著，就在這時候，貝斯科衝了上來，白牙還沒弄清楚牠要幹什麼時，就已經咬了這侵略者兩口並閃到一邊。遭到對方大膽敏捷的襲擊，貝斯科大吃一驚。牠愣愣的站著凝視著白牙，那帶著肉的脛骨落在牠們中間。

貝斯科已經年老了。牠明白那些牠曾經欺淩慣的狗勇氣變大了，牠需要用全部的智慧應付牠們。從前牠會狂怒的向白牙撲過去，但衰弱的力氣卻不允許現在的牠這樣做。牠聳著毛，兇惡的隔著脛骨、面帶不善看著白牙。從前白牙對牠的敬畏依然存在，白牙開始沮喪並畏縮起來，感覺上好像自己又變小了，牠考慮該怎樣撤退。

就在此時，貝斯科犯了一個錯誤。如果說牠僅僅只是露出兇惡的模樣就滿足，一切都將很好。已經打算撤退的白牙可能就真的撤退，並將肉留給牠。可是貝斯科卻迫不及待了，牠認為勝券在握，就向肉走去。當牠低著頭隨便的嗅著那塊肉時，白牙微微的將鬃毛聳立了一陣。就是在這時，貝斯科仍可以對牠的處境進行補救。如果牠僅僅只是站在那裡護著肉，昂首怒視，白牙最終仍會畏縮地走掉。可是，新鮮的肉味強烈的充斥著貝斯科的鼻孔，令牠咬了一口肉。

這在白牙看來簡直太過分了。幾個月來，牠位於一起拉雪橇同伴之中的領導位置還記憶猶新，因此，就這樣眼睜睜看其他狗吃掉原本屬於自己的肉，已完全超過牠的自制力。依照舊習慣，牠不予警告的立即發動進攻。

在第一次的攻擊當中，貝斯科的右耳被撕破，這突如其來的進攻令牠大吃一驚。接著還有其他同樣突如其來的事情發生，並且是十分可悲的事情。牠被打倒在地，白牙咬住了牠的喉嚨。當牠試圖掙扎著爬起來，這隻年紀輕輕的狗又用利齒咬進牠的肩膀，速度之快讓牠難以招架，牠對白牙做了一次完全無益的回擊，並惡狠狠地將空氣咬了一口；下一秒鐘，白牙就將牠的鼻子撕破了，牠蹣跚著從旁邊倒退。

如今這形式完全顛倒了。白牙保護著那塊脛骨，聳立鬃毛威脅，而貝斯科也站在不遠的地方隨時準備撤退。牠再也不敢冒險與這位年紀輕輕的「閃電」作戰，牠又更悲苦地重新領略年老的衰弱，但牠維持著自己尊嚴的努力到底還是可欽可佩的。

牠很冷靜的轉過身離開年輕的狗和那塊脛骨，似乎這兩者都不值得牠注意與考慮一樣。一直到白牙和脛骨完全在視野之外，牠才又停下來舔了舔流血的傷口。

這件事使白牙更自信和驕傲。牠走過大狗們中間時，腳步不再像過去那麼輕悄了；牠對大狗們的態度已經不太妥協。並不是牠想要故意找麻煩，絕對不是，只是牠的本能驅使牠們要求尊重，要有權力不受騷擾的走路，同時不再讓路給任何狗。

牠已經不能再被忽視了；被人輕視和忽略是只有小狗才應該受到的，牠那些一起拉雪橇的同伴們還是和以前一樣讓路給大狗們，受大狗們的追逐，被迫讓出食物。可是，孤獨的、乖僻的、從不東張西望的、令人害怕的、面目可憎的、從不與別的狗為伍的白牙，跟牠們的尊長們卻以平等相待。很快的牠們學會了讓牠自由自在，即不冒昧的與牠敵對，也沒有上前做友誼的表示。如果牠們不去干涉牠，牠也不會干涉牠們；這種狀態是在牠們經過幾次戰鬥後發現的最好選擇。

仲夏的時候，白牙得到另一個經驗。在一次跟隨獵捕麋鹿的人外出時，牠悄悄的小跑著去考察一座新搭在村子邊的帳篷，這時牠碰到了傑西，牠停下腳步看牠。記憶裡有牠模模糊糊的影子，可是白牙還是記得牠的，這就比傑西強了。傑西認不出白牙並怒視著牠，威脅和咆哮的樣子還和原來一樣，白牙的記憶清晰起來。那被牠遺忘的童年時代，和那熟悉的咆哮相聯繫的所有事情，都清晰的浮上牠的心頭。在牠認識神明們之前，傑西曾經是牠的宇宙中心。牠舊日熟悉的感情又回來了，在牠身體裡洶湧。牠快樂的跑到牠身邊，傑西卻用虎牙迎接牠，將牠的面頰咬裂並露出了骨頭。牠不明白，迷惑不解的退開。

可是那並不是傑西的錯誤。一隻母狼是不可能記得牠大約一年前的小狼，所以牠對白牙沒有絲毫的印象。現在白牙對傑西而言只是一隻陌生的侵犯者，而牠現在的這窩新生兒授予牠這樣的權力對類似的侵犯表示憤慨。

其中的一隻小狗爬向白牙，牠們是同母異父的兄弟。白牙嗅了嗅那小狗非常好奇，傑西為此對著牠衝過來，割破了牠的臉，這是第二次了，牠退開更遠些，所有昔日的記憶和關聯的想像全部消失。牠看到傑西舔牠的小狗並不時的向牠吠一聲。對白牙來說，傑西已經沒有價值了，白牙已經適應沒有傑西獨立生活，牠被遺忘了，在白牙的腦海裡面已經沒有傑西的位置，正像傑西的腦海裡也沒有白牙一樣。

白牙依舊站在那裡發愣迷惑著，完全不明白這一切是怎麼一回事，就在這個時候傑西向牠發動了第三次的進攻，打定主意要將牠完全趕走，離開這一地域，白牙就任憑牠將自己趕走。這是牠種族中的一個雌性，在牠的族群中有一種原則就是雄的不應和雌的打。牠並不曾知道任何這條原則的事，因為那不是理智的斷定，不是可以由世界上的經驗而獲得的東西。那是一種隱祕的提示、一種本能的推動——和牠夜裡對發光的月亮和星星發出的長嘯，和牠對死亡和未知恐懼的本能是一樣的——那都是牠清楚知道的。

時間慢慢的過去，白牙成長得更加強壯、更重、更結實，牠的個性也按照遺傳和環境設置好的路線發展著。牠的遺傳是一種可以和黏土相比較的生命素質，具有很多的可塑性，能被塑造成許多不同的形式。

環境對牠的作用就是塑造牠這黏土般的素質，給予牠一種特有的形式。因此如果白牙沒有走到人類的火邊，荒野就會給予並塑造牠成為一隻真正的狼，不過神明卻給了牠另一個不同的環境，這個環境將牠塑造成一隻頗有些狼性的狗，但是是狗而不是狼。

正因如此，根據牠天性中的素質和環境的壓力，牠的性格被塑造成某種特別的形態，那是無法避免的。牠變得更加乖僻、更加孤獨，更加兇猛和更加不可為伍；同時狗們也隨時間的推移越來越清楚跟牠和平相處比跟牠作戰好的多，而灰海獺也與日俱增的重視牠。

白牙好像在牠所有的品行上都強，卻有一個弱點無法擺脫。牠無法忍受嘲笑，人類的笑是件很可恨的事。他們可以任意的取笑任何事物，只要不牽涉到牠，牠都不會在意。可是一旦那嘲笑是針對牠，牠的憤怒就會爆發出來。牠是冷靜、自尊和端正的，可是一個笑聲就可以將牠氣到一個荒唐可笑的地步；那使牠感到極大的侮辱和惱怒，以致一連幾個鐘頭都像魔鬼一般胡作非為。

這時與牠發生衝突的狗就倒了霉。牠深深的明白那規律，所以不會洩憤在灰海獺身上；一根棒和一個神明的腦是灰海獺的後盾。但是那些狗身後卻沒有任何依仗，只有空間；當白牙被嘲笑弄得發了瘋並出現在牠們眼前的時候，牠們就逃跑。

在牠三歲的時候，一次大的饑荒降臨到麥肯錫河的印第安人身上。夏季，魚都捕捉不到；冬天，鹿放棄了牠們慣走的路，麋鹿少得可憐，兔子彷彿絕跡一般，獵食為生的動物在死亡邊緣掙扎。牠們喪失了慣常的食材，更加饑餓了，便開始互相的吞食，只有強者才能存留下來。白牙的神明也屬於獵食動物，他們之中老弱先餓死了，哀哭的聲音出現在村子裡，在極度缺乏糧食的情況下，婦女和小孩都忍饑挨餓，就是為了讓僅有的一點點食物可以給那些瘦削、有著深陷的眼睛、在森林裡跋涉尋找獵物的獵手們的肚子。

神明們被逼至絕境，牠們的鹿皮鞋和手套的鞣皮竟也被吃掉了，同時狗們也吃掉牠們身上的軛和鞭子上的皮條，狗與狗之間也互相吞食，神明們吃狗們。最弱小的和比較沒價值的率先被吃掉。仍舊活者的狗看著眼前的一切慢慢的明白了。少數最聰明和勇敢的狗就拋棄了神明和牠的火——這些火堆現在成為了屠宰場——逃進了森林，而在森林裡的結局不是被狼吃掉就是餓死。

在這個悲慘的時候，白牙也偷偷的逃進了森林。比起別的狗，牠更適應這裡的生活，因為小狼時的訓練可以帶領牠。牠非常擅長偷偷的追蹤小動物，牠會花幾個鐘頭的時間，觀察一隻松鼠的行動，耐心等待著，直到那松鼠冒著危險跑到地面。即使到這個時候，白牙也沒有採取行動，牠在等待最有把握的時候一擊而中，讓松鼠無法急逃上樹。於是說時遲那時快，白牙從藏身的地方閃現出來，彷彿一個灰色的拋射物體，有著令人難以置信的快速，穩當的捉住了牠的獵物——那已經來不及逃跑的松鼠。

雖然牠在捉松鼠這件事獲得成功，牠想靠牠們生活和增加體重卻很難，因為沒有那麼多的松鼠，所以牠不得不去獵取更小的東西。有時當牠非常餓，只好從洞裡挖掘小老鼠；牠也不惜和比牠兇惡且一樣饑餓的伶俐鼬鼠作戰。

在最危急的饑餓關頭，牠曾經偷偷的走回神明們的火堆。但是牠沒有到火邊。牠在森林裡潛伏著，避免被發現，掠奪那些難得捕捉到獵物的捕獸夾，有一次牠甚至偷了灰海獺捕獸夾上的一隻兔子，那時灰海獺還在森林裡蹣跚的走著，因饑餓造成的衰弱和氣喘使他不時的坐下來休息。

有天白牙遇到一隻年輕的狼，瘦削而且顯得憔悴，肌肉都鬆垂下來。如果白牙不餓，牠會跟小狼走掉並加入牠的群體，但是牠很餓，所以牠抓住這隻小狼，殺掉並且吃了牠。

牠好像很走運。每逢餓到極限的時候，總是可以找到東西吃。再則當牠衰弱到不行的時候，總是幸運的沒有碰到大的肉食動物。有一次遭遇到一群餓狼向牠撲過來時，牠很巧合的已經吃了兩天的大山貓肉而強健起來。那是一個殘酷的長途追逐，牠有比牠們好的營養，所以不但打贏牠們，而且牠在繞了一大圈回到原路後，還吃掉了那群筋疲力盡的追逐者中的一個。

在這以後，牠離開那片地域去牠出生的那塊盆地旅行。牠在原來的窩裡碰到了傑西。玩了牠的老花樣，逃離神明的營火邊，在牠舊的避難所生下小狗。白牙到這裡的時候，那窩小狗只有一隻還活著，而且也未必能夠活多久。在這樣一個饑荒當中，幼小的生命沒有太大活下去的希望。

傑西對待已經長大的兒子的接待一定不是慈愛的。可是白牙對此並不介意，牠的個頭已經超過牠的母親。牠很達觀的轉身離開，向著那條河的上游跑去。在河流分叉的地域走上向左去的支流，發現很久之前牠和母親共同打過的那隻大山貓的窩，牠就在這荒廢的洞裡停留一天休息。

在初夏饑荒的最後幾天，牠和歷歷相遇了，牠也選擇了逃進森林，並且在裡面苟延殘喘。白牙在不經意間碰到了牠。沿著一片懸崖向著相反的方向跑著，牠們在繞過岩石的轉角時碰了頭。兩隻都非常驚惶的停住了腳，互相猜疑的審視著。

白牙的情況非常好。牠有順利的行獵，一個星期以來都吃得飽飽的，牠甚至剛剛還捕到獵物大吃了一頓；但是歷歷出現在牠視線中，牠背上的毛不由自主的豎立起來。這是一種生理和心裡上的狀態，是過去受到歷歷的欺淩和迫害產生的心裡狀態所伴隨而生。

白牙沒有浪費時間，徹底迅速的將事情解決。歷歷企圖逃避，但是白牙狠狠的攻擊牠，肩膀挨近了肩膀，歷歷被推倒在地上，牠那枯瘦的喉嚨被白牙的牙齒咬了進去，白牙在牠周圍走動看著歷歷臨死前的掙扎，隨後白牙重新上路，沿著懸崖變小步奔跑。

不久以後，牠走到森林的邊緣，那裡有一帶伸展到麥肯錫河狹長的空地。牠以前到這裡的時候是空的，現在卻出現了一個村莊。牠依舊站在森林裡，躲起來研究眼前的情況。那聲音、味道和景象都是牠熟悉的。那是過去的村子移到新的地方來了。不過這些味道、聲音和景象跟牠最後領略並逃避開的那些不一樣。這裡缺少了嗚咽聲和號哭聲。傳進牠耳朵的是滿足的聲音；牠聽到一個發怒的婦女聲音，那聲音是從飽飽的肚子裡發出的，並且有魚的味道在空中。有食物，饑荒已經離開了。牠勇敢的走出森林，小步的跑向營地，直接投奔到灰海獺的帳篷。碰巧灰海獺不在，但是克魯．庫用一整條剛剛捕捉到的魚，和快樂的聲音歡迎牠，牠俯伏下來等待灰海獺。

第四部

第一章 種族的敵人

就算白牙的天性中有某種可能性——無論是多麼的渺茫——讓牠與牠的種族友善的和睦相處，但這種可能性卻在牠被逼成為雪橇狗的首領時徹底的被摧毀。因為米沙給白牙額外的肉，那些狗恨牠都來不及，因為牠受到的一切寵愛而恨牠；因為牠總是揮動著尾巴、搖晃著屁股，跑在前面帶領著牠們而恨牠。

同樣地，白牙也對牠們懷著深深的仇恨。牠才不喜歡作為雪橇狗的首領。三年來，牠打敗並制服這群狗裡面的每一隻，現在卻被逼著在牠們面前狂叫地落荒而逃，這對牠來說是難以忍受的。可是，牠必須得忍受，否則只會自取滅亡，牠內在的生命還不想就此被消滅，只要米沙一聲令下，所有的狗就會馬上野蠻大叫著撲向白牙。

牠完全沒有防備的餘地。假如牠轉過身攻擊牠們，米沙就會拿起鞭子抽得牠滿臉火辣辣。牠只能跑開，牠才不會用尾巴和臀部去對付那群狂吠的狗，尾巴和臀部絕不是用來對付這些無情利齒的適合武器。因此，牠只好跑，每一步都違反了自己的天性，深深的傷害了牠的自尊，但也只好就這樣跑著。

沒有誰可以違反自己天性而不傷害天性的。這樣的顛倒如同一根從出生開始就在身體裡面向外生長的毛，現在卻不自然的反過來長到肉裡面，這樣的創傷註定會化膿疼痛，白牙現在就是這樣的情況。牠體內的某種推動力促使牠撲向後面叫喊的狗群，但神明們的意志卻不允許牠這樣做；而神明們實施意志的後盾則是那長達三十英尺、抽得牠發疼的皮鞭。因而，白牙只能於悲傷中暗自苦惱，發展著與其兇猛頑強本性相適應的惡毒與仇恨。

假如有一隻動物曾成為自己族群的仇敵，那麼這個動物必是白牙。牠既不要求寬恕，也不施予寬恕，牠身上不斷的留下狗群牙齒留下的痕跡，牠也不斷將自己的牙痕印到狗群的身上。

大部分作為首領的狗都可以在卸下裝備之後靠近神明們求得保護，白牙卻非常蔑視這種保護。牠在營地各處勇敢的走動著，晚上報復自己白天遭受的苦難。在牠沒有做首領之前，狗群曾學會讓路給牠，現在卻不同了。由於整天追逐著牠，牠們感到異常興奮，腦海中下意識地反覆浮現出牠白天奔逃的印象，在享受一整天的統治支配之後，牠們再也不願自主的讓路給牠。一旦牠出現在牠們之中，必會發生爭吵，爭吵的發展過程總是狂吠、撕咬和怒吼，就連牠所呼吸的空氣也四處瀰漫著仇恨和敵意，這更增添牠內心深處的仇恨與兇惡。

米沙命令狗群停止叫喊時，白牙就會服從。一開始，這會給其他的狗帶來麻煩，牠們會全部撲向這可恨的首領，但如今局勢扭轉了，米沙手裡拿著大鞭幫白牙撐腰。於是，狗群漸漸明白當奉命停止時，不應該去招惹白牙；一旦沒有奉命停止，只要可以，就一定要撲過去咬牠。這種遭遇發生過幾回之後，白牙就絕對不再沒有奉命時停止了。牠學習得極快，也必須學習得極快，這是自然法則，因為生命賞賜給牠的生存環境異常殘酷，只有這樣才可以活得下去。

但是，那些狗群卻永遠無法學會在營地門口不要招惹白牙的訓誡。牠們每天因為追逐與叫囂都將頭天夜裡的教訓拋之腦後，等到了夜裡重新領教過之後，又再度立即遺忘了。牠們仇恨牠的共同之處在於牠們察覺出白牙與牠們在種族上是有所差異的，這就足以令牠們產生敵對情緒了。

牠們跟牠一樣是被馴養的狼。不同的是，牠們在很多代以前就被馴養了，牠們體內大部分的野性已經消失，牠們對荒野一無所知，荒野對牠們來說也是異常可怕的，永遠對牠們產生威脅與敵對。

可是，白牙在外貌與行動上都還是留戀荒野。牠象徵荒野，是它的化身；因此，當牠們對白牙露出牙齒時，只是在自衛，是對隱藏在叢林暗處、營火之外的黑暗中的毀滅力量表示抵禦。

但是，狗群已經學到一則經驗，就是要團結一致。任何一隻狗想跟白牙單挑，都是一件極危險可怕的事情。牠們只能運用密集的佇列迎對牠，否則只要一夜的時間，白牙就會將牠們一個個殺掉。事實上，白牙從未有將牠們殺死的機會，因為可能牠剛剛將一隻狗打倒了，還沒來得及朝牠的喉嚨下手，狗群就一起向牠衝來了。一旦發現有衝突的徵兆，狗群就會一窩蜂的對付牠。

當然，那些狗互相之間也有爭吵，但只要被白牙挑起糾紛時，牠們就會立刻忘記內部的紛爭。雖然牠們費盡心思，卻無法將白牙幹掉。白牙對牠們來說實在是太快、太聰明、太難以制服了。

每當牠們將牠包圍起來時，牠總是遊刃有餘，很快的脫身離去。牠們之中沒有一隻狗可以將白牙打倒在地。如同依戀生命一樣，牠的雙腳總是堅韌地依附大地。所以，在與狗群無休無止的戰爭當中，誰也沒有白牙清楚，生命與站穩腳跟具有同樣重要的意義。

白牙就此成為自己族群的敵人，牠們是被馴養的狼，被人類的火焰所軟化，也因為人類的庇佑而變得軟弱。白牙卻是冷酷無情的，牠的本質就是如此；牠向所有的狗實施著「近親復仇」。牠可怕的「近親復仇」的主意，令本身也是十分兇狠野蠻的灰海獺大為吃驚。他發誓自己從沒有見過這樣的畜生；陌生村莊裡的印第安人也如是說，因為他們的狗常常被白牙殺害。

差不多是在白牙五歲的時候，灰海獺帶著牠又做了一次遠行。牠們沿著麥肯錫河，穿過洛磯山脈，從波谷賓河往下到了育空河，途經許多村莊，一路上白牙對那些狗大肆蹂躪，令人難以忘卻。

牠總愛報復牠的族群，而牠們都是些普通平凡、毫無猜疑的狗，牠們對白牙迅速、直接了當的不宣而戰通常毫無準備。白牙是個嗜殺的「閃電」，狗群總是聳立毛髮，兇狠的向牠挑戰，而白牙才不會浪費時間與費盡心思弄那些準備手續，牠只會像彈簧一般突然躍起，當牠們還沒弄清楚狀況時，在一片驚慌之中，牠就已經咬住牠們的喉嚨將牠們消滅了。

牠成為一個戰鬥的能手，牠絕不會浪費絲毫精力，因此堅決不與牠們扭打在一起。牠迅速的根本不容許對方有時間扭打，倘若牠失手了，牠會立即脫身。狼對於近身扭打的反感，在白牙身上達到異常的水準，牠絕對不能容忍與別人的身體長時間的接觸，那是十分有威脅的，也是令牠發狂的。

牠必須掙脫，兩腿直立，自由自在的不與活動物體接觸。這是荒野仍然保存在牠心中的表現，通過牠的身體展現出來。接觸當中潛伏著危險，它是陷阱，永遠都是陷阱，對於接觸的恐懼心理，同樣深刻的潛伏在白牙的生命當中，融進牠的每根纖維裡。

所以，那些遇到白牙的陌生狗沒有與牠對抗的機會，牠總會避開牠們的利齒，不是殺死牠們就是揚長而去，總之就是不會去碰牠們。這樣的事情自然也會有偶爾的例外。有時幾隻狗一起撲向牠，在牠還沒來得及跑開時咬到牠；有的時候也會有一隻狗重重地咬傷牠，但這些都是極為偶然的事件。基本上，白牙是個能幹的勇士，幾乎無人可敵。

牠具備的另一個優點就是對時間和距離的準確判斷。雖然這樣做並非出於牠的自覺，牠其實也沒有打算這麼做，只是自然而然的看得更準確，再由神經把眼睛看到的景象準確地傳給大腦。在這些方面，牠比普通的狗協調得更好。

當牠的眼睛將某一個動作的運動形象傳遞給大腦時，大腦毫不費力的就可判斷出這動作被限制的空間，和完成這個動作花用的時間，這樣牠就可以避開其他狗的撲殺和利齒的撕咬，並在極短的時間攻擊。在肉體和腦力方面，白牙是一副更為精緻的機械。這並不代表牠多麼值得稱讚，只是大自然對牠比普通的動物要慷慨一些罷了。

夏天的時候，白牙已經到了育空堡。灰海獺用去年冬天穿越了麥肯錫河和育空堡之間的廣闊流域，在洛磯山脈向西延伸的支脈中以打獵度過春天。之後，當波古賓河解凍時，他就划了一艘自己製造的獨木舟順流而下，到了剛好在北極圈內的這條河和育空河的交匯處，一座古老的赫德遜海灣公司的堡壘恰好在這裡。這裡有很多印第安人，也有很多的食物，並且非常的吵雜。那是一八九八年的夏天，有成千上萬的淘金者逆育空河而上，前往多盛以及克朗代克。他們之中大部分人已經在途中奔波一年的時間，但是離目的地還有幾百英里；他們之中任何一個人都已經最少行走了五千英里，有的人還是從大洋彼岸而來。

灰海獺在這裡停了下來。牠早已聽聞關於淘金狂熱的事情，因此他帶來幾捆皮毛、獸腸、手套以及鹿皮鞋，若不是為了牟取暴利，他才不會冒這麼大的風險做遠程的旅行。可是，他的期望比起收穫簡直不值一提。他做夢都沒想到會有超過百分之百的利益；他得到的是百分之一千。於是，像一個真正的印第安人一樣，他開始定居，慢慢開始做起生意，即使要整整一個夏天加上一個冬天才能賣完，那也都無所謂了。

在育空堡，白牙第一次見到白種人。在牠眼中，與牠所知的印第安人相比，白種人是另外一種活生生的東西，一種高等的神明。牠們給白牙一種擁有更高權力的印象，而神性原本就是寄託於權力之上。

白牙並沒有進行推論，當然也沒有在大腦裡對「白種神明更強大」進行明確的概括，這只是一種感覺，但卻是一種強大有力的感覺。就好像牠在孩提時代，矗立的人類帳篷影響了牠一樣，此刻那些巨大的房屋與堡壘也是這樣打動著牠，這就是權力。這些白色的神明是強大的，他們跟牠已經瞭解的神明們——其中最強大的就是灰海獺——相比，具有對事物更為強大的主宰能力。相形之下，灰海獺頂多只能算是一個神嬰。

當然，白牙只是感覺到這些，牠並沒有意識到。但動物大部分都是根據感覺而非思想行動；現在白天的每個舉動都是以「白種人是高等的神明」這個感覺為依據。首先，牠非常懷疑他們，不知道他們會帶來什麼未知的恐懼，也不知道他們會給予牠怎樣未知的傷害。牠充滿好奇的觀察著他們，又害怕被他們察覺。剛開始的幾個小時，牠只敢跟著一段安全的距離悄悄的打量著他們，接著牠看見那些狗靠近他們卻毫無損傷，於是才走近了一些。

另一方面，他們也對白牙非常好奇，牠那狼一般的外形立即吸引他們的目光，他們對牠指指點點。這令白牙戒備起來，在他們試圖接近牠時，牠就露出利齒然後走掉。沒有誰能夠用手去碰一下牠，對他們來說，沒有碰到牠可是幸運！

白牙很快就瞭解，住在這裡的白色神明少得可憐，最多也不超過一打。每隔兩、三天，岸邊就會有一艘汽船停靠幾個鐘頭，又是權力的另一個巨大表現。許多白種人從船上面下來後又再上去。看起來，白種人簡直多得數不清。

牠在第一天看見的白種人數量就已遠遠超過有生以來見過的印第安人數量。日子繼續著，他們依然到岸邊稍作停留，然後又逆流而上消失不見。

但是，假如說這些白色神明是無所不能的，他們的狗卻完全沒有什麼大不了。由於常與那些跟隨主人上岸的狗廝混，白牙很快便瞭解這一點。這些狗的形狀大小均各異，有一些是短腿的——實在是太短了；有一些是長腿的——簡直是太長了。長在牠們身上的不是絨毛而是長毛，其中有少數甚至連毛都沒有；牠們之中竟然沒有一個知道如何戰鬥。

作為整個種族的敵人，跟牠們戰鬥是理所當然的事情。於是，白牙就這麼做了，並且很快就對牠們產生無比的輕蔑。牠們是那樣的軟弱，除了大喊大叫之外，就只會笨拙不堪的胡亂掙扎，試圖靠著蠻勁獲得勝利，實在是無能至極。白牙則是機智靈敏。當牠們吵嚷著衝向牠時，牠就會跳到一邊去；當牠們搞不清牠怎樣時，牠就會撲向牠們的肩膀，把牠們打倒在地，對準牠們的喉嚨進攻。

這種攻擊在某些時候是很順利的。遭受攻擊的狗在泥裡來回滾動，而守候在一旁觀望著的印第安人的狗則會蜂擁而至將其撕碎。白牙是十分聰明的，牠早就知道神明們在自己的狗被殺死時會發怒，而那些白種人在這一點上也不會例外。所以，將狗打翻在地並咬開其喉嚨後，牠就會立即退到一邊，讓那些狗群去做殘酷的收尾工作，如此當白種人大發雷霆的過來時，白牙早就逍遙法外了。所以當牠的同伴身上承受著石子、棍棒、斧頭以及各種武器的打擊時，白牙卻站在不遠處旁觀，牠可真是聰明絕頂啊！

可是，牠的那些同伴也按照自己的方式變聰明了，白牙也就學乖了。牠們慢慢知道，只有在輪船第一次靠岸時才能玩這種把戲。剛開始的兩、三隻陌生的狗被消滅後，白種人就將他們的狗硬拽到甲板後面，而且對侵犯者實施野蠻的復仇。

有一個白人看到自己的獵狗竟然當面被咬死時，他掏出了左輪手槍，迅速的連放六槍，狗群裡面立刻就有六隻死去或是即將死去的狗倒臥在地——這另一種權力的表現又深刻的銘記在白牙心中。

白牙愛死這一切了。牠對自己的種族沒有愛，而牠自己又夠機靈可以安全的避開傷害。殺死白種人的狗一開始只是一種消遣活動，過了些時日就成為牠的例行公事，因為牠整天無所事事。灰海獺成日忙於生計發財，於是白牙就跟著印第安人那群聲名狼藉的狗在碼頭附近遊盪，等待輪船到來。

輪船一到岸，牠們的把戲就開始了，只要幾分鐘後——白種人總是驚慌未定——牠們就會立刻煙消雲散了。把戲一結束，就只有等下次輪船來時再故技重施了。

但很難說白牙是這一夥的成員，牠從不與牠們廝混在一起，只是獨自離得很遠，甚至會令那群傢伙感到畏懼。的確，牠是與牠們一起搗亂、使壞，向陌生的狗挑戰，而牠們則在遠處旁觀；等牠將陌生的狗打翻在地，牠們就蜂擁而上了結對方，而這時白牙也早就撤退，讓牠們去替牠承受神明們的懲罰。

想要挑起爭端並不困難，牠要做的只是在陌生的狗上岸後，立刻上前顯露自己。牠們一看見牠，就會本能的衝過來。牠是「荒野」，是未知的、可怕的、永遠存在威脅的東西，當牠們還匍匐在原始世界的火堆旁邊嘗試改造自己的本能，並開始學習對養育牠們卻遭到背叛和捨棄的「荒野」心懷恐懼時，牠就是那潛伏在火堆四周黑暗處的東西。

一代又一代，從古至今代代相傳，這種對「荒野」的恐懼深深的銘刻在牠們的天性中；很多世紀以來，「荒野」代表著恐懼與毀滅。在此期間，牠們從主人那裡獲得許可去屠殺「荒野」的東西。如此保護了牠們自己也保護了牠們的神明——這些神明就是庇佑牠們的伴侶。

這些狗才從溫和的南方來，牠們小步跑下跳板，走到育空河的岸上，牠們沒有絲毫的經驗，所以一看到白牙就產生一種難以抵抗的衝動，企圖飛奔向前將牠毀滅。或許牠們是生長在城市中的狗，但對於「荒野」，牠們同樣具備一種本能的恐懼。牠們不僅僅是用自己的眼睛看到那和狼一樣的動物在光天化日之下站在自己面前，牠們也用先祖的眼睛看到了牠，並且依據傳承下來的記憶瞭解牠是狼，也就記起源自古代的宿怨。

所有這一切都令白牙十分高興。當這些狗一看到牠就會忍不住要打牠，這對牠來說正是運氣，對牠們來說卻是晦氣。牠們認為牠是合法的犧牲品，而牠也同樣視牠們為合法的犧牲品。

牠曾在孤獨的巢穴第一次看見白天的光明，也曾與松雞、黃鼠狼和大山貓打了開始的幾仗，這些都不會是毫無意義的。牠小時候遭受到歷歷與全部小狗的迫害，那些痛苦也不會是毫無意義的。如果換一種情形，牠也許會變成另外的樣子。假如沒有歷歷，牠也可能跟小狗們一塊兒長大，變得更像狗也更喜愛狗。假如灰海獺用柔情與慈愛的小錘來對待牠、教導牠，就有可能將白牙天性深處那些溫和仁愛的品質引導出來。但現實並非如此。白牙已經被塑造成現在的樣子，孤獨乖僻，兇惡殘忍，完全不可愛，牠已成為全種族的仇敵。

第二章 瘋狂的神明

住在育空堡的白種人寥寥無幾。他們在這個地方住了很長的時間，他們把自己叫做「酸麵團」並引以為傲。他們對那些剛到這裡的人非常輕視。剛從輪船上登岸的新來者，被他們叫做「新客」，新來者一聽到這名號也總是非常喪氣。「酸麵團」與「新客」之間的不同，在於前者做麵包沒有發酵粉，後者是使用發酵粉。

其實這些都無關緊要。總之，堡壘裡面的人輕視新來的人，並且為他們的倒楣而幸災樂禍。尤其是對白牙和牠的一夥大肆蹂躪新來者的狗感到無比的快慰。每當汽船開來，堡壘裡面的人就非要到河岸觀看這把戲。他們滿懷著對印第安狗的期望，並且對白牙扮演的野蠻狡猾的角色讚不絕口。

在這之中有一個人特別熱衷於這把戲，只要一聽到汽船的第一聲鳴笛，他就會馬上飛奔過來；直到最後，戰鬥已結束，而白牙與狗群都已散開之後，他才會帶著滿臉悵然若失的神情慢慢地走回堡壘。有時當一隻軟弱的南方狗發出臨死時尖聲的慘叫，被毀滅在那一群利齒下的時候，這個人簡直難以自制，並騰空而起，高興地大喊大叫，手舞足蹈。而且，他總是用一種貪婪狡猾的目光看著白牙。

這個人在堡壘裡被其他人稱為「美人」。沒有人知道他的真名是什麼，所有人都叫他美人史密斯。但他絕非是個美人，恰恰相反，他特別的醜。他的個子矮小，瘦弱的身體上有一顆小得驚人的腦袋，那腦袋簡直跟針尖一樣。事實上，在孩提時代，當他還沒有被稱為「美人」之前，他的確是被叫做「針頭」。

美人史密斯以最懦弱的懦夫著稱。我們可以這樣描述他的長相，他的牙齒又大又黃，兩根上犬齒尤其突出，露在枯瘦的嘴唇下方彷彿是狗的虎牙。他的眼睛既黃又渾濁，如同大自然缺少了顏料，就將各種顏料管中擠出殘渣的，混在一起再放入他眼中一樣。他的頭髮也不例外，稀薄而蓬亂，就好像是被風吹亂的稻穀，顏色則如泥土般汙黃。

總而言之，美人史密斯是個畸形的人，當然這不是他的錯，從一出生他就是這副模樣。他為堡壘裡面的其他人煮飯、洗碗、做苦力。他們並沒有輕視他，而是以人道主義的寬容態度對待他，就好比人們對受到先天虐待的人給予的寬容一樣；況且，他們還害怕他。他那卑怯的憤怒總令人害怕他會突然從背後給一槍，或是在咖啡裡下毒。可無論如何，總得有人做飯，再說不管史密斯有什麼缺點，他卻是真的會做飯！

這就是那個看著白牙，十分欣賞牠的勇猛並想要占有牠的人。他從一開始就試圖拉攏白牙。白牙最初不理睬他，後來他拉攏得越來越明顯時，白牙就會聳著毛、露出牙並走開。牠不喜歡這個人，對他的感覺很不好。牠察覺出他的惡意，而且對他伸過來的手與甜言蜜語感到害怕，白牙對此人感到無比的憎惡。

對於較為簡單的動物來說，是非好壞的分別也是同樣的簡單。好就代表所有令人感到舒服滿足、消除痛苦的東西，因此，好是令人喜愛的；壞則代表所有充滿不適、威脅與傷害的東西，因此也是令人憎恨的東西。白牙對史密斯的感覺是不好的。從這個人畸形的身體與古怪的心理，如同濃霧從瘴氣沼澤當中升起一樣，很玄妙的發出一種不健康的內部發散物。這並不是推理，也不僅僅是由於他的五官，而是因為其他什麼較為微妙、難以言述的感覺，令白牙認為此人意味著邪惡，滿懷著傷害他人的心思，因此是個壞東西，就只有加以憎恨了。

美人史密斯初次造訪灰海獺的營帳，白牙剛好正在家中。只是聽到遠處微弱的腳步聲，還沒有看到人，白牙就已經知道是誰來了。

原本牠很愜意的躺在地上，此刻立即起身，牠將毛聳立起來。那個人一過來，牠就真的像狼似的偷偷溜到營帳的邊上。牠不清楚他們都說了些什麼，只是看到那個人在和灰海獺交談。有一回那個人還指了指牠，白牙就向牠發出一聲怒吼，彷彿那隻手並不是離牠五十英尺遠，而是要觸碰到牠身體一樣。那個人看見之後便大笑起來；白牙溜到隱蔽的樹叢裡面，一邊輕輕滑行，一邊回頭觀察。

灰海獺拒絕出賣這隻狗。他現在做生意已經發了財，也不缺少什麼了。更何況白牙十分可貴，是他所養過最強壯的雪橇犬和最好的領頭狗。再說，不管是在麥肯錫河還是在育空河流域，沒有一隻狗可以與牠相比。牠能戰鬥，牠殺死其他的狗就如同人類殺死蚊子一樣輕而易舉。一聽到這話，美人史密斯的雙眼發亮，他用貪婪的舌頭舔了舔薄唇。灰海獺說：「不！不管出多少錢都不會賣掉白牙的。」但美人史密斯很瞭解印第安人的脾氣。他經常造訪灰海獺的營帳，而且總是在外衣下藏一隻黑色瓶子之類的東西。威士忌的其中一個性能就是令人口渴，灰海獺犯了口渴這個毛病。他那如火燒著的胃和發了燒的粘膜開始吵鬧著要更多這種灼人的液體；他的頭腦也被這陌生的刺激品擾亂了，他放任自我、不計一切代價的找酒喝。他花掉了用皮毛、手套和鹿皮鞋賺來的錢。他花得越來越快，隨著他的錢袋漸漸縮小，他的脾氣也變得越來越大。

到最後，灰海獺將他的錢財和脾氣都用光了。他變得一無所有，除了口渴。這可是筆龐大的產業，並且隨著他每一口清醒的呼吸變得越發龐大。於是，這時美人史密斯再次重提出售白牙的舊話；不過，這一次的出價是以瓶計算，而非以錢計算，這正合灰海獺的意。

他說的最後一句話是，「只要你把牠抓住，牠就是你的了。」瓶子交付了，不過，過了兩天，卻是美人史密斯對灰海獺說「你把牠抓住」了。

一天夜裡，白牙悄悄的溜進營帳，很滿意的坐下；那可怕的白色神明沒在。這幾天以來，他試圖對牠下手的表現越來越明顯，這段時間白牙只能被迫躲開營帳。牠並不清楚那一再伸出的手意味著什麼凶兆，牠只是知道那滿懷惡意，因此離得越遠越好。

但牠才剛躺下，灰海獺就蹣跚地走過來，將一根皮帶扣在白牙的脖子上。他坐在白牙身旁，一手將皮帶的頭拽在手裡，另一隻手抓住一個瓶子，時不時的把瓶子倒過來舉在頭頂，發出咕嚕咕嚕的吞嚥聲。

就這麼過了一個鐘頭，在人還未走進來之前，腳步聲已經傳來。白牙最先聽到，當他知道來者是何人而聳毛時，灰海獺還在笨拙的亂點頭。白牙想要輕輕的從主人手中將皮帶掙脫；然而，那些鬆弛的手指卻握緊了，灰海獺自己也站起身來。

美人史密斯大步走入營帳，站到白牙身旁。白牙抬頭對著那可怕的傢伙輕聲咆哮，並密切的關注著那兩手的動作。一隻手伸出來降落在牠頭上，牠那輕聲的咆哮立即變得粗暴而緊張；那隻手繼續緩緩的下降，此時白牙匍匐在它下面，惡狠狠地看著它，隨著加速的呼吸，牠的咆哮變得越發地急切，簡直到達了頂點。

忽然之間，牠像蛇一樣亮出利齒一咬。手縮回去了，牙齒撲空了，發出咔嚓一聲。美人史密斯又驚又怕。灰海獺對著白牙的腦袋側面一打，白牙就恭敬服從地緊趴在地上。

白牙滿懷猜疑的關注著他的一舉一動。牠看到美人史密斯走到外面拿起了一根大棒，灰海獺則將皮帶交給了他。美人史密斯動身要走，皮帶被拉緊了，白牙開始反抗。灰海獺朝牠身體的左右兩邊各打了一下，命令牠起身跟著走。牠順從了，但一衝就撲向那個要將牠拖走的陌生人，但美人史密斯並沒有跳開，他就是在等著這一下，他用力的揮了揮棒子，在中途就將白牙攔下，並把牠打倒在地。灰海獺大笑著，讚許的點了點頭。美人史密斯又將皮帶拉緊，於是白牙暈頭轉向軟弱的爬了起來。

牠沒有進行第二次的衝擊，牠瞭解那白色神明懂得如何操縱木棒，牠是聰明的，不會反抗這種難以避免的事情。因此，牠鬱悶地跟在美人史密斯身後，夾著尾巴，嘴裡還是發出悄然無聲的咆哮。美人史密斯則小心翼翼、十分謹慎的盯著牠，隨時準備再拿棒子打牠。

到達堡壘，美人史密斯將白牙牢牢綁住便去睡覺了。白牙等待了一個小時，就用牙齒咬皮帶，只用了十秒的時間牠就自由了。牠的利齒可絕不會浪費時間，沒有一口是徒勞的，皮帶幾乎如刀割一般被斜斜的割斷。白牙抬起頭，朝著堡壘上面看，又是聳毛又是咆哮，接著牠轉過身跑回灰海獺的營帳。牠不需要對這個陌生可怕的神明盡忠，牠早就把自己交給了灰海獺，牠認為自己仍然是屬於他的。

但是，上一次的故事卻再度重演，唯一不同的是，灰海獺重新拿一根皮帶扣住牠，並在早上將牠交給美人史密斯。美人史密斯用力的打了牠一頓。由於被扣得太緊，白牙只能徒然的發怒，忍受著處罰。木棒與鞭子一起來，這是白牙有生以來挨過最厲害的一頓打，就連小時候挨灰海獺那一頓毒打與這相比都是溫和的。

美人史密斯樂此不彼的幹著這事。他喜歡做這種事情，充滿歡欣地看著他的犧牲品，眼睛裡發著渾濁的光芒，手裡揮舞著鞭子或是木棒，聽著白牙無可奈何痛苦的吼叫與咆哮。他無疑是殘酷的，是那種卑怯者的殘酷。他在別人的打罵中畏縮哭泣，於是他就反過來向比自己更弱小的東西復仇。所有生命都熱愛權力，美人史密斯也不例外。當他在自己的種族中得不到表現權力的機會時，就退向較為低等的動物發洩他生命內部的權力。然而，美人史密斯並沒有創造出自己，所以無法責難他。他帶著畸形的身體與野獸般的智慧來到這個世界。這些構成了他的素質，而這個世界並未好好的塑造他。

白牙明白自己為什麼會挨打。當灰海獺拿皮帶扣住牠的脖子，將皮帶交給美人史密斯的時候，白牙明白牠的神明要牠跟著美人史密斯走。而當美人史密斯將牠綁在堡壘外時，牠明白美人史密斯要牠留在那裡。牠違背兩位神明的意志，所以受到懲罰。

以前牠曾見過狗狗們易主，也見過逃走的狗受到跟牠一般的暴打。牠是聰明的，但有比智慧更強大的力量存在於牠的天性之中，這其中便有忠貞。牠並不愛灰海獺，但是就算面對他的意志和憤怒，牠仍是對他無比忠實，這種忠貞是構成牠的素質的其中一個要素。這要素是牠的種族特有的；這要素令牠與別的動物有所區分；這要素令狼和野狗肯從荒野中走出來，與人類結成伴侶。

挨打之後，白牙被拖回堡壘。這次美人史密斯用一根棍子將牠扣住後才走開。誰也沒辦法輕易的放棄一個神明，白牙也是這樣。灰海獺是牠特有的神明，儘管灰海獺的決心已定，可白牙仍舊依戀著牠，不願放棄。灰海獺丟棄並出賣了牠，但這對牠毫無影響。牠曾將自己的身體與靈魂都奉獻給灰海獺，這可不是隨便的事情。白牙是毫無保留的臣服於灰海獺，這種束縛不可能輕易地被打破。

因此，夜裡當堡壘的人都睡熟之後，白牙就用利齒去咬那扣住牠的木棍。木頭十分乾燥，而且貼近牠的脖子扣住，使牠的牙齒很難碰到。白牙費力地彎著脖子，經過最艱難的努力，才將木棍銜在牙齒之間，並且還僅僅只是銜著；又經過一番頑強地堅持，持續了好幾個小時，牠才將棍子咬斷。如果狗能做到這件事，那絕對是前所未有、出人意料的，但白牙卻做到了，清晨的時候，牠從堡壘逃跑，脖子上還仍然掛著那棍子的頭。

白牙很聰明，但如果牠只是聰明，就不會再回到灰海獺的身邊，因為牠已經被他出賣兩次了，但牠畢竟還是忠實的，牠回去讓灰海獺第三次的出賣了自己。牠的脖子又被灰海獺扣上皮帶，美人史密斯又再來帶走牠。當然這一次牠挨的打比上一次更厲害。

當白種人揮舞皮鞭時，灰海獺就站在一旁觀看，沒有任何抗議，白牙已經不再是他的狗了。挨打後，白牙生病了。要是一隻軟弱的南方狗會就這樣被活活打死，但白牙不會，牠受過的鍛鍊是嚴酷的，而牠的素質也是堅強的。牠有強大的生命力，將生命緊緊的抓住不放，但是牠已經十分虛弱，根本無法行動，美人史密斯只好停下來等了牠半個鐘頭，隨後牠才盲目蹣跚的跟著美人史密斯回到了堡壘。

此後，牠被牙齒無法對付的鐵鏈扣著，徒勞無益的衝撞，試圖將木材中的鐵環拔出。幾天以後，清醒過來但早就破產的灰海獺離開了，再開始從波古賓返回麥肯錫的長途旅程。而白牙則留在育空堡，成為一個半瘋的、殘暴的人的財產。可是，一隻狗的思想怎能搞清楚什麼是瘋狂呢！對白牙來說，美人史密斯是一個貨真價實的神明，縱然是個可怕的神明。他的確是百分之百瘋狂的神明，然而白牙卻對瘋狂一無所知；牠唯一知道的就是自己必須要屈服於這個新主人的意志，服從他任何一個胡思亂想。

第三章 仇恨的統治

在瘋狂的教唆之下，白牙變成一個惡魔。牠在堡壘後面的一個圈裡被鎖鏈扣著，美人史密斯就在這裡使用種種刑罰激怒並折磨白牙，令牠發狂。這個人很早就發現白牙對嘲笑非常敏感，於是他就故意取笑牠，尤其是在每次把牠作弄的很痛苦之後。那是種響亮而輕蔑的訕笑，同時這位神明還帶著嘲弄的意味，用手對著白牙指指點點，白牙往往就會喪失理智，在狂暴中，牠甚至比美人史密斯更瘋狂。

白牙以前只不過是牠種族的仇敵，並且還是一個兇狠的仇敵，但現在所有東西在牠眼中都是敵人，而且牠變得比以前更加兇惡。牠被折磨到這種地步，變得盲目的憎恨，沒有一丁點的理性。牠恨綁縛住牠的鐵鏈，恨那些從木圈的縫隙窺視牠的人，恨那些跟著人來、並趁牠無可奈何時向牠惡意吠叫的狗。牠憎恨束縛牠的木圈，而牠最初、最後、最深憎恨的，便是牠的主人美人史密斯。

美人史密斯對白牙所做的這一切都有目的。許多人圍住了那木圈，美人史密斯拿著木棒走進來，將鐵鏈從白牙脖子上解開。當美人史密斯走出木圈之後，白牙就沒有任何拘束了，開始四面的撕扯那圈板，想撲向外面的人，那模樣可怕極了。白牙體長足有五英尺，齊著肩膀有兩英尺半高，牠的體重遠遠超出和牠相仿的狼，繼承牠母親比較大的身形，所以牠雖沒有一點脂肪和贅肉，卻超過九十磅。那是最好的作戰的肉體——全部是筋肉、骨頭和腱子。圈門重新打開，白牙停了下來，有什麼不尋常的事發生了，牠等待著。門開得更大些了，隨後被推進一隻身軀很大的狗，門砰的一聲關上了。那是一隻白牙從沒見過的狗——獒犬；但那侵入者卻無法震懾住牠，不論是牠的身材還是凶相。那是可以發洩仇恨的東西，不再是木材或者鐵。牠一躍而起，一口就用牠的虎牙咬破獒犬的脖子側面。獒犬搖了搖頭，低沉沙啞的咆哮著，向白牙撲過來。但白牙一會跑到這邊，一會又閃到那邊，彷彿一直閃避著，總是在跳上來用牠的虎牙割刺之後就及時跳開，躲避了獒犬的反擊。

外面的人大聲的喝采，與此同時，美人史密斯欣喜若狂，凝視著白牙造成的傷口垂涎欲滴。獒犬毫無希望，打從一開始就沒有。牠行動太遲緩，過於笨重。最後美人史密斯用棍棒將白牙趕開，獒犬的主人就將牠拖了出去，付了賭資，美人史密斯手裡的金錢叮噹作響。

白牙急切的走過去觀察那些圍在木圈周圍的人，那應該也算是一場戰鬥；這是惟一賜給牠內在生命價值的途徑。因受到虐待被煽起的仇恨，牠被像囚犯一樣束縛著，使牠沒有報仇雪恨的方法，除非牠的主人認為適合放別的狗和牠戰鬥的時候。美人史密斯對牠的力量沒有估計錯誤，勝利總是屬於牠的。有一天，接連不斷的放進三隻狗和白牙爭鬥。另外一天，一隻剛從荒野捕捉回來的狼被人們放進來。還有一天，兩隻狗在人的唆使下同時鬥牠，那是一次激烈的戰鬥，雖然牠咬死了那兩隻狗，但自己卻也被咬得只剩下半條命。

這年秋天，第一場雪剛剛落下來，酥軟的冰塊在河裡流著時，白牙被美人史密斯帶著搭上了逆著育空河而上、到多盛的輪船。此時白牙在那一帶已經出了名，遠近的人都知道牠的稱號「戰狼」，經常有好奇的人圍觀放在甲板上囚禁牠的籠子。牠對著他們發怒和咆哮，或者懷著冷靜的仇恨靜靜的躺著研究他們。牠為什麼不應該恨他們？牠從來沒有問過自己這個問題。牠只知道牠恨，只知道沉溺在仇恨當中。

對牠來說，生活和地獄沒有什麼差別。牠天生無法領受野獸在人類手裡的那種囚禁，然而現在牠卻領受到這種待遇。牠被人們凝視；人們把棍棒戳進柵欄裡使牠咆哮；被他們嘲笑。這些人就是牠的環境，自然打算把牠塑造成的素質，被他們塑造成更兇猛的東西。然而牠也從自然那裡得到牠的可塑性，其他許多動物可能因此死掉或者喪失鬥志，牠卻適應了這個環境。

假如美人史密斯內心裡有一個惡魔，白牙也有一個，而他們又是不停的互相發怒的兩個魔鬼。以前有一種知識是白牙擁有的，那就是對一個手裡有棍棒的人要降順，但是牠現在丟掉了這個知識。只要美人史密斯出現在牠的視野當中，就足以使牠暴怒起來。當他們互相接近的時候，即使牠被棍子打得後退，牠還繼續的露出尖銳的利齒、咆哮和吼叫。那棍棒絕不可能使牠停下來。無論被打得多麼厲害，牠還是要吼一聲，美人史密斯停下來撤退的時候，那吼叫聲還追逐著他，帶著公然反抗的意味，要不然白牙就撲到籠子的柵欄上瘋狂的怒吼發洩牠的仇恨。

輪船到達多盛，白牙上了岸，但牠仍舊被關在籠子過著公開展覽的日子，好奇的人們圍繞著。牠因戰狼的稱號被展覽，人們用價值五毛美金的金沙看牠一眼，並且不讓牠休息。牠只要一躺下睡覺，就會被一根尖銳的木棒戳起來——這樣觀眾才認為花出去的錢是值得的。

為了增添展覽的趣味，牠大部分時間都被弄得發怒。可是那種包圍著牠的氣氛才是最糟糕的。牠被認為是最可怕的野獸，而牠是通過籠子的柵欄感受到的。人們每一個謹慎的動作，每一句言語，都讓牠認為自己是兇惡的。這是在兇猛的火焰上澆油，這樣的結果只有一個，就是使牠的兇猛變本加厲。這是牠素質中的可塑性，是牠因為環境的壓迫而被塑造的例證。

除了公開的展覽之外，牠又是一個戰鬥的職業動物。在不固定的間隔時間裡，只要一場搏鬥布置好，牠就從籠子裡被拖出來，帶到距離城市幾英里遠的森林裡。這些常常是在夜裡發生，為了避免本地區騎警的干涉，等到幾小時後天一亮，觀眾們與要和牠搏鬥的狗也來了，牠就開始和不分大小、血種的狗搏鬥。這個地方是野蠻的地域，人是野蠻的，這些戰鬥全都是以死亡為終結。

既然白牙仍繼續戰鬥下去，那麼被殺死的就是別的狗。牠從沒有失敗過，牠早期和歷歷還有全體小狗打架的經驗，對牠的好處是不言而喻的。牠有一種頑強的、穩當的站在大地上的精神，無論哪隻狗都沒有辦法使牠跌倒。狼狗最喜歡的手段是向牠衝上來，直接或者突然轉變方向撞擊牠的肩膀，想要推翻牠。麥肯錫獵狗、愛斯基摩狗、拉布拉多狗、赫斯基狗和瑪里穆狗都嘗試過對牠使用這種方法，失敗是唯一的下場；牠從未跌倒過。人們互相談論著這個事情，並且每次都期盼這件事的發生；可是白牙卻總令他們失望。

其次，就是牠那閃電般的速度，使牠將敵人打敗。不管牠們曾經有過什麼樣子的戰鬥經驗，卻從沒有遇見過像牠這樣迅速的狗。還有就是牠的攻擊直接了當，通常一般的狗都會做些準備工作，咆哮、聳毛和吼，於是常常是在還沒有開始戰鬥，或者還在惶惑不定的時候就被打倒和殺掉了。這樣的事情很頻繁的發生，所以就有了後來的一個習慣，先控制住白牙，讓對方做完準備工作後，甚至等到對方先發動攻擊後才放開牠。

但白牙最有利的條件是牠的經驗。牠比任何一隻戰鬥的狗都更懂得戰鬥，牠有更多的戰鬥經驗，知道怎樣對付更多的詭計辦法；牠也有更加充足的詭計，別人幾乎無法學會牠的那些手段。

時間就這樣慢慢的過去，牠的戰鬥卻越來越少。男人們已經對同等的東西和牠比賽不抱希望，美人史密斯也不得不用狼來和牠對抗。這些狼是印第安人特地設陷阱捕捉的，每次白牙和狼的戰鬥都能吸引一大批的觀眾。有一次捕捉到一隻成年的雌性大山貓，這次白牙是在為自己的生命而戰鬥，山貓迅捷的速度不比牠差，兇猛也不次於牠；白牙只有單一的用虎牙戰鬥，而山貓還擁有尖銳的爪子和腳。

但是從戰勝大山貓之後，白牙就完全不再戰鬥了。再也沒有可以戰鬥的野獸了——至少人們認為沒有野獸值得和牠搏鬥。所以，牠的展覽繼續下去，直到春天，一個名叫狄穆．啟南的賭家來到這個地方。與他同來的是世界上第一隻到克朗代克的鬥牛狗。這狗和白牙的相遇是必然的，所以本城一些特定的區域一星期之內談論的主要話題就是這一場預期的戰鬥。

第四章 死亡之戰

白牙脖子上的鐵鏈被美人史密斯解開，然後他就走了回去。白牙並沒有馬上發起攻擊，而是站在原地不動，耳朵豎立向前，保持著警覺卻好奇的觀察面前的陌生動物。牠以前從未見過這樣的狗。狄穆．啟南一邊嘴裡咕嚕道：「上！」一邊向前推一推他的鬥牛狗。那鬥牛狗搖搖擺擺的走向圈子的中心，牠身材短小而且矮胖笨拙。牠停下來對白牙眨眼睛。

圍觀的人發出大聲的喧嚣：「切羅基，上呀！」「切羅基去咬牠！」「將牠吃掉！」

但是，切羅基好像並不急著爭鬥。牠將頭調轉過來對著叫喊的人們眨眼睛，同時搖著牠那彷彿斷了一節的尾巴，表現出很和善的樣子。牠只是懶，並不是害怕。而且，牠似乎並不明白人們要牠去鬥的就是對面的這條狗。牠對和這種狗鬥並不習慣，所以牠在等那些人弄真正的狗來。

狄穆．啟南走到圈裡，俯伏在切羅基的身上，用兩手撫摸牠兩邊的肩膀，逆向揉搓牠的毛，並輕輕的向前推動牠。這當中隱含很多的暗示，而且這暗示有激怒的作用，因此切羅基開始輕輕的從喉嚨發出咆哮。那咆哮聲和人的手之間存在某種韻律。隨著每次推送的動作達到頂點，那咆哮聲也升到喉嚨口，又慢慢縮進喉嚨，以方便隨下次的動作重新開始。每次那韻律的音節就是動作的頂點，突然那動作停止，咆哮聲也就突然一下升騰起來。

這很顯然也影響了白牙，牠頸項上和肩膀上的毛也開始聳立。狄穆．啟南最後推送一次便走了回去。在向前推動的力量消失以後，切羅基就自動的繼續向前，彎著腿迅速的奔跑。於是白牙發動牠的攻擊，四周引起一陣的讚歎聲。白牙衝上去進攻，與其說牠像狗，還不如說像貓一樣，迅捷的用虎牙刺過之後就跳開了。

鬥牛狗的粗脖子上被咬了一個洞，一隻耳朵後面流出血來。牠彷彿沒有任何感覺，叫都不叫，只是跟著白牙轉過身。這兩條狗的表現，一個迅捷，一個頑強，刺激了圍觀者的情緒，人們下新的賭注或者增加原來的賭注。白牙用一再的迅捷速度一觸即走，毫無損傷的走開；而牠那個奇怪的敵人卻一直在追蹤牠，既不很快也不是很慢，而是謹慎堅決，很有條理的樣子。牠這個方法是有目的的——牠決心要做的事，不論什麼事情都無法使牠分心。

牠的整個行動，每一個動作都包含著這個目的。這使白牙惶惑而無法理解。牠從未遇過這樣的狗，牠沒有長的毛髮保護，牠很柔軟還很容易流血。那些像白牙的狗，常常有濃密的細小絨毛阻擋牙齒，現在面前的這隻狗卻沒有。牠每次都很容易的將牙齒咬進那柔軟的肉裡，這動物好像連自衛都沒有辦法。另外一件讓牠動搖和煩亂的事情是牠不叫，而那是牠與別的狗搏鬥時習慣聽到的。除了一聲哼叫或低吼，這狗似乎只是默默的承受，但牠對白牙的追逐卻沒有一點點鬆懈。

切羅基並不遲鈍或緩慢。牠轉身的速度很快，可是白牙卻已經從那裡消失了。切羅基也同樣感到惶恐，牠從來沒有和這樣一條牠無法接近的狗搏鬥過，向來雙方都是有接近的欲望。可是現在這條狗卻刻意的保持一個距離，到處跳躍躲避著。牠的牙齒咬到牠的時候，卻不繼續的咬下去，而是立刻的放開，重新閃開。

但白牙卻無法咬到切羅基脖頸下柔軟的喉嚨。鬥牛狗身體太矮小了，而且牠擁有一種補充的掩護品，就是巨大的顎骨。白牙毫髮無損的跳進跳出，同時也增加了切羅基的傷口，牠兩邊的腦袋和頸項都被咬破了，血順著傷口涔涔而下，但是牠臉上卻看不到一絲慌張的神色。牠辛勤的繼續追逐，在一次撲了個空之後，牠停下腳步，對圍觀的人眨眨眼睛，同時搖了搖牠那殘缺的尾巴，表示牠願意繼續戰鬥下去。

白牙在此時跳上來又迅速的跳開，順帶撕破牠那隻耳朵沒有被撕破的部分。切羅基輕微的表示牠的憤怒，又重新開始追逐，從白牙的圈子裡面跑著，努力想要在白牙的喉嚨咬上致命的一口。但毫釐之差沒有咬到，白牙向相反的方向突然跳開，讚歎之聲在牠脫離危險的時候大作。

時間繼續流逝。白牙依舊跳躍著、躲閃著、退避著，跳進跳出，並且不斷的咬傷對方，鬥牛狗還是倔強的以穩定的方式追蹤牠。牠的目的遲早會達到的，會咬住那贏得勝利的一口，而這當中牠就必須承受對方給牠的一切傷害。牠的耳朵被撕裂成一條條瓔珞的樣子，頸子和肩膀上有幾十處被咬破的傷口，牠的嘴唇也因被撕破而流血，這些全是被白牙閃電般迅捷的攻擊所造成。

白牙一再想讓切羅基倒下，但牠們的高度懸殊太大。切羅基太過於矮胖，而且太貼近地面了。白牙嘗試了不計其數的詭計，在牠無數次的旋轉避讓當中，有一次終於迎來了一個機會。牠在切羅基緩慢的轉動時，發現牠正在調轉頭，暴露出牠的肩膀，白牙就撲了上去，但是牠忽略自己高高再上的肩膀，而牠非常用力的發動這次攻擊，所以因為慣性作用，使牠的身軀從對手的身體上方翻了過去。在牠以往的戰鬥史上，這是第一次牠在圍觀者的注視當中失足。牠在半空中翻了半個筋斗，如果不是牠如貓一般在半空中扭轉身體使腳著地，牠就要四腳朝天的跌到了。即便如此，牠還是重重的撞到腰部。雖然下一瞬間牠已經爬起身，可是切羅基的牙齒就在這時咬住牠的喉嚨。

這一口咬得並不好，因為太向下靠近胸口；但是切羅基咬住了就不鬆口。白牙狂暴的兜著圈子跳躍著，想擺脫鬥牛狗的身體。纏繞著牠的重量使牠失去理智，切羅基妨礙到牠的行動，限制了牠的自由。牠全部的本能都憤怒的反叛起來，這個反叛是如此的瘋狂。在這一段時間，牠完全的失去理智發了狂，牠內部的本能控制著牠，從肉體上傳導的要生存的意志淹沒了牠。

牠被一種本能的求生欲望支配，在這一瞬間，牠全部的智慧都無影無蹤了，就好像牠完全沒有大腦。牠被肉體求生的本能和運動的本能剝奪了所有的理性——要罔顧一切的運動，持續的運動，因為牠生存的表現就是運動。牠一圈一圈的跑動著，打著圈兒，正轉然後突然反轉，企圖擺脫那五十磅懸在牠喉嚨上的重量。鬥牛狗完全無所作為，只是緊緊的咬住不放。

白牙感到疲乏的時候才停止下來，牠毫無辦法也搞不明白，在牠以前所有的戰鬥中，從未發生過這樣的事情，牠搏鬥過的狗都不是這樣戰鬥的；跟牠們是撕咬，割裂和跳開閃躲。牠側著身子稍稍躺著喘氣，仍然咬住牠脖子不放的切羅基卻極力試圖逼迫牠完全倒下來。

白牙極力的抵抗著，牠感覺到那副牙床逐漸挪動咬住的位置，彷彿咀嚼一樣的動作，稍微的放鬆馬上又合攏起來。每移動一次就更加的靠近牠的喉嚨。鬥牛狗的戰鬥方法是保持已經擁有的優勢，等待有利的機會再次發動進攻。當白牙安靜下來的時候，就是牠的有利機會；當白牙掙扎的時候，切羅基就死死的咬住不放。

切羅基的脖子突出在牠的背面，是白牙的牙齒能夠到達牠身體的唯一部分。牠咬住牠靠近兩個肩膀的脖根；但是牠不懂得拒絕作戰的辦法，而牠的牙床也不適合這樣做。牠時而咬、時而鬆開的用牙齒撕扯和穿刺，想將之咬成一個洞。但這時在牠們位置上的變化卻分散了牠的注意力。牠被鬥牛狗完全的推倒在地上，牠的喉嚨仍舊被咬住，被壓在身下了。像貓一樣，白牙不再吼叫，而用腳爪撕裂牠敵人的腹部，一長條一長條的開始撕扯。這樣有可能挖出切羅基的內臟來。切羅基感到危機，連忙以牠咬住的地方為軸心轉到一邊，使身體和白牙的軀體成了一個直角。

白牙擺脫不了被咬住的一口，它如同命運一般是難以抗拒的，那一口順著脖子慢慢的向上移動口，完全是因為牠頸子上茂密的柔毛和鬆皮才暫免於死。這些東西在切羅基嘴裡形成一大團，那絨毛幾乎阻擋牠的牙齒，使之無法咬穿。但是只要一有機會，牠就會將鬆皮和絨毛一點點的吞進嘴裡，結果必然是白牙會被慢慢的扼死。隨著時間的推移，白牙的呼吸越來越困難。

看來這戰鬥就要結束了。那些支持切羅基的人高興了起來，荒唐的大肆喝采。相對支持白牙的人沮喪了，十對一和二十對一的彩頭都拒絕，雖然有一個很草率的人竟然接受了五十對一的賭注，這個人就是美人史密斯。他向著圈子跨進了一步，用手指著白牙，帶著嘲弄和譏諷的神情大笑起來。這樣的刺激產生了需要的效果，白牙暴躁的狂怒起來，牠振奮起殘餘的精力，爬起身子。牠掙扎著兜圈子，喉嚨上一直掛著牠敵人的五十磅，牠的憤怒在這個時候已經變成恐懼。牠基本的求生本能支配著牠，在牠求生本能的要求下，牠的智慧消失了。一圈圈，前進又後退，蹣跚、跌倒又爬起來，甚至有幾次用後退直立起來的方式把敵人帶離地面，牠想擺脫那糾纏住牠的死亡，徒然的掙扎著。

最後牠四腳朝天的跌倒，失去了力氣；鬥牛狗迅速的將牠咬的地方移動著，向更深的地方咬去，更大塊的咬開那鋪滿毛的肉，將白牙的呼吸更緊密的扼制住。頓時人們對勝利者讚美的呼聲大作，「切羅基！」「切羅基！」的呼聲連連。切羅基聽到呼喊，有力的搖晃牠那彷彿殘缺的尾巴作為相應，但是那喧囂的呼喊聲並沒有使牠分散注意力，牠巨大的牙床和尾巴之間並沒有共鳴的關係。一個在搖，另一個則繼續在白牙的喉嚨上穩穩咬住。

就在這時，旁觀者的注意力被分散了。一陣叮噹的鈴聲傳來。聽到駕馭著狗旅行的人的呼叫聲。每一個人，排除美人史密斯以外，都驚恐的眺望，他們內心非常畏懼員警。但是他們看到從雪道上來的是兩個男人，駕馭著狗拉的雪橇跑來。他們到這個小河流域很顯然是要進行什麼探勘旅行。他們看見了人群，就把狗停下走過來看看，想瞭解這裡為什麼這麼熱鬧。駕馭狗的人留著小鬍子，另外那個比較高、比較年輕的人沒有鬍子，皮膚流露出玫瑰般的顏色，那是因為在冰冷的空氣中奔跑和血的衝擊的原因。

白牙實際上已經停止了掙扎，只是偶爾抽搐似的抵抗，但沒有絲毫效果。牠能獲得的空氣只有很少的一點，而這少量的空氣也在那緊縮的無情扼制下越來越少。如果不是鬥牛狗當初咬得太低，直接咬在胸口上，牠即使有絨毛做的甲冑，牠喉頭的大血管也早被咬破。切羅基花了很長的時間將那一口向上移動，這又使得牠的牙齒受到鬆皮和絨毛的更多阻礙。

此時，那深不可測的獸性上升到美人史密斯的腦子裡，控制著他那不健全的神智。當白牙的眼睛變得呆滯後，他清楚這場戰鬥失敗了，於是一切控制都離他而去，他跳到白牙身旁用腳使勁的踢牠。圍觀者發出噓聲和抗議的呼叫聲，但也只是這樣，一切繼續著，美人史密斯也繼續的踢打著白牙，這時騷亂在人群裡發生了。

那個新來的高個子年輕人擠了進來，很不禮貌的推開左右兩邊的人。他在人群中擠到圈子中間的時候，美人史密斯的一腳又正要踢出去，就在這一瞬間，新來者的拳頭準確的、重重的對他的臉上來。美人史密斯彷彿整個人都被拋到空中，向後倒在雪上。新來的人轉過身對著圍觀者們。

「你們這些卑鄙惡劣的人！」他叫著：「你們這些畜生！」

他勃然大怒，是一種帶著清醒神智的憤怒。他的灰色眼睛向圍觀的人掃過去的時候，彷彿包含了金屬和鋼鐵一般。美人史密斯爬起來走到他身旁，從鼻子中發出哼哼唧唧的聲音，畏畏怯怯。新來的人不清楚對方是怎樣的一個卑鄙下賤的膽小鬼，認為他是來尋釁的，所以又罵他一聲「你這個畜生！」又往他臉上揮了一下，把他打翻在地上。美人史密斯已經認為雪地是最安全的地方，躺在跌下去的地方，不再費力的爬起來了。

「來，麥特過來幫忙。」新來的人叫喚另一個跟他駕馭狗的人。

兩個人俯伏在兩條狗上面。麥特抓住白牙，準備在切羅基放鬆牙床的時候把牠們分開。那個年輕人努力的促成這點，他的方法就是把鬥牛狗的顎骨抓在手裡扒開來。不過這樣卻毫無作用，他一邊拉、托並扭動著，一邊呼吸一口氣就叫一聲「畜生！」

圍觀者開始騷動起來，有些人開始抗議這破壞他們的賭博；但是新來的人放下手裡的工作，抬起頭狠狠的瞪了他們一會兒，他們就緘默了下來。

「你們這些該死的畜生！」他最後又罵了一句，又轉回來繼續他的工作。

「那樣是不行的，斯科特先生，你那個樣子是無法弄開的。」麥特終於說。

兩個人停下手頭的動作，觀察地上扭在一起的兩條狗。

「血沒有流多少，」麥特說到：「還沒有完全的咬進去。」

「但是隨時都有這個可能，」斯科特答道，「喂，看見了嗎！牠的牙齒移上了一點。」

這個年輕人的興奮及為白牙的擔心都同時在增加。他在切羅基頭上野蠻的打了又打，但是牙床並沒有因此放鬆。切羅基用搖搖尾巴的方法表示牠明白擊打的意思，不過牠明白牠是對的，而牠緊緊的咬住不放只是在盡牠的責任。

「你們當中沒人願意幫下忙嗎？」斯科特對著圍觀者們絕望的喊到，卻沒有人站出來幫忙。相反的，圍觀的人卻開始帶著譏諷的口吻慫恿他，給他出了數不清的滑稽主意。

「最好弄個槓桿。」麥特勸告他。

另外一個人就伸手將左輪手槍從屁股上的手槍袋裡掏出來，嘗試將槍口塞到鬥牛狗的牙齒中間。

他很用力的塞了又塞，以至於很清楚就可以聽到鋼鐵在牙齒上摩擦的聲音。狄穆・啟南邁著大步走近圈子。他在斯科特的身旁站住，拍了拍他的肩膀，帶著不和善的來意說：「不要把牙齒弄斷了，客人。」

「那麼我就弄斷牠的脖子。」斯科特針鋒相對的說，用槍口繼續的又撬又塞。

「我說不要把牙齒弄斷了！」狄穆．啟南用比先前更不善的口氣重複說。但假如他是想要噓聲恫嚇，並沒有起任何作用。斯科特絕沒有放棄他的努力，雖然他抬起頭冷冷的問：

「你的狗？」狄穆．啟南哼了一聲。

「那麼來把牠的嘴巴弄開。」

「哦，客人啊，」另外一個令人惱怒的聲音拖長說：「我不妨告訴你，這事兒連我自己都無法辦到。我不知道這個機關該怎樣破除。」

「那麼就滾，」斯科特回答：「不要給我添麻煩，我正忙著。」

狄穆．啟南繼續的監視著他，但是斯科特已經不再注意他的在場。他已經設法從另一邊把手槍插進牙床，嘗試將槍口從另外一邊傳出來。這樣完成了之後，他就小心的輕輕的敲著，一次將牙床放鬆一點，麥特同時就把白牙被咬得血肉模糊的脖子一點點的抽出來。

「站到旁邊去，準備將你的狗領去。」是斯科特對切羅基主人下達一個不容置疑的命令。狄穆．啟南彎下身體，服從的抓住切羅基的身子。

「注意。」斯科特警告說，又撬了最後一下。兩條狗被拉開了，鬥牛狗掙扎著依舊精力旺盛。「帶走牠。」斯科特命令，切羅基被狄穆．啟南拖進了人群裡。

白牙做了幾次徒勞的努力想爬起來，有一次牠站了起來，但牠的腿無法有效地支撐，就慢慢的跌倒在雪地裡了。牠半閉著眼睛，眼神呆滯無光；牠的舌頭從張開的顎骨間伸出來，無力的垂著，那個樣子完全像是一隻被吊死的狗。麥特觀察著牠。

「差點就要完蛋了，」牠說：「不過牠的呼吸變正常了。」

美人史密斯又爬起身來，走到近前來看白牙。

「麥特，一隻好的雪橇犬值多少錢？」斯科特問。仍舊半跪著俯伏在白牙身上、駕馭狗的人計算了一會兒：「三百塊。」他回答說。

「像這樣一隻被咬得快死掉的值多少？」斯科特問道，並用腳推了推白牙。

「大約一半的樣子。」駕馭狗的人回答。

斯科特轉過來面對美人史密斯。「你聽到沒有，畜生先生？你的狗我要了，我給你一百五十塊。」他打開皮夾子數出鈔票。

美人史密斯將手放在背後，拒絕接受塞過來的錢。「我不賣。」他說

「啊，你賣的。」斯科特替他確定的說：「因為我要買。這錢是你的，狗是我的了。」美人史密斯仍然將手放在背後向後退去。斯科特跳到他面前，舉起拳頭要打他。美人史密斯縮下身體預防被打。

「我有我的權力。」他嗚咽著發出聲音。

「你已經喪失對這狗擁有的權力，」斯科特答覆他說：「你要拿錢還是要我再打你？」

「好吧，」懷著恐懼的美人史密斯急切的說：「但是我拿了錢依然抗議，」他接下來說：「這狗是搖錢樹，我有我的權力。」

「對，」斯科特回答，把錢交給牠。「一個人有他應有的權力。不過你不算人，你是一個畜生。」

「你等著，等我回到多盛之後，」美人史密斯威脅到：「我要控告你。」

「如果你回多盛之後張嘴說出來，我就將你驅逐出境。明白嗎？」

美人史密斯哼了一聲作為回答。

「是嗎？」另外那個人突然極其兇狠的怒喝道。

「是的。」美人史密斯在喉嚨裡嘀咕著說，退縮著。

「是什麼？」

「是，先生。」美人史密斯彷彿吠叫般的回答道。

「注意！他要咬人了！」不知什麼人喊道，並且發出了一陣哄笑。斯科特撇開美人史密斯，回去幫助那個管狗的人——他正在撫弄著白牙。有些圍觀的人已經走了；另外一些三三兩兩的站在一邊旁觀和談論著。狄穆・啟南加入了那些人。

「這個蠢蛋是誰？」他問。

「威登・斯科特。」有人回答他說。

「威登・斯科特是誰？」狄穆・啟南繼續追問。

「啊，一個有著高明本領的開礦技術人員。那些大亨他全都熟識。如果你不想找麻煩，最好離他遠些，他跟那些大亨們的關係非常好，金礦部長更是他的至交好友。」

「我想他肯定是有點來頭的，」狄穆・啟南評註：「所以從一開始我就沒有招惹他。」

第五章 不屈不撓

「毫無希望。」威登．斯科特承認道。

他正坐在小屋門前的台階上面，注視著看狗人，那人也用一樣絕望的聳肩回覆他。

他們一起看著被拉直的鐵鏈盡頭的白牙，牠聳立著毛，惡狠狠地怒吼著，掙扎著要撲向那些雪橇犬。雪橇犬受到麥特很多由棍棒所傳授的教訓，牠們已經明白不要去招惹白牙了；就算牠們都躺在很近的地方，也顯然不會在意牠的存在。

威登．斯科特說：「這是隻狼，沒辦法馴服的。」

「哦！我可不清楚，」麥特表示反對：「說不定牠體內狗的成分並不少呢！不過，我倒確實知道一件事情的，那準沒錯。」

「你知道什麼事情呀？說出來聽聽！」斯科特在等候相當長一段時間以後厲聲道：「是什麼呀？快說吧！」

看狗人用大拇指向後面指指白牙說：「不管是狼還是狗都一樣——牠早就被馴服了。」

「不！」

「是的，我跟你說，而且還受過拉車的訓練。你仔細瞧瞧吧，看見胸口上那些痕跡沒？」

「你說的沒錯，麥特。在牠到美人史密斯那兒之前是拉雪橇的狗。」

「所以沒什麼理由說牠不可能再成為雪橇犬。」

斯科特急切地問：「你有辦法嗎？」不過，隨即他的希望就破滅了，他搔了搔頭，補上一句：「我們已經把牠弄來兩個星期了，結果弄得現在牠反而比原來更野了。」

「給牠個機會，」麥特勸告道：「我知道你有嘗試過，但是你沒有帶一根棍棒。」

「那麼，你試試。」

於是麥特拿了一根木棒就向那被鐵鏈扣住的狗走了過去。白牙緊盯著那木棒，如同囚籠中的獅子凝視著訓練者的皮鞭一般。

「你看牠盯著木棒的樣子。」麥特說道：「這是個好現象，牠並不是傻瓜。只要我手裡緊抓住木棒，牠就不敢向我撲過來，牠還沒有完全發瘋。」

當麥特的手靠近白牙的脖子時，牠就聳立毛髮、咆哮著匍匐下來。牠的眼睛則死盯著那逐漸逼近的手，同時也努力注視懸在另一隻手裡、充滿威脅的木棒。麥特將牠脖子上的鐵鏈解掉，然後走了回來。

白牙完全不敢相信自己重獲自由了。打從牠落入美人史密斯手裡後，已經過好幾個月，牠從沒享受過片刻的自由，除了在放牠與別的狗戰鬥之外，但每次戰鬥以後，牠總是立即被囚禁起來。牠不明白是為什麼，或許是這些神明們要玩什麼新的惡作劇吧。牠小心翼翼緩慢的移動，隨時準備遭受攻擊，牠全然不知該如何是好，這是前所未有過的事情。謹慎起見，牠重新走回在十二英尺外停住，密切的關注著那兩個人。

「牠不會跑掉嗎？」牠的新主人問道。

「值得賭一賭。要想知道結果，唯一的方法就是去求取那結果。」麥特聳聳肩說道。

「可憐的傢伙，」斯科特憐憫地喃喃自語：「牠需要一些人類仁愛的表示。」他說了這句話後就轉身走進小屋。等他出來時帶著一塊肉扔給白牙，肉扔過來的時候白牙跳到一旁，從遠處懷疑的研究著它。

「嘿！老大！」麥特警告道，可惜為時已晚。狗兒老大已經跳上前去吃肉。當牠的牙齒咬住肉的一瞬間，白牙攻擊了牠，牠被推倒在地。麥特趕過去，但白牙比牠更快。老大步履蹣跚的爬起身，然而血從牠的喉嚨下噴出，將雪地染出一條漸漸擴展的血路。

「太糟糕了，不過也是牠活該。」斯科特趕緊說。

但麥特已經伸腳去踢白牙。白牙一跳，亮出牙齒，一聲尖叫隨之而來。他惡狠狠的咆哮著，匆匆倒退了幾碼，此時麥特彎下腰檢查自己的腿。

「牠咬得我好痛。」牠指著被撕裂的褲子與內衣下一塊大血跡說。

「麥特，我跟你說過毫無希望的，」斯科特喪氣的說著：「我反覆思考，雖然其實根本用不著去想，可是現在我們已經走到這一步了，那是唯一的解決辦法。」他說完以後，十分勉強的掏出手槍，打開旋轉彈膛，看清楚其中的子彈。

「嘿，斯科特先生，」麥特再次表示反對：「這隻狗是從地獄來的，你不能指望牠是個純潔、光彩照人的天使，請給我點時間。」

「你看看老大。」斯科特回答。麥特看了看那受傷的狗，牠已倒在雪地的血泊之中，顯然在嚥下最後一口氣。

「牠是自找的，你也這麼說啊，斯科特先生，牠想去吃白牙的肉，牠就玩完了，這是意料中的事情，一隻狗如果不為自己的食物而戰，我簡直看不起牠。」

「你瞧瞧自己啊，麥特，要是對狗也就算了，但我們總得有個限度吧！」

「我也是自找的，」麥特倔強的爭辯：「我幹麼去踢牠？你也說過，牠做得對，我沒有權力踢牠。」

「殺掉牠是件好事，」斯科特很堅持：「牠是沒辦法馴養的。」

「請注意，斯科特先生，給這可憐的傢伙一次機會吧！牠還毫無機會呢，牠剛剛才從地獄中走了出來，這還是第一次鬆開牠的鐵鏈。給牠個機會，假如牠只做壞事，那我就親自結束牠，你等著瞧吧！」

「上帝瞭解我並不想殺死牠，當然也不希望自己被牠殺掉。」斯科特回答並放開左輪手槍。「我們讓牠自己走動，看看能為牠做點什麼吧。我們就這樣姑且試一試。」

牠向白牙走去，溫和如同愛憐地跟牠講話。

「手裡最好還是帶根棍棒。」麥特警告道。斯科特搖了搖頭，繼續嘗試獲取白牙的信任。

白牙滿是懷疑，大概是有什麼事情要臨頭了。牠曾將這神明的狗殺掉，並咬傷他的同伴神明，除了可怕的懲罰以外，還能指望什麼呢？但面對這懲罰，白牙絕對不會屈服。牠聳立毛髮，露出利齒，眼睛戒備著，整個身體都高度警惕地預備應付那些難以預測的事件。

這個神明沒有拿棍棒，所以牠讓他更靠近一些。神明的手正伸出來要落在牠的頭上，白牙縮成一團，匍匐在手下方，變得異常緊張。這是危險的信號，是另外一種詭計。牠知道神明們的手，牠瞭解他們傷人的狡猾手法，知道他們那得到證實的支配權，再加上牠一向討厭別人接觸自己。牠伏得更低了，更加威脅地咆哮著，那隻手卻依然下降著。牠並不想咬那隻手，牠忍受著就要降臨的危險，知道本能從牠內心湧起來，用一種貪婪的、想要活下去的心情控制住自己。

斯科特認為自己敏捷得足以避開任何撕咬或割傷，但他卻不得不領教白牙超乎尋常的迅速——如同一條蛇一樣襲擊，又準確又敏捷。

斯科特吃驚的發出一聲尖叫，用另一隻手緊緊握住剛剛被咬破的手。麥特大罵一聲，跳到他身邊。白牙則匍匐而下，退開；仍舊豎著毛，露出牙齒，眼神中充滿威脅狠毒的光芒。

現在他就要遭受一頓從美人史密斯那裡挨過的毒打了。

「嘿，你幹什麼？」斯科特突然大叫道，麥特已衝進小屋拿出一支長槍。

「沒什麼，」麥特裝出一種毫不在乎的冷靜緩緩地說：「不過是要履行諾言而已，我想應該如我所說的把牠結束了。」

「別，不要！」

「我要，你等著瞧吧！」

就像麥特被咬後替白牙求情一樣，現在輪到斯科特求情了。「你說過要給牠個機會的，那麼就給牠啊！我們才剛剛開始，不可以一開始就放棄。這一次是我自找的，而且——你看看牠！」

白牙在四十英尺以外靠近小屋牆角的地方發出令人寒心的惡毒咆哮，不過並非對斯科特，而是對著麥特。

「嘿，我將會入地獄，永世不得翻身的！」麥特驚訝不已的說。

「你看看牠多聰明，」斯科特急忙接著說：「牠知道火器的意義，不亞於你。牠十分聰明，我們要給這聰明一個機會，快把槍收起來！」

麥特將來福槍靠在柴堆上面，同意道，「好的，我心甘情願。」

接著，他又大喊起來，「可是，你再看看。」白牙已經停止咆哮，安靜了下來。

「這還真值得研究研究，注意看看。」麥特再伸出手去拿槍，就在同一瞬間白牙咆哮起來。他從槍旁走開，白牙那翻起的嘴唇就放下遮住了牙齒。

「就鬧著玩玩看吧！」麥特拿起槍，慢慢舉到肩上。白牙的咆哮隨著這動作開始，達到頂點又逐漸增加。但在還沒舉到跟他一般高時，白牙就跳向一旁，躲在小屋牆角後面。麥特站在那裡，瞪眼看著那空亂的雪地，原本白牙是占據在那裡的。

麥特將來福槍放下，轉身看著斯科特：「我同意你的話，斯科特先生。這狗實在太聰明了，絕不能殺。」

第六章 恩人

白牙看斯科特走近牠，便聳著毛，咆哮著，表示不願屈服。從那隻手被牠咬破到現在已經二十四個小時了，那手仍被包紮著，為了防止充血，用吊腕帶吊了起來。原來白牙也曾經歷過緩期執行的懲罰，所以現在牠以為這種懲罰又將降臨。怎麼可能不這樣呢？牠所做的事情，在牠看來就是對神明的褻瀆，牠用牙齒咬了神明神聖的肉體，而且還是一個白皮膚的高級神明。依據牠與神明們打交道的經驗，等著牠的必定是些可怕的事情。

在幾英尺外的地方，神明坐了下來。所以，白牙從這兒並未發現什麼危險，因為神明們執行懲罰的時候總是站立的。再則，這個神明既沒拿木棒皮鞭，也沒有火器。更何況牠是自由的，沒有被鏈條或木棒束縛。這神明站起身時，牠完全能夠逃到安全的地方。現在，牠暫且等等看吧。

神明依然保持安靜，沒有活動；白牙的咆哮聲漸漸微弱，在喉嚨中慢慢停止下來。隨後，神明開始說話，當白牙聽到第一個音節，脖子上的毛就豎了起來，喉嚨中重新湧起吼聲，但神明並沒有做出任何敵意的動作，只是靜靜地繼續說話。

有一段時間裡面，白牙的吼聲跟隨著說話聲起起伏伏，在吼聲與說話聲之間形成十分協調的節奏。然而，那個神明無休止的說下去。他在對白牙說話，白牙還從未聽過這樣的話語。他說得那麼溫和撫慰，那柔和的聲調在某種意義上和某種地方打動了白牙。白牙情不自禁、全然不顧本能給予的所有警告，開始信任這個神明，跟牠以往與人類相處的經驗不符，這神明給牠一種安全感。

過了許久，神明站起身走入小屋裡面。等他出來時，白牙擔心地仔細觀察著。他沒有木棒或鞭子，也沒有火器。那隻受傷的手在背後倒背著，也沒有隱藏什麼東西。像從前一樣，他坐在老地方，隔著幾英尺遠。他拿出了一小塊肉，白牙警覺的豎起耳朵，滿腹懷疑地察看著他，既觀察著肉也觀察著神明，牠全神貫注的察看著任何一個可以看見的動作，預備一旦看到敵意的徵兆就馬上跳開。

懲罰仍舊遲遲沒有實施。神明僅僅是拿了塊肉送到牠鼻子前，那塊肉似乎也沒什麼問題。白牙還是心存疑慮，雖然那手如邀請般急促地將肉推給牠，牠卻拒絕碰觸。神明們都是聰明絕頂的，說不定這看起來完全無害的肉又隱藏著什麼陰謀詭計。按照往常的經驗，尤其是與印第安婦女們打交道的經驗，肉與懲罰常常是不祥的聯繫在一起。

最後，神明把肉扔到白牙腳底的雪地上。白牙小心翼翼的嗅著肉卻不看著肉。牠在嗅的時候，眼睛一直緊緊盯著神明，什麼事也沒發生。牠將肉吃進嘴裡、吞掉，還是什麼事也沒發生。神明竟然又給牠另一塊肉，牠還是拒絕從手裡接過肉，於是神明便仍舊把肉丟給牠。如此這般，重複了許多次。隨後神明拒絕再將肉丟出來，他堅持把肉放在手中送給白牙。

肉很美味，白牙也真餓了。牠很小心的、一點點接近手。最終，牠決定從手中吃肉。牠聚精會神的看著神明，頭伸著，耳朵也倒貼著，脖子上的毛本能的豎了起來，並且在喉嚨中滾動著低低的吼聲，在向神明警告開玩笑是不行的。牠把肉吃了，並沒有發生什麼事，一塊接著一塊，牠把所有的肉都吃了，依然沒有發生什麼事；懲罰仍是遲遲沒有實施。

白牙舔了舔嘴，等待著，神明仍繼續講話。在他的聲音中包含著仁慈——而這東西白牙從未體驗過。還有一種牠未曾體驗過的感情在牠心中昇華。牠很奇怪的感覺到十分的滿足，彷彿是牠的某種需要得到了滿足，如同牠生活中某種空虛被填滿了一般。但接著牠本能的刺激與過往經驗的警告又重新回來了；神明們是十分狡猾的，他們會以各種難以猜透的方法達到目的。

此刻，神明那狡猾的、準備施行傷害的手朝著牠伸了出來，在牠頭頂落下。然而，神明繼續說話，聲音是那樣的柔和溫暖，即使那隻手充滿威脅，但那聲音卻令人信任。但即使有令人安心的聲音，但那隻手卻讓人難以信任。白牙被這矛盾的情感和衝動折磨著，彷彿就要分裂成碎片了，牠在努力的控制著，用一種少見的躊躇將內心爭奪支配權的兩個對抗力量結合在一起。

於是，牠妥協了。牠豎著毛，拉著耳朵，咆哮著。但牠沒有咬也沒有跳開。手落了下來，離得越來越近，接觸到牠直立毛髮的末端。牠在手下面縮了下去，而手也跟著牠往下，更緊密地壓著牠。白牙緊縮著，幾乎發抖，但牠依然控制著自己。這是一種折磨——這隻手在觸摸牠，侵犯著牠的本能。牠沒辦法在一天的時間內就遺忘人類的手帶給牠的不幸，可那卻是神明的意志，牠努力的服從著。

那隻手抬起來又落下去，做著一種輕拍和撫慰的動作，就這麼繼續著，每一次當手抬起來時，白牙的毛髮也就隨之豎了起來。每一次手落下來時，牠的耳朵就隨之倒了下來，並且伴隨著喉嚨中湧出的咆哮聲，白牙堅持警告著，吼了又吼。牠就這樣表示著自己準備對牠可能受到的任何傷害進行報復。誰也不知道這神明的隱蔽動機到底何時揭發；那令人信任的柔和聲音隨時有可能突然變成憤怒的吼叫；那愛撫的、溫和的手也有可能突然像老虎鉗一樣的夾住牠，令牠毫無辦法，從而開始施行懲罰。

然而，神明依舊溫和的繼續說下去，手也一直隨著毫無敵意的輕拍升起落下，白牙體驗到雙重的感覺。這輕拍與牠本能的感受是難以吻合的，牠被它所束縛，這違反牠需要個人自由的意志，可是這卻並非肉體上的痛苦。恰恰相反，牠在生理的某種意味上甚至是快樂的。輕拍的動作緩慢又小心地變成耳根的摩擦，這時白牙生理上的愉悅感更大了。但是，白牙仍然恐懼著、警覺著，就怕遭受什麼不幸，伴隨著兩種情感此起彼落的支配，牠一時痛苦一時快樂。

「哦，我真要入地獄了！」

麥特這樣說——當他從小屋走出，捲著袖子，手中捧了盆洗過碗碟的污水，正要將水倒掉時，看到斯科特拍著白牙，就在那裡愣住了。

在他的話語將沉默打破的那一瞬間，白牙跳開一步，野蠻地向他咆哮。

麥特很不以為然地看著斯科特。「斯科特先生，如果你不介意我發表意見，我斗膽地說，你跟大傻瓜相比，簡直有過之而無不及。」

斯科特滿不在乎的微微一笑，站起身走近白牙，對著牠安慰的說話，但沒有講太久，就將手緩緩伸出來，擋在白牙的頭頂，繼續剛剛被打斷的輕拍動作。白牙忍受著，兩眼猜疑地關注著站在門口的人，而非拍牠的人。

「毫無疑問，你可能是那頭一號呱呱叫的開礦專家，」麥特發表著自己的見解：「小時候你可錯失了良機，沒有偷偷跑去加入馬戲團。」

聽到麥特的聲音，白牙再度咆哮起來，只是這一次牠並沒有擺脫那拖長的撫慰動作，斯科特摸牠頭和脖子的手。

對白牙來說，這是一個結束的開始——舊生活與仇恨統治的結束。一種全新的、無限美好的生活初現曙光。在斯科特這邊需要更多的思考及無窮的忍耐來達到此目的；而在白牙這邊，需要的完全不亞於一場革命，牠必須將本能與理性的刺激衝動置之度外，違背以往的經驗與教訓，拆穿生命的虛偽。

牠所知的生命，不但沒有包含牠此刻所做事情的地位，一切發展都跟牠現在委身所做的事情背道而馳。簡言之，就全部事情來說，牠必須改變方向，而這次要比牠從荒野自願回去接受灰海獺為主人那次所改變的角度更大。那時牠還只是小狗，天賦的素質尚未定型還很柔軟，尚且等待著環境改造牠，現在卻不一樣了。牠已經被訓練成了「戰狼」，懷恨兇惡，不懂得愛也不可愛。要完成此次改變，如同要倒轉過來生活，此時此刻，牠已不再具備青年的可塑性，牠的素質已然定型，一種如鋼鐵般剛強的精神構成牠的素質，而牠所有的本能與公理早就結晶為固定的規律、訓練、厭惡和欲望。

但是，在這一次新定位的過程當中，壓迫推動著牠的也同樣是環境，並將原已堅硬的加以軟化，然後重新塑造為更好的形式，而這影響者就是斯科特。他深入白牙天性的根基，用仁慈打動牠已喪失生氣和幾近消失的生命潛能，而「愛」就是這潛能之一。他會將「喜歡」替代——「喜歡」是牠與神明們打交道以來，曾令牠十分感動、最為強烈的感情了。

可是，這種愛並非在一天的時間裡面就出現，它由「喜歡」開始，逐漸的發展到超越喜歡。雖然白牙不再被鏈條扣住，但牠卻沒有逃走，因為牠喜歡這個新的神明。跟在美人史密斯的囚籠裡相比，這樣的生活好得多，而牠註定需要一個神明，牠的天性需要人類的主宰。牠對人類很依賴，早在牠離開「荒野」爬到灰海獺腳下承受預料之中的責打時，就烙印在牠身上了，而這烙印在牠第二次從「荒野」回來時，又再度烙在牠身上而至根深蒂固，那一次是在經歷過長時期的饑荒，而灰海獺的村莊裡又有魚的時候。

就是因為白牙需要一個神明，而且牠認為斯科特比美人史密斯好，所以白牙選擇留下來。為表忠誠，牠負擔起看守主人財產的責任。當那些雪橇犬睡著以後，牠就徘徊在小屋四周，因此頭一個到這裡的夜間訪客在斯科特趕來解救以前，只能拿棍子擊退牠。不過，白牙很快便學會如何區分小偷與正直的人，就是從腳步與行動來判別。一直走向小屋門口且腳步沉重的人，白牙就讓牠進去——儘管仍是警覺的關注著，直到門打開，得到了主人的許可；而那種彎彎曲曲繞著路、小心翼翼、遮遮掩掩的人，白牙就對他毫不客氣，這些人通常都慌張狼狽的溜之大吉。

斯科特擔負彌補白牙的任務——抑或不如說，補救人類虐待白牙所犯的錯誤，這是關於良心與原則的問題。他認為對白牙的虐待是人類欠下的一筆債，必須要償還。因而他對這「戰狼」格外的和善，每天他都一定會輕拍撫慰白牙，而且會用很長的時間。

剛開始，白牙對這舉動有著懷疑與敵意，但卻慢慢地喜歡上這種愛撫。然而，某些事情是難以改變的，那就是牠的吼叫。從輕拍一開始到停止，整個過程牠都會吼叫，只不過是帶有全新調子的吼叫，陌生人是無法聽出的。在陌生人聽來，白牙的吼叫就是牠原始野性的表現，令人無比寒心，傷透腦筋，但其實白牙從孩提時代在巢穴中發出最初幼稚的憤怒以來，由於多年以來總是發出低吼，所以聲音早已變得粗硬，不能再以柔和的聲音表達牠所感受到的溫柔了。即使如此，斯科特卻有異常敏銳的耳朵與同情心，他聽出淹沒在這兇猛當中的新調子——這新調子中那極為暗示著滿足的咿呀聲，除了他以外，再也沒有人能聽得出來。

隨著時光流逝，「喜歡」向「愛」的進化加速起來。白牙自己也有所察覺，即使牠在意識上並不清楚什麼是「愛」。對牠來說，牠的表現是一種生活上的空虛感——如饑似渴、無比痛苦，令人思慕的，需要加以充實的空虛感。牠是痛苦的，不安的；只有在這位新神明的面前牠才能感到舒適。

此時對牠而言，愛就是愉悅的、猛烈的，令人震顫的滿足。然而當牠離開神明時，痛苦與不安又隨之而來；牠內心的空虛感突然發作，令牠無比空虛，而那如饑似渴的心情又不斷的折磨牠。

儘管白牙的年齡已經到了壯年，並已形成凶猛剛強的性格，但牠的本質卻還在變化。牠的內心有些東西在萌芽，是某些奇怪的的感情和陌生的衝動。牠舊有的行為準則悄悄地發生變化，過去牠喜歡舒適和沒有痛苦，討厭不舒適和痛苦，牠的行為準則就是按照這個原則調整。

但是現在不同了。由於新的內部的情感、牠為了牠的神常常選擇不舒適和痛苦。為此，牠不再在大清早在各處閒逛和亂闖，或者躺在隱蔽的角落裡，而會花幾個鐘頭在毫無趣味的街上等候幾個鐘頭，為了看神一眼。晚上，在神回家後，白牙就會從牠在雪裡挖成的睡覺地方爬出來，為了接受那打招呼的言語和友善的聲音。因為要和牠的神在一起，因為要接受他的撫摸和要陪他到市鎮上，白牙甚至可以捨棄肉的誘惑。

那「喜歡」已經轉變成「愛」，愛這種全新的東西從牠內心最深處產生出來，牠用自己作為報答。這是一個真正的神明、一個愛神，一個有著熱情和散發著光芒的神明，白牙沐浴在這光輝中，牠的本性在其中舒展，就像花兒舒展在陽光下一般。

但是白牙並不善於表現。牠已然長大了，一種堅強的性格早已形成，以致牠已經不合適用新的方式表現自己。牠太過矜持了，太安於孤獨。牠已經乖僻、孤傲和沉默太久，打從出生以來，牠就沒有汪汪叫過。現在要汪汪叫著表示對靠近的神明的歡迎，卻沒辦法做到。

牠不善於表達，哪怕一點點的愛，牠也學不會誇張和撒嬌。牠從不跑過去迎接牠的神明，牠總在那個地方隔著段距離等待。牠的愛是帶著崇拜的成分，是緘默無言的，無法用語言表達的，這是一種默默的愛。惟有牠的目光緊緊追隨神明的每一個動作，表現著牠的愛。還有就是牠注視著他在和牠說話的時候，牠往往表現出一種尷尬和忸怩，那是牠的愛拚命的要表現自己，而牠卻沒有在生理上表現的能力，這是兩者間互相的衝突造成的。

牠從很多方面學會逐漸適應新生活。牠深深的明白自己絕對不可以去招惹主人的狗。但是牠的權力卻是牠占優勢的天性所堅持的，牠需要先把牠們打得承認牠的領導地位和優越性。在達到這一點後，牠跟牠們間就沒有什麼麻煩了。

牠來來往往或者走近牠們中間的時候，牠們就必須讓路，牠對自己的權力堅持的時候，牠們就必須要服從。同樣的，對麥特牠逐漸變得容忍了——牠將他也視作主人的所有物之一。他的主人極少餵牠，主要是麥特餵牠，因為這是他的工作；可是白牙清楚自己吃的是主人的食物，麥特只不過是代替主人來餵牠，麥特想嘗試給牠帶上軛具，讓牠跟別的狗一起拉雪橇，但是卻失敗了。直到斯科特把軛具套到牠身上，牠才明白，要麥特驅策和使用是牠主人的意志，正像其他的狗被他驅策一樣。

和輕便的麥肯錫的雪橇不同，克朗代克的雪橇是下面有滑板的。駕馭狗的方式也不一樣，不是將狗排成扇形。狗們排成一列縱隊，一個挨一個，拖著雪橇的是兩根挽帶。在克朗代克，領導者就是領頭的狗，只有最聰明並最強壯的狗才能做領頭的首領狗，所有同行的狗都要服從和畏懼牠。

白牙必然很快的會獲得這個地位，那是無法避免的。在產生許多的糾紛和麻煩後，麥特明白牠必須如此才能滿足。這個位置是為白牙挑選的，麥特根據以往的經驗，用激烈的話語支持了牠。但牠白天雖然在雪橇上工作，夜裡也不放棄牠守衛主人財產的責任。所以，牠用全部的時間在工作，永遠忠實和保持警覺，牠是所有狗當中最有價值的。

「就讓我暢所欲言吧，」有一天麥特說：「那，我要說的是，你出錢買下這條狗真是夠精明的。你用拳頭逼美人史密斯，你真是好厲害。」一陣憤怒閃爍在斯科特灰色的眼睛裡面，並且喃喃的惡狠狠的咒罵了一句：「那個畜生！」

春天快要結束的時候，白牙遇到了一種巨大的苦惱。一點預告都沒有，主人就消失了。那其實是有預兆的，只是白牙對這種事情不清楚，不明白收拾包裹的意義。後來牠回憶起主人消失以前是收拾過包包的；可是當時牠沒有懷疑過什麼。當天晚上牠等待主人回來。半夜的時候，寒冷的風使牠躲到小屋的背後，牠半睡半醒的在那裡打盹，牠的耳朵豎立著等候那熟悉的腳步。但是淩晨兩點的時候，牠焦急的心情驅使牠又回到冰冷的前門沿上，在那裡俯伏著守候。

但是，牠的主人卻沒有再出現。早上麥特開了門走出來，白牙若有所思的注視著他，沒有共通的語言能使牠知道想知道的事情。時間就這樣在一天天的來了又去，主人卻一直沒有出現。白牙生平不清楚什麼叫病，這次牠生病了。牠的病越來越重，最後麥特竟然不得不把牠放進屋子裡，當麥特在寫信給斯科特的時候，寫了一段附註是關於白牙的。

斯科特在賽科爾城讀那信的時候，讀到了這樣一段：「那該死的狼既不工作也不吃東西，已經毫無生氣了。所有的狗都欺負牠。牠要知道你去哪裡了，我不懂怎樣才能讓牠明白，說不定牠快要死了。」

正像麥特所說的那樣。白牙開始絕食，失魂落魄的，任憑一起拉車的狗咬牠。牠靠近火爐，躺在小屋的地板上，對於食物、麥特，甚至生存，白牙都沒有了興趣。麥特也嘗試著溫和的與牠說話或責罵牠，但結果全都一樣；牠只不過用那昏暗的眼睛看著他，又把頭放到習慣的位置垂下來在前爪上方。

在之後的一天夜裡，麥特正獨自讀書消遣。嘴唇動著發出含含糊糊的聲音，卻被白牙一聲低沉的嗚咽驚動。牠已經爬起身子，豎著耳朵向著門外傾聽著什麼。一會之後麥特聽到腳步聲，斯科特開門走了進來。兩個人握了握手，斯科特於是開始四面打量著房間。

「那狼呢？」他問道。之後他發現了牠，牠在原來躺著的地方站著，靠近火爐。牠沒有像其他的狗那樣衝上來，牠就這樣看著、站著和等待著。

「真不得了！」麥特喊道：「你看牠在搖尾巴！」

跨過半個房間，斯科特向牠走去，同時呼喚牠。白牙向他走過來，雖然沒有跳上來，但是牠很快因為扭捏而變得尷尬起來，但當斯科特走近的時候，白牙的眼睛裡發出一種奇怪的表情，某種東西，某種無法言喻的感情的激流，在牠的眼睛裡湧了上來，彷彿發射這一道光。

「你沒在這個地方的時候，牠可從未用這樣的眼光看過我。」麥特說道。

威登．斯科特並未聽見麥特說的話。他蹲在地上，輕輕依偎著白牙的臉，拍著牠，揉擦著牠的耳根，從鼻子到肩膀愛撫著牠，並用指關節輕敲著牠的背脊。白牙呼應地吼叫著，那咿呀的調子比以往更明顯。

然而，還不僅僅是如此。值得慶幸的是，牠內心偉大的愛，那永遠在心中洶湧衝擊著要牠表現自己的東西，最終成功的找到全新的表現方式。白牙忽然之間將頭伸了出來，依偎在主人的手臂與身體之間摩擦著、輕蹭著。牠躲在這兒，不再吼叫，只是繼續揉擦依偎著，除了耳朵以外什麼都看不到了。

兩個人面面相覷，斯科特的雙眼閃著光。

麥特則驚駭地說，「老天啊！」

過了一會兒，他恢復鎮靜說道：「我總是說，這隻狼是一隻狗嘛！你看看牠！」

斯科特回來以後，白牙康復得非常快。牠在小屋裡度過兩夜後又出去了。雪橇犬們已忘記牠的勇猛威武，牠們只還記得近期牠的衰弱與疾病。看到白牙走出小屋，雪橇犬們就撲向牠。

「去吧！用武力去對付牠們，」麥特站在大門口觀察著，嘴裡快活的咕嚕道：「你這狼，去揍牠們呀！揍牠們去——用力點兒！」

白牙是不需要這種鼓勵的，主人回來就夠了。生命又重新在牠體內流動，牠是如此輝煌與自信。牠只不過是為了取樂而戰鬥，牠發覺只有戰鬥才能表達出內心感受，但卻難以言述的某些東西。戰鬥的結果只可能有一個，那些狗全都狼狽的落荒而逃，一直到天黑以後才敢一個接一個的悄悄溜回來，心中懷著對白牙忠心的卑屈與順從。

白牙學會依偎和揉蹭以後就經常這樣做，那是最後的語言，牠無法再超越了。牠特別顧忌的就是牠的頭部，牠一向都不喜歡別人觸碰牠的頭。

那是「荒野」在牠內心起的作用，是對傷害和陷阱的恐懼心理所喚起的避免接觸的恐慌衝動。頭部必須是自由自在的，這是牠的本能所下的指令。然而，現在對於牠的主人，牠的這種依偎與揉蹭的動作卻將自己放在完全無能為力的位置，是明知故犯的行為。這代表著充分的信任與絕對的獻身，如同是在說：「我將自己交到你手中，任由你處置。」

一天夜裡，就在回家後不久，斯科特和麥特在睡覺之前玩著紙牌。「十五個二，十五個四，與一個雙合起來就是六。」麥特正在計算分數時，一陣叫嚷與吠聲在外面響了起來。

他們站起身來，相互看了看。

「那隻狼咬到什麼人了。」麥特說道。一陣恐懼與慘痛的狂叫催促著他們走了出去。

「拿燈過來。」斯科特跳出去時叫道。麥特將燈拿著跟了出來。藉由燈光，他們看到一個人在雪地上仰面躺著，雙臂交疊掩護著自己的臉與喉嚨，他努力抵擋著白牙的利齒。這是必須的，白牙正處於瘋狂的憤怒中，惡毒地向最容易受傷的地方攻擊。在那交疊的雙臂上面，從肩頭到手腕的上衣袖管，藍色的法蘭絨襯衣與內衣都已被撕成碎片，手臂被嚴重的咬破，鮮血直流。

兩人一眼便看到了這一切。斯科特立即上前將白牙的脖子抱住並把牠拖開。白牙掙扎咆哮著，但並不打算咬，聽到主人厲聲的斥責後，牠很快就安靜下來。

麥特將那人扶了起來。他站起身時，交疊的手臂放下，露出美人史密斯野獸般的面容。麥特慌張的將其放開，彷彿一個人用手拿起燃燒的炭火一般。在燈光之下，美人史密斯眨著眼睛，四處看看。一看到白牙，他的臉上就立即顯出恐懼。

此時，麥特看到雪地上有兩件東西。他將燈湊近那東西，用腳尖指給斯科特看，那是一條鎖狗的鋼鏈和一根粗木棍。

斯科特看到點了點頭，一言不發。麥特將手放到美人史密斯肩膀上，讓他向後轉身，一句話也不用說，美人史密斯就這麼走了。

與此同時，主人正輕拍著白牙對牠說話。「牠想要把你偷走，對吧？你不答應！對，對，是他搞錯了，對嗎？」

「他一定認為自己行，他手裡有十七個惡鬼呢！」麥特笑道。

白牙仍然十分激昂的聳著毛，不斷的發出咆哮，毛漸漸地平伏了下去，而牠的喉嚨中又湧出模糊的咿呀聲。

第五部

第一章 遠行

雖然還沒有確切的證據，但是白牙已經從空氣中嗅出將來臨的災難。牠模糊隱約感覺到即將來臨的變動，牠不知道原因，只是從神明那裡預感到將要發生的事情。他們用一種自以為是的微妙方式，透露了他們對在屋子門口徘徊的狼狗所懷的企圖，儘管白牙從未走進那小屋子，但牠卻知道他們在腦子裡面盤算著什麼。

一天晚上吃飯的時候，麥特說：「你聽啊！」

斯科特側耳傾聽著。一種低低的、焦急的、嗚咽聲透過門縫傳了進來，好像是無聲的抽噎變成十分輕微的哭泣聲。然後，傳來了一聲長長的吸鼻聲音，是白牙在寬慰自己，因為此刻牠的神還在屋子裡，並沒有神祕的獨自逃走。

「我相信那隻狼猜到你的心思。」麥特說道。

斯科特以一種幾乎被說動的目光看著對面的同伴，然而，他的話卻恰恰相反。

「我帶一隻狼到加利福尼亞去能幹什麼？」他問道。

「我也是這樣說啊，」麥特答道：「你帶一隻狼到加利福尼亞到底能做什麼呢？」

斯科特不大滿意這樣的回答，看起來對方只是不置可否的在應付他。

斯科特繼續說：「白人的狗對牠根本沒有反抗的能力，要是讓牠一見到牠們，牠們當場就會被殺死。就算我不會替牠支付賠償費而破產，當局也會把牠捉去接受電刑的。」

「我知道，牠是一個真正的殺人兇手。」麥特如是說。

斯科特略顯懷疑的看著麥特。然後，他又堅決的說：「那是絕對不可以的。」

「絕對不可以。」麥特附和道：「嘿，你還得特別雇一個人照看牠呢！」

斯科特減輕了懷疑，高興的點了點頭。隨後，他們沉默下來，這期間只聽到門口低低的、半帶抽泣的嗚咽聲，接著就又是一聲長長的、試探性的吸鼻聲音。

「不能否認，牠可是喜歡你，喜歡得要命呢！」麥特說。

斯科特忽然發怒的瞪著他：「你這該死傢伙！我有自己的主意，我知道應該怎樣做最好！」

「我同意你的想法，只是……」

「只是什麼？」斯科特突兀的插上一句。

「只是，」麥特溫和的說，但立即改變了主意，發洩出自己的怒氣：「嘿，你犯不著這樣生氣。人家從你的行動來看，並不會覺得你有主意。」

斯科特在心裡盤算了一會兒後，用一種較為溫和的語氣說：「你說得對，麥特，麻煩就在這兒，我自己也沒有主意了。」

停頓了一下之後，他繼續說：「假如帶狗去，別人會笑我很荒唐。」

「是的，我贊同。」麥特回答道，斯科特對這句話，又不滿意了。

「只是，以偉大的薩達那派勒斯的名義發誓，我真想不透，牠怎麼知道你要走的呢？」麥特單純的說。

「那我可不知道了，麥特。」斯科特悲傷的搖搖頭說。

之後的一天，白牙透過小屋的門縫看見地板上又放著那該死的提包，牠的主人正在往裡面放東西，一直來來去去的忙著，一種稀奇的騷亂與不安擾亂小屋裡一向平靜的氛圍。這是不容置疑的證據，白牙早就感覺到了，現在牠則是推論出來的。牠的神明準備再一次逃走。上一次既然沒有帶著牠，想來這一次也還是註定要被遺棄的了。

這天晚上牠發出了長長的狼嚎。就像在小時候，當牠從荒野跑回村莊，卻發現村莊早已空空盪盪，僅剩下垃圾堆作為灰海獺帳篷位置的標誌時那樣，牠舉起嘴巴，朝著無情的星空長長的哀嚎，向它們訴說自己的悲苦。

屋裡面的兩人剛剛才上床睡覺。麥特在床上說：「牠又吃不下東西了。」

斯科特只是哼了一聲，在床上裹著被子翻了個身。

「按照你上次走的時候牠那痛不欲生的樣子來看，我相信這一次牠是必死無疑了。」

另外那張床上的毯子發出一陣刺耳的響動。

「嘿，快閉上你的嘴！」斯科特在黑暗中喊道：「你比女人還囉嗦討厭。」

「我同意你的說法，先生。」麥特說。威登．斯科特無法確定對方是否暗笑了。

第二天，白牙更加明顯的焦慮不安起來。只要主人一離開小屋，牠就立刻緊隨其後。主人在小屋時，牠就在大門口一直徘徊。從開著的門縫裡，牠看見放在地板上的行李。那提包已經有兩個大帆布袋和一個箱子作伴了。麥特正在把主人的毯子和皮袍捲進一小塊防雨布裡面。白牙一邊看著，一邊嗚嗚的哀叫。

隨後，有兩個印第安人來了。白牙緊緊盯著他們扛了行李，由拿著被子和提包的麥特帶下山去。但白牙並沒有跟他們走，主人還在小屋裡。過了一會兒，麥特就回來了。主人走到門口喚白牙進去。

「可憐的傢伙，」斯科特溫和的說著，雙手撫摩著白牙的耳朵，拍了拍牠的脊背，「我要出遠門了，朋友，你不能跟我去。現在，對我最後咆哮一聲吧——最後的、好的，再見的咆哮。」可是，白牙拒絕咆哮。牠若有所思的試探著瞥了一眼之後，就把頭埋在主人的身體與手臂之間。

「拉汽笛了！」麥特叫道。育空河上響起內河輪船的沙啞汽笛聲。「你得立即解決！把大門鎖牢。我從後門出去，快走吧！」

前後兩扇門同時砰地關上了，斯科特等麥特繞到前門來。一陣低低的嗚咽聲從門內傳來，接著是幾次深深的吸鼻聲音。

「麥特，你一定要好好照顧牠！」他們動身往山坡下走的時候，斯科特說：「要寫信告訴我牠的情況怎麼樣？」

「一定的！」麥特回答，「但是，你聽見了嗎？」

兩個人站住了。白牙在哀嚎，就像狗兒死了主人之後那樣哀嚎。牠是在發洩自己全部的悲哀，那令人心碎的叫聲一陣陣升騰而起，越升越高，接著，又低落下去變為顫抖淒慘的低音，然後又帶著悲哀一陣陣的升騰而起。

奧羅拉是這一年駛向外埠的第一艘輪船，幸運的冒險家和失敗的淘金者擠滿了它的甲板，就像過去大家都瘋狂的急於來到內陸一樣。斯科特在靠近跳板的地方和準備上岸的麥特握手道別。但是，麥特的目光向後一掃，不知道被後面什麼東西吸引住，他的手就在斯科特的掌心癱軟不動。斯科特轉過頭一看，白牙正坐在幾英尺外的甲板上，若有所思的看著他們。

麥特以驚訝的聲調輕輕的罵了一句，斯科特則只能吃驚的看著。

「你鎖了前門嗎？」麥特問道。

斯科特點了點頭問：「後門呢？」

「當然，怎麼可能不鎖。」麥特激動的回答。

白牙倒伏下耳朵做討好狀，但身體卻停留在原處，並沒有要走過來的意思。

「我得把牠帶上岸去。」麥特向白牙走近兩步，但是白牙溜走，躲避著他。麥特追趕上去，白牙就在人群腿下鑽來鑽去。牠在甲板上到處用鑽、轉，退的方式逃避著對方的捕捉。但是當主人一開口說話時，白牙立即順從的走到主人身旁。

「居然不肯到餵了牠這麼長時間的人身邊，」麥特憤慨地說：「而你只是在最初和牠熟悉的幾天餵過牠，之後就再也沒有了。要是我知道牠是如何認出你是老闆的，我就該死。」

斯科特拍著白牙，突然俯下身湊近牠，指出白牙臉上的一處新傷和兩眼之間的裂口。麥特也彎身下去，用手摸了摸白牙的肚子。「我們兩個都忘記窗戶了。老天啊！牠一定是把窗戶衝破才擠出來的，看牠身體下面都被割破了！」

然而，斯科特並沒有注意麥特的話，他在快速的思考。奧羅拉最後的開船笛聲拉響了！人們紛紛沿著跳板急忙上岸，麥特解下領子上的絲巾打算扣住白牙的脖子，斯科特一把抓住他的手。

「再見，麥特，我的好朋友。關於這隻狼——你就不用寫信了。你瞧……我已經……」

「什麼？」麥特大聲喊道，「難道你是說……？」

「正是如此。拿走你的絲巾吧。我會寫信告訴你關於牠的情形的。」

麥特在跳板中間站住：「牠一定受不了那裡的氣候呀！」他回過頭喊著：「除非天熱時給牠剪毛。」

跳板被抽上來，奧羅拉就此離開岸邊了。斯科特揮手告別。他轉身彎向站在他身邊的白牙。

他一邊拍著白牙的頭部，撫摸著牠的耳朵，一邊對牠說，「現在，咆哮吧，你這混球，咆哮吧！」

第二章 南方

輪船抵達舊金山時，白牙上岸了。牠膽戰心驚，牠早已將神性與權力二者結合起來埋藏在牠內心深處，潛伏在任何推理的過程或是有意識的行動之下。現在，當牠小跑步在舊金山滑溜溜的人行道上時，牠更相信白人是不可思議的神明，這種感覺空前的強大。在從前，牠只見過用木頭建成的小屋子，此刻牠看見的都是高聳入雲的建築物。街上四處都是危險的東西──承載著巨大重物的貨車、卡車、汽車，緊張工作著的大馬，大得令人害怕的電線和電車喧囂地、叮噹亂響的穿梭其間，就像牠在北方森林裡領教過的大山貓一樣。

這些全都是權力的表現。經由這些，在這一切背後，是人類運用自己對事物的主宰力進行統治和控制，用以表現自己，這是偉大無比、令人目瞪口呆的。白牙被嚇壞了。

恐懼再度控制了牠。在牠還是小灰狼的時候，當牠第一次從荒野走到灰海獺的村莊的那天，牠曾經不得不感覺到自己的渺小和軟弱，現在牠雖然已經足夠高大，精力旺盛，也有足以自豪的力量，但牠卻又跟以前一樣，不得不感覺到自己的渺小與軟弱。有這麼多的神明！多得令牠眼花撩亂。都市的喧囂如雷鳴般襲擊著牠的耳朵，各種物體令人驚訝的無休止運動讓牠頭暈目眩。牠從未像現在這樣感到如此的依賴主人，牠緊緊跟隨在主人後面，無論怎樣，都不能讓主人走出自己的視野之外。

然而，對於這座城市的印象，白牙沒有別的什麼感覺，僅僅只是有一種夢魘式的幻象，就像做了一場噩夢似的經歷，雖說不大真實卻異常可怕，並且在很久之後，仍然在牠的夢中縈繞不散。牠被主人放入一輛行李車中，在一大堆箱子與提包之間，被鐵鏈鎖在一個角落裡。這裡的一切權力都由一個矮胖健壯的神掌控，箱子和盒子被劈裡啪啦的拋來拋去，從門口拖進來扔到行李堆上，或是砰砰啪啪的推出門外，交給那些等待取走它們的神明。

白牙就這樣被主人遺棄到這行李的地獄中；至少白牙自己認為牠被遺棄了，一直到牠嗅出身邊是裝著主人衣物的帆布口袋，於是就開始保衛牠們。

「你來得正好，」一個小時以後，當斯科特出現在門口時，車上那個神憤慨地衝他怒吼：「你那隻狗都不讓我伸一根指頭碰你的東西。」

白牙從車裡鑽了出來。牠大吃一驚，那座夢魘般的城市消失了。牠本以為那輛車也不過是一座房屋裡面的一間，當牠進去的時候，城市還好好的在四周呢！可就在這段時間裡，城市就完全不見了，牠的耳邊不再是城市的喧囂聲，在牠眼前的是明媚如畫的鄉村，在陽光下懶洋洋的舒展著，寧靜美好！只是，白牙還來不及對這變化感到驚奇。牠像是接受神明的所有難以解釋的行為一樣接受了它；神明們從來就是這樣的。

一輛馬車等候在那裡。一男一女兩個人向主人走了過來。那女人伸出了手臂，環抱住主人的脖子——在白牙看來，這是一種充滿敵意的行為。於是，牠就像個發怒的惡鬼般咆哮著，斯科特馬上掙脫擁抱，靠近白牙。

「沒事兒了，媽媽。」斯科特緊緊抱住白牙，一邊撫慰牠，一邊向母親解釋道：「牠是以為你要傷害我，很快牠就會明白的。」

她已經嚇得臉色蒼白、軟弱乏力了，但還是笑著說：「也許牠會允許我，當我的兒子的狗不在場的時候愛我兒子的。」她看了看聳毛瞪眼並且惡毒咆哮著的白牙。

斯科特說：「牠必須學習，一刻不停的立即開始學習，很快就能學會的。」

他態度溫和的跟白牙說話，直到讓牠安靜下來，接著，他的聲音變得異常堅決。

「躺下！快躺下來！」

這種事情是主人教過其中之一，雖然躺下時很勉強，很不高興，但白牙還是服從了。

「那麼，媽媽。」斯科特向母親張開了手臂，可是眼睛卻一直緊緊盯著白牙。

「躺下！」他警告道，「躺下！」白牙抬起一半身體半伏著，默默地聳著毛，在聽到主人的話之後就縮了回去，看看那充滿敵意的行為是否再度發生。但是，並沒有發生任何傷害。而且，緊接著的那位陌生的男神明的擁抱也沒有造成什麼傷害。然後，衣袋被扔到馬車上，陌生的神明們與主人一起上了馬車，白牙緊跟著，時而警戒的跑在後面，時而又追趕上馳騁的馬，對著牠們聳毛警告，以示自己正在監視著牠們，牠不會允許被牠們如此迅速地拖著跑的神明受到絲毫的傷害。

大約十五分鐘之後，馬車進入了一座石門，從一條被兩邊胡桃樹交相拱蔭的路上穿越而過。路的兩旁有大片的草地鋪展著，四處都有枝幹粗壯的巨大橡樹點綴其間。附近不遠處，被陽光曬焦的乾草場散發出來的褐色與金黃色，和這被修剪過的草地上的嫩綠色形成鮮明對比；更遠一些就是黃褐色的山崗與高地牧場。在草地的盡頭，一座有很深門廊、有很多窗戶的房子矗立在溪谷平原第一個微微隆起平坦的山坡上面，居高臨下地俯瞰著這一切。

白牙完全沒有機會觀察到這些。馬車剛剛跑上這地方，就有一隻眼睛明亮、嘴巴尖尖的牧羊狗義憤填膺、理直氣壯的過來攻擊牠。這隻牧羊犬夾在白牙和主人之間，截斷了牠的去路。白牙並沒有咆哮以示警告，而是沉默的聳著毛進行牠致命的衝擊，但是這一擊卻沒能進行到底。牠十分尷尬的突然停止，為了極力避免碰到那隻牧羊犬，牠伸出發僵的前腿，制止了全身的衝力，差一點就跌坐在自己的後腿上。那是一隻母狗，在牠們之間豎起了一道由牠的種族的法則所設置的屏障。如果攻擊牠，是違反牠的本能的。

但在牧羊犬這邊卻不是這麼回事。因為牠是雌性，所以並不具備這樣的本能。再則，牠是一隻牧羊犬，對於荒野，尤其對於狼的本能恐懼是超乎尋常強烈的。在牠看來，白牙是一隻狼，一個世襲的侵略者，打從牠的遠祖第一次牧放、看守羊群以來，就不斷的遭受著牠們的襲擊。因此，在白牙放棄攻擊牠，並挺住身體避免傷害到牠時，牠卻撲了過來。白牙感覺到牠的牙齒咬到了肩膀，於是不由自主的咆哮了一聲，但僅此而已，白牙並沒有傷害牠的意願。白牙往後退一些，忸怩的硬著腿，試圖繞過牠。牠鑽來鑽去，繞著彎，兜著圈，但都毫無用處，牠始終擋著牠的去路。

「嘿，可麗！」馬車中的陌生人喊。

威登．斯科特哈哈大笑著：「爸爸，沒關係。這是很好的訓練。白牙還得學習很多事情呢，就從現在讓牠開始吧！牠會讓自己適應這個新環境的。」

馬車仍然繼續向前行駛，可麗也仍然擋著白牙的去路。白牙嘗試離開大路繞過草地跑到牠前面；可是牠在比較小的內圈跑著，兩排發亮的牙齒永遠在等著牠。牠轉頭越過馬路，朝對面的草地跑去，但可麗又過來阻止。

主人被馬車帶走了，白牙看著它消失在樹林裡。牠絕望極了，又再次嘗試繞個圈。可麗飛快的跟在後面與白牙肩靠肩。突然，白牙調轉身來攻擊牠，這不過是牠故技重施罷了，在戰場上牠總愛這樣。可麗被實實在在的打了一下，由於跑得太快了，牠不僅僅是被打倒在地，並且在地上翻滾著，時而仰面朝天，時而側著身子。同時，牠用爪子掙扎著，試圖抓住沙石以控制身體，並且伴隨著牠那表示受到傷害的驕傲與憤慨的尖叫。

白牙並未停留，牠毫不等待。此刻，道路暢通無阻了，牠所要的也不過如此而已。可麗跟在牠後面，不停的叫喊著追趕。現在可是一條直路了，真正跑起來，白牙可是要給牠點顏色看看了。可麗歇斯底里的狂奔著，每一跳都竭盡全力，但由始至終，白牙都一直如遊魂一般，悄無聲息，毫不費力的在牠前面平穩地滑過。

白牙追上了馬車，在牠繞過屋子跑到停車的門廊時。馬車早就停住，主人剛好正在下車。就在此時，仍然高速奔跑著的白牙突然發現從旁而來的一個襲擊。那是一隻獵鹿的大獵狗朝牠衝過來。白牙想迎住，可是牠跑得太快，獵狗又靠得這麼近。牠朝白牙的側面攻擊。白牙前衝的力量很大，加之襲擊又是如此意外，所以牠被推到在地上，摔了個大跟斗。當牠擺脫窘境時，立刻露出一副兇惡的模樣，耳朵向後面倒著，嘴唇扭曲，皺著鼻子，露出尖銳銳的牙齒，只差一點就咬住獵狗柔軟的喉嚨了。

主人趕緊跑了過來，只是離得太遠了。當白牙正一躍而起，還沒來得及進行致命一擊時，可麗趕到了，救了獵狗一命。牠曾經中過白牙的詭計而落在後面，且被白牙毫無禮貌的打翻在地，因此，牠來的時候如同一陣小旋風——被冒犯的尊嚴，有憑有據的憤怒，加上對這個來自「荒野」的侵略者本能的憎恨組成了這股旋風。當白牙跳在半空當中時，牠從直角的角度向牠撞擊，白牙又被打倒在地，栽了一個跟斗。

下一秒，斯科特趕到了。牠一手抓住白牙，與此同時，那位父親叫開了兩隻狗。

「我說，這對可憐又孤獨的狼的接待真是十分熱烈呢！」斯科特用手撫慰著白牙，白牙也在他的撫慰下趨於平靜。「牠這一輩子還只栽過一次跟斗，可現在只是三十秒而已，牠卻連著滾了兩次。」

馬車早已開走，另外一些陌生的神明出現在屋子外面。其中幾個隔著一段距離，畢恭畢敬的站著；可是，有兩位女神明又大膽的做出摟住主人脖子的敵意行為。但是，白牙已經開始容忍這行為了。事實上，傷害並沒有因此發生，並且神明們講話的聲音顯然毫無威脅性。他們也跟白牙打招呼，但牠卻均回以一聲咆哮，警告他們離開，主人也同樣說著話要求她們離遠點。這種時候，白牙總是緊挨著主人的腿，讓主人拍著牠的頭好讓自己安心。

「迪克，躺下！」在這命令之下，那隻獵狗已經爬上台階，在門口一邊躺好，但仍然怒吼著，監視著這位入侵者。一位女神明抱著可麗的脖子，安撫的拍著牠。但是，可麗心情煩躁，嗚嗚叫著就是不肯安靜，對於允許這隻狼留下來感到十分屈辱，牠猜一定是某位神明搞錯了。所有的神明都起身往台階走，準備到屋子裡。白牙緊隨主人身後。迪克站在門口怒吼，白牙也在台階上聳著毛，回吼著。

斯科特的父親提議：「帶可麗到屋子裡吧，讓牠們兩個在那兒一決勝負，以後牠們就是朋友了。」

「那麼，到那時候白牙就得在葬禮中做主要哀悼者以示友誼了。」斯科特大笑道。

主人的父親不相信的先看了看白牙，又看了看迪克，最後看著他的兒子：「你的意思是……？」

斯科特點點頭：「我的意思正是如此。只需要一分鐘，你就會得到一隻死迪克——最多兩分鐘。」

他轉過身對白牙說：「過來，你這狼！到屋裡的應該是你！」

白牙硬著腿走上台階穿過門口，牠的尾巴筆直的硬挺著，眼睛死盯著迪克，以防遭到側面的襲擊，同時也預備著對付可能會從屋裡突然蹦出來、惡狠狠的撲向牠的「未知」的什麼東西。但是，並沒有什麼可怕的東西跳出來，走入屋內以後，白牙仍很小心的四處搜尋著，並沒有找到什麼。於是，牠滿足的哼了一聲後，就趴在主人腳下，關注著正在進行的一切，時刻準備著一躍而起，為保護生命與恐怖作戰——牠認為，這些恐怖肯定是潛藏在這屋子如陷阱般的屋頂上面。

第三章 神明的世界

白牙不僅有很強的適應能力，而且曾到很多地方旅行，明白適應環境的意義和重要性。在這個名為西艾拉．維斯塔、屬於斯科特大法官管轄的地方，牠很快就使自己安定下來。牠沒有再跟其他的狗發生嚴重的糾紛。那些狗也比白牙更瞭解這些南方神明們的脾氣，當白牙陪著神明走進屋子裡的時候，在他們的眼裡就有一定的身價。儘管牠是隻狼，而且這種事前所未有，但神明們允許牠留下來，因此作為神明們的狗，牠們也只好承認這個事實。

最初，迪克難免會經歷一些暴力的過程，之後，牠就心平氣和把白牙當作這座宅子的附加者而接受了。假如按照迪克的意思去做，牠們會成為很好的朋友；但是，白牙卻對友誼表示反感。牠只是要求別的狗不要管牠。牠這一生都對自己的種族敬而遠之，現在仍然想要繼續保持這種態度。

迪克的搭訕令牠感到麻煩，所以牠咆哮著逼迪克走開。在北方的時候，牠受過絕不要管主人的狗的教訓，到現在牠也沒忘記這教訓。白牙力求離群索居，牠全然沒把迪克放在心上，最後這個好脾氣的迪克只得放棄努力，幾乎只將牠當作是馬廄附近那根拴馬的柱子一樣看待。

可麗卻並非如此。牠接受牠只因神明們的命令，但這卻不能成為讓牠安靜的理由。牠腦海裡始終存在一種關於白牙及牠的祖先所犯過無數罪惡的記憶，這記憶構成牠的本性，被侵略搶奪的羊欄並非一天或一代之中就能忘卻的。所有這些都像是根踢馬刺一樣，刺激牠報復。牠不能反抗允許白牙留下來居住的神明們，但玩些小花樣讓牠受罪卻不會怎麼樣。牠一定要盡力地提醒牠，多少世紀以來存在於牠們之間的仇恨。

所以，可麗利用自己的性別折磨虐待白牙。白牙的本能不允許自己向牠攻擊，但可麗的固執卻又不允許白牙忽視牠。當牠衝向白牙時，白牙就用絨毛護住的肩膀去抵擋牠的利齒，硬著腿有模有樣地走掉。可麗逼牠太甚的時候，牠就只得繞著圈走開，給牠咬自己的肩膀，轉過頭躲避牠，一種忍氣吞聲和厭煩的表情始終保持在牠的臉上和眼神之中。但某些時候，當牠在牠的後腿上咬一口時，牠只好趕緊撤退而且狼狽不堪。不過，大部分時候白牙都保持著一種近乎莊嚴的神態。一有機會，白牙就會忽視牠的存在，絕對避開牠。只要一看到或是聽到牠來了，白牙立刻爬起來走掉。

白牙還要學習好多的事情。與西艾拉．維斯塔的複雜相比，北方的生活真的太簡單了。首先，牠必須搞清楚主人的家庭成員。從某種意義上說，牠對這方面是有準備的。就像米沙和克魯．庫屬於灰海獺，一起分享他的食物、床毯和火堆一樣，現在，在西艾拉．維斯塔這房子裡居住著的所有人都屬於主人。

然而，關於這一點卻有所不同，並且有太多的不同之處了。西艾拉．維斯塔的房子比灰海獺的帳篷大太多了，需要考慮的人也更多了。除了斯科特大法官和她的妻子，還有主人的兩個妹妹，貝絲和瑪麗，還有主人的妻子愛麗絲，當然還有他們的小孩，四歲的維丁和六歲的毛德，他們都還在蹣跚學步呢！所有關於這些人的情況，沒有誰有辦法可以告訴牠；而對於血緣關係和親戚關係，牠也是一無所知，並且絕對不可能明白。但是，牠很快就明白他們全都屬於主人。隨後，牠隨時隨地的關注，對言語、行動以及說話聲調觀察研究，漸漸知道他們跟主人之間親密的程度，還有受主人寵愛的程度。白牙就以此作為區別對待他們的根據和標準。只要是主人重視的，牠也同樣重視；主人認為寶貴的，牠也會倍加珍愛並小心守護。

對那兩個孩子就是如此。白牙天生討厭小孩，牠即憎恨又恐懼他們的手。在印第安人村莊的時候，牠就領教過他們的野蠻與殘酷，這樣的教訓並不美好。當維丁和毛德最開始靠近牠的時候，牠總是怒吼著警告他們，露出一副兇惡的模樣。這時，只要主人打一下或是厲聲呵斥一句，牠就會強迫自己允許他們撫摸，儘管在他們的小手下面牠吼了又吼，並且吼聲中再沒有咿咿呀呀的調子。後來，牠看出這男孩和女孩在主人眼中的重要價值，於是無需打罵，牠便允許孩子們拍牠了。

可是，白牙絕不至於熱情奔放。牠帶著一種誠實卻毫無親切感的神情聽憑孩子們隨意的擺弄，如同忍受痛苦的手術一樣忍受著他們的戲弄。當牠實在無法忍受的時候，就爬起來毅然地走掉。可是，過了些時日，牠甚至開始喜歡起孩子們，當然牠的感情還是不肯外露，牠從不主動走過去靠近他們。但另一方面，牠看見他們不再走開，而是等待他們走過來。再往後，人們發現當白牙看到到孩子們走過來時，牠的眼神中放射出高興的光芒，而當他們離開牠去尋找其他娛樂時，牠會以一種罕有的惋惜神情目送他們離開。

所有這一切都是一種發展，都需要時間。除了孩子們外，牠其次關心的就是斯科特大法官。這也許有兩個原因。第一，他顯然是主人的一個重要所有物，第二，他喜怒不形於色。當他在寬闊的門廊上閱讀報紙時，白牙喜歡伏在他腳下，這時他經常會看白牙一眼或是說句話，這表示他不討厭白牙在那裡，而是承認白牙的逗留和存在。當然，這只限於主人不在的時候。一旦主人出現，其他人在白牙心目中便不復存在了。

白牙允許這個家庭裡所有成員親近牠並撫摸牠；不過，牠絕對不會把給主人的情分獻給他們。他們的撫慰絕不可能令牠的喉嚨發出咿咿呀呀的愛語，而且，雖然他們很努力想要讓白牙依偎著他們，卻無法實現。這種因為絕對信任而獻身的屈服表現，牠僅僅保留給主人。事實上，牠只是把家庭成員都看做是主人的所有物罷了。

白牙很早就分清楚這個家庭中的成員與傭人。傭人們是害怕牠的，牠也只是努力克制著不去攻擊他們，因為牠認為他們也是主人的所有物。他們與白牙之間保持一種互不侵犯的中立狀態，僅此而已。他們為主人做飯、洗碗或是做其他的什麼事情，就好像麥特在科朗代克做的一樣。總之，他們只是這個家庭的附屬品。

就算是在這個家庭的範圍以外，白牙也有好多需要學習的東西。主人統治的區域雖然廣闊複雜，但是也有界限。

土地就是到那條鄉村馬路為界限。外面的道路與大街就是所有神明們的共同領地，還有，在另外一些籬笆裡的是其他神明的私人領地。這一切的事情和行為準則都是由無數的規律統治著，但是牠並不懂神明們的語言，除了依靠經驗之外，再也沒有其他的學習途徑了。牠按照天生的衝動行動，直到違反什麼規律為止，做過幾次之後，牠就掌握了這條規律，並且學會去遵守它。

但是主人的批評責罵與體罰才是最有力的教育。鑒於對主人的滿腔熱愛，主人每打牠一次，白牙都覺得比灰海獺和美人史密斯的毒打更疼痛。他們只能打傷牠的肉體，在肉體裡面的精神依然振奮高昂，難以征服；而主人的責打卻總是輕輕的傷不了皮肉，可是却深入牠的內心。那是主人不高興的表現，會讓白牙的精神為之沮喪。

實際上，責打是很少有的，主人的聲音就已經足夠。白牙會根據主人的聲音判斷自己的對錯與否，牠會根據聲音改變調整自己的行為。這聲音就像是個羅盤，白牙根據它來進行駕馭，學習新大陸與新生活的風俗習慣並繪製成一幅圖表。

在北方，狗是唯一被馴服的動物。其他所有的動物全都生活在荒野上，只要不是十分兇猛可怕，都是所有狗的合法獵物。白牙一直都是在活東西當中獵食的。牠怎麼也不會想到，南方的情況全然不同。當牠住在聖．克拉拉谷時，很快就遇到了這樣的事情。

清晨，白牙遇到一隻逃出養雞場的小雞，那時牠正在屋子牆角附近閒逛，白牙自然本能的衝動就是吃了牠。牠跳了兩下，亮出牙齒，伴隨著一聲吃驚的吱吱叫聲，牠一口就把這個愛冒險的家禽吞了下去。這隻小雞是養在農場裡的，又肥又嫩；白牙舔了舔嘴，認為這味道確實還不賴。

後來到了白天，牠在馬廄附近碰上另外一隻離群的小雞。一個馬夫跑來打算拯救小雞。他不清楚白牙的性情，所以拿了根輕巧的馬鞭當武器。他剛甩了下鞭子，白牙便扔掉小雞，向人撲了過來。一根棍子或許還可以阻擋住白牙，但一根鞭子卻絕對不可能。在衝上去的跳躍中，白牙毫不畏懼的挨了第二鞭，當牠一躍而起咬住馬夫的喉嚨時，那馬夫大叫著：「我的上帝啊！」然後蹣跚著往後退，他扔掉鞭子，用兩隻手臂保護住喉嚨。結果，前臂被白牙咬得露出了骨頭。

馬夫嚇得要命。倒不是白牙的兇猛令馬夫失去勇氣，恰恰相反，是牠那種沉默令人恐懼。馬夫仍然用被咬破、流血的手臂護住喉嚨，試圖退到穀倉裡。假如不是可麗及時出現，那馬夫可要遭殃了；就像牠曾經救了迪克那樣，此刻牠救了馬夫，牠發狂的朝白牙衝過去。牠想自己終究是對的，比起那些處置不當的神明們，牠更加清楚些，牠已經證實自己所有的懷疑，這個古代的侵略者又開始在這兒玩牠的老把戲了。

馬夫逃進馬廄，面對可麗兇險邪惡的牙齒，白牙開始向後退，繞著圈子並將肩膀讓牠咬。但是，可麗卻不肯善罷甘休，每當隔了很長時間才施行處罰時牠總是這樣。可麗越來越激動與憤怒了，最後，白牙只得不顧面子，老老實實的穿過田野逃走。

「必須讓牠學會不去吃小雞，」斯科特說：「可是，我也沒辦法教牠，除非讓我當場把牠捉住才行。」

兩個晚上之後好戲上演了，只不過，這罪行的規模之大簡直出乎主人的預料。白牙早就觀察過養雞場和小雞的習慣。晚上，當小雞們都上巢之後，牠就爬到一堆新運到的木材上面，再從這裡爬上一座養雞棚的屋頂，穿越過樑木，跳到裡面的地上。只不過一會兒的時間，牠就在小雞巢裡展開肆虐的屠殺了。

清晨，當斯科特走到門廊上的時候，馬夫拿著擺成一排的五十隻母雞白骨映入了他的眼簾。他先是帶著驚訝的暗自輕輕吹了聲口哨，接著，他竟有些驚歎。他看著白牙，白牙的臉上絲毫沒有羞愧或悔過的表情。相反的，牠看上去很得意，彷彿自己做了一件值得讚揚的事情，牠才沒有犯罪的感覺呢！面對這不愉快的事情，主人緊閉著嘴唇，接著便厲聲斥責這個無意中犯下罪行的罪犯，他的聲音裡面除了神聖的憤怒之外沒有別的。他抓住白牙的腦袋，壓在被殺的母雞身上，並用力的揍牠。

自那以後，白牙再也沒有蹂躪過雞巢，牠知道那是違背規律的。後來，主人把牠帶到雞場，當白牙看見那些活生生的食物在牠鼻子底下拍著翅膀跳來跳去時，自然衝動的要跳上去撲食，但立即被主人嚴厲的責備止住了，他們在雞場待了半個小時左右。白牙一再被那衝動慫恿著，但每一次在牠就要聽從那衝動的時候，都會被主人的聲音制止。牠就是如此掌握這個規律，在牠離開養雞場前，牠就已經知道不要去管牠們了。

「你絕對不可能糾正一個獵殺小雞的兇犯。」午餐時間，斯科特大法官聽了兒子講述他教育白牙的事情時，悲哀的搖著頭說：「一旦牠們有這種習慣，一旦嘗過血的味道……」他又悲哀的搖了搖頭。

可是，斯科特卻不同意父親的觀點。最後他說：「我告訴你我的打算吧——我要把白牙和小雞關在一起一個下午。」

大法官反對說：「還是想想那些可憐的小雞吧。」

兒子繼續說：「另外，假如牠殺一隻小雞，我就給你一塊美金。」

「那你總該罰爸爸點什麼啊？」貝絲插嘴道。貝絲的妹妹也同樣支持他的意見，於是全家人異口同聲的表示贊同。斯科特大法官也點頭同意了。

斯科特想了一會兒說：「好吧！假如下午結束的時候，白牙連一隻小雞都沒有傷害，牠在裡面待了多少分鐘，你就要像在法庭上鄭重宣判一樣，莊嚴謹慎的對牠說幾遍『白牙，你比我想像的聰明。』」

全家人都躲在一個有利觀察的隱蔽處看著這場戲。白牙在被主人關進養雞場後，就躺下來睡覺了。其中一次，牠爬起來走到水槽去喝水，但始終非常安靜，毫不理會那些小雞，如同牠們根本不存在。四點的時候，牠以跑步跳高的方法跳上雞巢的棚頂，再從那裡跳回外面的地上，莊嚴的向屋子走過來，牠已經明白這條規律。於是，當著興高采烈的全家人面前，斯科特大法官在門口跟白牙莊嚴而緩慢的說了十六遍「白牙，你比我想像的聰明。」

但是，規律的複雜常常令白牙困惑不解，並時常因此遭受損失。牠必須學會不去碰那些屬於其他神明的小雞，還有貓咪、兔子和火雞，所有這些動物牠都不能去招惹。但實際上在牠對這條規律還一知半解的時候，牠認為對所有活的東西都不要管。所以，在屋子後面的牧場上，鵪鶉可以毫髮無傷的從牠鼻子底下飛過。牠本能的控制著衝動，儘管由於焦急的欲望而緊張的發抖，但牠還是靜靜地站著，牠必須服從神明們的指示。

之後的一天，還是在屋子後面的牧場上，牠看見迪克在追捕一隻雄野兔。主人雖然在場卻袖手旁觀，不僅毫不干涉，還鼓勵白牙加入追捕當中。由此，牠知道對於雄野兔是沒有任何禁忌的。直到最後牠才算徹底弄清楚完整的規律。在牠與所有家裡養的禽畜之間，不允許有任何的敵對行為。就算沒辦法和睦相處，至少也要保持中立的態度。但是，諸如松鼠、鵪鶉和白尾兔這些還屬於荒野並未歸順人類的動物，則是狗的合法掠奪物。神明們只保護那些被馴服的動物，在馴服的動物間是絕不允許發生致命的衝突。神明對自己的臣屬擁有生殺大權，他們只不過是在小心的維護自己的權利。

對於過慣北方單純生活的白牙來說，聖．柯拉拉谷的生活顯得十分複雜，而這錯綜複雜的文明主要要求的是控制與約束——這需要保持著本身的平衡，既要如遊絲般婀娜輕軟，又要像鋼鐵一樣堅硬。生活是瞬息萬變的，白牙發現自己必須和它們全部接觸，不管是到城市時，跟著馬車跑進聖荷西，還是當馬車停下、牠在街上閒逛的時候，都會接觸到新的東西。生命從白牙身旁流淌而過，深奧又變化無窮，不斷的衝擊著牠的感官，牠必須立刻做出沒完沒了的判斷和反應，而且幾乎永遠都要壓迫自己天性的衝動。

肉店裡面的肉都掛得很低，雖然牠碰得到卻不能碰；對主人拜訪的人家的貓，絕對不能去碰牠；四處都有衝著牠咆哮的狗，但牠卻不能攻擊；在擁擠的人行道上，很多人都會注意到牠，然後停下腳步看牠、觀察牠，比手畫腳，跟牠說話，最糟糕是的還要拍牠。然而，牠必須忍受，忍受陌生的手帶來的一切危險的接觸。牠不但容忍了，並且擺脫忸怩尷尬的神情，以高傲的迎接著無數的神明們的注意，屈從的接受他們的殷勤。

當然，白牙也並非萬事如意。牠跟隨馬車跑到聖荷西郊外的時候，遇到了一些年幼的孩子，他們用石頭擲向牠，此時牠明白自己不能去追趕、反擊他們，所以只得違背自己的本能。事實上，牠的確違背了自己的本能，變得順從、文明了。

白牙並不是很滿意如此的安排。儘管在牠腦子並沒有關於公平、正直這類抽象的觀念，可牠生命中是有某種程度的公道感，因此對於自己被禁止向扔牠石子的人實施自衛反抗這件事情，牠覺得很不公道也很不高興。牠忘記了，神明們在契約上已經保證過要照顧牠、保護牠的。但有一天，斯科特跳下馬車，手裡拿著鞭子，抽了那些扔石子的人一頓。之後，他們就再也不敢扔石子了，而白牙也就明白、滿足了。

在前往城市路上的一個十字路口，牠再次獲得一個類似的經驗。那是在一家酒店附近閒逛的三隻狗衝過來攻擊牠的時候。因為知道白牙致命的戰鬥方法，斯科特總是不斷告誡白牙不可以動手，白牙也明白這個教訓，所以每次走過十字路口的酒店時，白牙總是盡力遏制自己的本能，而對方每回準備發動衝擊，都被白牙的咆哮嚇退回去，被迫的保持著距離。可是，那些狗卻不斷的跟隨在牠後面，吵鬧著羞辱牠，過了段日子，酒店裡面的人甚至也開始慫恿那些狗攻擊白牙。後來有一次，他們公然地教唆狗群進攻。斯科特停下馬車對白牙說：

「去吧！」

白牙難以置信地看看主人，再看了看狗，目光中露出焦急的詢問。斯科特點了點頭：

「好孩子，去幹掉牠們！吃掉牠們！」

白牙不再猶豫，轉過頭來，悄無聲息的衝到敵人之中，三隻狗一起跟牠搏鬥。一陣咆哮的怒吼，一陣咬牙的響聲和一陣身體亂動響過，道路上塵土飛揚，遮擋了戰鬥的局勢。但只過了幾分鐘，兩隻狗就在地面的塵土中掙扎，第三隻狗則逃之夭夭。那狗躍過一條溝，鑽入一道柵欄，穿過了一片空地逃亡。白牙以狼的樣子和速度追趕著，牠迅速無聲的從地上滑過，在空地的中間咬住那隻狗，將牠殺死。

隨著一下子殺死了這三隻狗，白牙和狗們之間的主要麻煩就此了結。這消息傳遍整個山谷，於是，人們再也不讓自己的狗去找這隻「戰狼」的麻煩。

第四章 族群的呼喚

幾個月過去了。在這食物豐富，無所事事的南方，白牙長胖了，生活順心而快樂。此刻，白牙不僅僅位於地理上的南方，而是身處生活中的南方。人類的仁慈如陽光般照耀著牠，牠就像是種植在沃土裡的花朵一樣茂盛。

只是，不知為何，牠仍與其他的狗不同。比起那些不懂得其他生活的狗，白牙更明白什麼是規律，牠嚴格的遵守著紀律；可有一種潛伏在牠身上的兇猛模樣還是會從牠臉上流露出來，這就好比「荒野」仍然停留在牠體內，那隻在牠內心深處的狼不過只是睡著了而已。

牠從未與別的狗結為朋友。關於牠與種族之間的關係，從前，牠孤獨的活了下來，以後，也仍將孤獨的活下去。當牠在孩提時代，遭受到歷歷和小狗群的迫害，長大之後又落入美人史密斯手中與狗戰鬥，這些養成牠對狗的厭惡習慣。屬於牠的自然生活途徑被引入歧途，牠避開自己的族群而依戀人類。

另外，所有南方的狗對牠都保持著猜忌懷疑的態度。白牙喚醒牠們內心深處對「荒野」的本能恐懼，牠們總是以咆哮怒吼和好戰的仇恨迎接牠，而白牙也學會無須動用牙齒對付牠們的辦法，那就是露出利齒並伴隨扭動的嘴唇，這一招很有效，大都會令那叫囂著撲過來的狗嚇倒在自己的後腿上。

可是，白牙的生活中卻有一種磨難，那便是可麗。牠絕對不會讓白牙獲得片刻安寧，牠才不像白牙那樣遵從紀律。主人試圖努力讓牠與白牙成為朋友，可麗全然不在乎，牠那尖銳的神經質咆哮總是在白牙耳邊迴響著。牠毫無寬恕白牙殺害小雞事件的意思，堅信牠就是個壞蛋。事情發生之前牠便發現了白牙有罪，因此這麼對待牠。可麗儼然成為白牙生活當中的禍根，牠像個員警似的跟著牠在馬廄邊或牧場上來回走動，假如白牙偶爾好奇的瞥了一眼鴿子或是小雞，可麗馬上會大發雷霆。牠用最得意的忽視牠的方法就是將腦袋擱在前爪上躺下來假寐，這總使牠目瞪口呆，然後沉默下來。

除可麗以外，白牙在其他地方一切都很如意。牠掌握了規律，並且學會控制與平衡。牠做到了沉著冷靜與達觀的容忍，牠的生活環境再也不是充滿敵意的。在牠周圍也不再總是潛伏著危險、傷害與死亡。就這樣有一天，那「未知」，那永遠像是在眼前的恐怖與威脅最終消失了，生活變得溫柔而舒適。生活就這樣平靜的滑過，既沒有潛伏的恐懼，也沒有隱藏的仇恨。

白牙在不知不覺中感到寂寞，因為沒有雪。假如牠可以思考，一定會認為那是「一個很長很長的夏天」。可牠既不會思考，就只能下意識的模糊認為是因為沒有雪才感覺到寂寞。尤其是在夏季，當炎熱的陽光曬得牠異常難受的時候，牠心中也能微微體會到一些對於北方的嚮往之情。不過，這對牠唯一的影響，就只是讓牠莫名的不安與不適罷了。

白牙從不將自己的感情外露。除了依偎和在「愛的吼聲」中加入咿咿呀呀以外，牠再也沒有別的表達愛意的方式，但牠又是天生可以發現第三種方式的。以往牠總是對神明們的嘲笑過分的敏感。訕笑曾氣得牠發狂，影響牠到瘋狂的程度。不過，牠是沒有辦法對主人生氣的。面對這位神明對牠和藹可親的取笑時，牠只是覺得狼狽不堪。當然，牠能夠感覺到從前的憤怒從內心湧來時的疼痛，但這樣的憤怒卻是與愛對立，牠不可以發怒，但是牠必須有所表示。一開始牠表現出尊嚴的模樣，卻令主人笑得更厲害。後來，牠努力表現得更加尊嚴，主人就笑得越厲害了。到最後，主人的笑令牠喪失了尊嚴。牠將牙床微微張開，嘴唇掀起一點點，眼神中透露出一種極為古怪的神情，與其說是幽默，倒不如說充滿了熱愛。於是，牠學會了笑。

同樣地，牠學會與主人嬉戲玩耍、打滾摔跤，而且在許多把戲中成為犧牲者。這時，牠就會反過來假裝發怒，兇猛地咆哮，將毛髮聳立，並且還會咬牙切齒弄出聲響，看上去好像真的要把人弄死似的。當然，牠絕對不會得意忘形，所有這些憤怒都是朝著空氣發洩。當這遊戲快要結束的時候，捶打，咬牙與咆哮都處於最迅速猛烈的時候，他們就會突然分開，隔著幾英尺，對站著相互凝視。接著，同樣突如其來，如同暴風雨的大海中突然升起了一輪紅日那樣，他們開始哈哈大笑起來。主人總是用手臂緊摟住白牙的脖子與肩膀，而白牙則會咿咿呀呀地唱著牠的愛情歌謠，他們總是以此作為遊戲的高潮。

然而，白牙從不與別人嬉戲，牠絕不允許。牠始終保持著自己的尊嚴，假如別人妄想與牠嬉戲，牠咆哮的警告聲與聳立的鬃毛可就絕非玩笑了。牠允許牠的主人享有這些權力，但這並不代表牠就是隻普通的狗，可以隨時隨地隨便的給予感情，是任何人的財產，可以玩樂消遣。牠的愛可是絕對專一的，牠絕對不會廉價出售自己和自己的愛。

主人經常會騎馬外出，而白牙在生活中的主要職責就是陪同主人外出。在北方，白牙以拉雪橇的辛苦工作證明自己的忠誠；然而在南方，既沒有雪橇要拉，也不需狗來馱什麼東西。因此，牠用了一種全新的方式來盡顯忠心，那就是跟隨主人的馬跑。即使時間很長，白牙也沒有疲累，牠是用狼的步伐在跑，那毫不費力、不知疲倦的滑行，即使是到了五十英里的終點，牠也會氣宇軒昂的跑在馬的前邊。

與騎馬相關的還有白牙學習到另一種表現方式，那是難能可貴的，牠平生也就只做過兩次。第一次是發生在主人訓練一批純種馬時，為了不讓騎馬的人下馬來，主人嘗試著教會馬開門關門的方法。一次、兩次……，他許多次將馬帶到入口旁，想讓牠關門，但馬每次都害怕，退縮且跳開，更加的興奮與神經質。當馬倒立著後退時，主人就用馬刺刺牠，逼牠把前腿放回地面，這時馬就會開始撂蹶子。每每看到這樣的情形，白牙都更加的焦慮，直到牠按捺不住，跳到馬面前用野蠻的咆哮聲作為警告。

從那以後，雖然牠時常試著發出警告的吠聲，主人也十分鼓勵，但牠卻只成功了一回，並且也沒有當著主人的面。那是一次主人正在牧場上疾馳著，突然不知從那裡跑來一隻雄野兔從馬腳下跳了出來，受驚的馬猛地一跳，再一跌，主人立即被摔倒在地，斷了一條腿。白牙憤怒地跳上去咬那隻犯了罪的馬喉嚨，卻被主人厲聲制止了。

「回家！快回家去！」斯科特在弄清自己的傷勢之後，下指令給白牙。

白牙不肯離開他。斯科特試圖寫一張紙條，但徒勞無益的摸索過口袋之後，並沒有找到紙和筆。於是，他再次命令白牙回家去。

白牙若有所思的看了看主人，隨即出發了，接著又跑回來，輕聲的嗚咽著。主人認真而溫和的跟牠說話，牠滿臉痛苦與緊張，豎耳傾聽著。

「那樣做才是對的，好孩子，你得跑回家去，」主人繼續說道，「回家告訴他們我發生了什麼事。回家去，你這狼，快點回去！」

白牙明白「家」的意思，雖然牠沒有聽懂主人其他的話，可牠知道主人要牠回去。牠十分勉強的轉身小跑走了。接著，牠再度停下，猶豫不決的轉過頭看著主人。

「回家去！」一聲嚴厲的命令傳來，這一次牠服從了。午後時分，全家人正在門廊上乘涼，白牙在這時跑了回來。牠滿身灰塵，氣喘吁吁的走到他們之中。

「是威登回來了。」斯科特的母親宣布道。孩子們十分愉快的叫著，並跑上去歡迎白牙，白牙卻避開他們往門廊下走，牠卻被孩子們圍在一張搖椅和欄杆之中。白牙吼叫著，試圖從他們身旁擠過去，他們的母親憂慮的望著這邊。

「老實說，當牠在孩子們身邊時，我真的很不安心，」她說道：「我害怕哪天牠會無法預料的咬他們。」白牙野蠻的怒吼著，孩子們被牠嚇到了。母親將孩子們拉到身旁安慰，警告他們別去招惹白牙。

「狼總歸還是狼，」斯科特大法官說：「沒法信任。」

「但牠並非完全是狼。」貝絲插話了，當哥哥沒有在場時替哥哥做辯解。

「你只不過是在重複威登的說法而已，」大法官回答：「他也只是猜測白牙有那麼點狗的血統；可就像他自己對你說的一樣，他完全不清楚。至於牠的外表……」他還沒有把話說完。白牙就站到他跟前，兇猛的怒吼著。

「走開！躺下！」斯科特大法官命令道。白牙又轉向主人的妻子。牠用牙齒咬住她的衣服，使勁兒地拖，那單薄的衣料已經被撕破了，嚇得她驚聲尖叫。這時，所有人的注意力都集中到白牙的身上。牠停止怒吼，昂首站在那裡，正視著他們的面孔。喉嚨中抽搐著，卻沒有發出聲音，此時牠全身都在掙扎、顫動著，似乎努力的想要把一件難以說明的事表達清楚。

「牠不是要發瘋了吧！」主人的母親說：「我跟威登說過的，恐怕這炎熱的氣候不適合一隻北極的動物。」

貝絲說道：「我相信牠是想要說話。」

就在這一瞬間，輪到白牙講話了，牠爆發出一陣狂吠。「一定是威登出了什麼事情。」主人的妻子斷言。

這會兒，他們都站起身來，白牙即刻跑到台階下，回過頭看著他們，讓他們跟著自己走。這是牠平生第二次也是最後一次狂吠，牠藉此讓自己得到別人的理解。

這件事情過後，在希艾拉．維斯塔的人們心中，白牙有更受寵愛的地位，甚至是那個被牠咬傷手臂的馬夫也都承認就算白牙是隻狼，但牠更是隻聰明的狗。可斯科特大法官仍固執己見，並且根據百科全書及各種動物學著作上的測定與描述來證明，雖然這些證明令每個人都很不滿意。

日子一天天過去。白天的陽光不斷照射著聖．克拉拉山谷。當白天的時間變得短了，白牙在南方的第二個冬天就要來臨的時候，牠驚奇的發現，可麗的牙齒不再兇狠了。牠咬的時候更像是跟牠鬧著玩，其中包含無盡的溫柔以至不會真正的傷到白牙。牠也忘記可麗曾經令牠覺得活著真是受罪，現在當牠在牠身旁嬉戲時，牠會莊嚴地回應著，努力嘗試開玩笑，扮成一副滑稽的樣子。

一天，可麗追趕自己，已經跑得老遠了，牠們穿過屋子後面的牧場，跑進樹林裡。那下午白牙知道主人是要騎馬的。馬早已備好了馬鞍，站在門口等候。白牙猶豫不決。然而，有某種東西潛伏在牠內心深處，比牠學到的所有規律更深，比形成牠個性習慣更深，比牠對主人的熱愛更深，也比牠自己生存的意志更深；就在牠難以抉擇的時刻，可麗咬了牠一口就疾速跑掉，牠調轉身來，追了上去。這天，主人獨自騎馬出去；而白牙與可麗並肩在森林中奔跑，如同多年前，牠的母親傑西與獨眼老狼在寂靜的北方森林中奔跑一樣。

第五章 沉睡的狼

差不多就是在這個時候，一個囚犯從聖昆汀監獄中大膽越獄的消息載滿了各大報紙。那是一個頂兇極惡的人，他的出身不好，被教壞了，在社會的手中成長時沒有得到任何幫助。社會的手是殘酷的，這個人就是這手中的一個突出典型。要說他是一個畜生，一個人畜，一點也不為過；並且，他是如此可怕的一個畜生，把他叫做食肉獸也許最合適不過。

在聖昆汀監獄裡證明了，他是沒法改正的，懲戒也不能挫敗他的銳氣。他可以瘋狂地戰鬥至死，卻不能因被人打敗而苟且的存活。他越是兇猛的戰鬥，社會對他就越殘酷，而殘酷唯一的作用只是令他更加的兇惡。

穿著緊身背心，挨餓挨揍的囚犯生活並不適合傑姆．赫爾，但那正是他受到的對待。他從小就受著那樣的對待，那個時候他還只不過是舊金山貧民窟裡一個瘦弱嬌弱的孩子，一塊準備在社會的手中被塑造成什麼東西的軟土。

傑姆．赫爾在牢獄中的生活過到第三期時，他遇到了一個看守，這個看守幾乎跟他一樣是個出色的畜生。這個看守極不公正的對待他，向看守長造謠說他的不是，破壞他的信譽並迫害他。他們之間的差異在於，看守有一大把的鑰匙和一把手槍。傑姆．赫爾卻只有牙齒和赤手空拳。但有一天，他如同野獸一般撲到看守身上用牙齒咬住他的喉嚨。

自那以後，傑姆．赫爾就被關在不知悔改的囚犯地牢中，一住就是三年。那地牢的地板、牆壁和屋頂統統都是鐵的。他從沒有離開過地牢，也從沒看到過天空和陽光。白天就是黃昏，黑夜就是一片漆黑的死寂。那是一座鐵的墳墓，而他則被活生生的埋在裡面。他看不到人類的面孔，也不可能有人性的交談。當看守用鏟子送食物給他的時候，他就像野獸一樣怒吼。

他對一切都充滿了仇恨。有時他會整日整夜的對著宇宙瘋狂的吼出憤怒；有時他卻連續好幾周甚至好幾個月都一聲不吭，在黑暗寂靜當中黯然神傷。他是人也是怪獸，就像是瘋狂的大腦幻覺中出現的永遠喋喋不休的怪物一般，可怕極了。

再後來一天晚上，他逃跑了。雖然看守長堅持說那是不可能的，但地牢裡卻是空空如也。一個看守的屍體躺在地上，一半在門裡邊一半在門外邊。另外兩個看守的屍體則顯示出他從地牢逃到外面圍牆的路線。為了避免出聲，他將他們殺死。

用被殺死的看守們的武器，他將自己武裝了起來，那簡直等同於一座活動的兵工廠，有組織的社會追捕著他，令他只能在山裡四處亂竄。為了能夠逮捕他，動用了重金懸賞。他的血可以將一筆抵押物贖出或是將一個孩子送進大學。貪圖獎賞的農民們用散彈槍射擊他；有公德心的市民們拿出自己的步槍外出搜尋他；一群群警犬跟蹤著他流血的腳印；還有一些司法界的獵狗，也就是偵探們，他們是社會雇傭的作戰動物，動用電話、電報以及專車，沒日沒夜的追蹤著他。

有時，他們遇到了他，不是像英雄一樣與他搏鬥，就是穿過帶刺的鐵絲網狼狽逃跑，這些都讓邊吃早餐邊看報紙的市民們非常高興。每每發生這樣的遭遇戰後，車子就會將死傷的人員送回城裡，而他們的空缺將會立刻被另一些熱衷於「獵人」的人填補。

可是，傑姆．赫爾之後卻消失了，獵狗們徒然地偵查著那消失的蹤跡。武裝人員將遠處山谷當中那些無辜的牧場農工們攔住，強逼他們證明自己的身分；同一時段，那些貪圖「血錢」的申請者們，在十幾處山腳下不約而同的發現傑姆．赫爾。

這時在希艾拉．維斯塔的讀報者的焦慮卻遠遠超過了興趣，婦女們都十分害怕。斯科特大法官卻在哈哈大笑，嘖嘖的發出聲響，可是，他卻毫無理由這樣。因為，在他最後為法庭服務的期間，是他站在傑姆．赫爾面前宣判了他的罪行，就在那堂堂的法庭之上，傑姆．赫爾曾經揚言，總有一天他要向這判他刑的法官報復。

這一回，傑姆．赫爾沒有錯。他是被冤枉了。按照盜賊們與員警們的行話來說，這是一件「開快車」的案子。為了一樁並沒有犯下的罪案，傑姆．赫爾被草率的送入了監獄。由於他之前已經有兩次被判有罪，斯科特大法官這次就判了他五十年徒刑。

斯科特大法官並不瞭解全部的事情。他全然不知自己參與了員警當局的一場陰謀，證據是早就計畫好的，這純屬誣告，而傑姆．赫爾是冤枉的。另一邊，傑姆．赫爾也並不知道斯科特是不明真相的。他以為法官一定早就知道一切，是與員警們串通在一起幹出這可惡的枉法之事。所以，當斯科特大法官宣布判處他五十年「活地獄」的判決後，憎恨淩虐這個社會的傑姆．赫爾暴跳如雷的站在法庭上大聲咒罵，直至被六個身穿藍色上衣的仇敵拖了出去。他認為斯科特大法官就是這枉法之門的頂石，於是他就對斯科特法官發洩怒火，並威脅說以後一定要復仇。然後，傑姆．赫爾就進入活地獄中服刑了……，再然後，他就逃掉了。

白牙對於這一切完全不知道。不過，在他與主人的妻子愛麗絲之間卻存在著一個祕密。每天晚上，當整個希艾拉．維斯塔都入睡之後，愛麗絲就會起床將白牙放進屋裡，讓牠睡在寬闊的大廳裡面。但白牙既非看門狗，也不允許睡在房間裡，所以每天一大早，在全家人醒來之前，她又會悄悄下來將白牙放出去。

就在這樣一個晚上，全家人都入睡了，白牙醒著，安靜地躺在那裡。牠靜悄悄地嗅著空氣，研究著其中所傳遞的資訊，牠知道有一個陌生的神明出現了。這陌生的神明的動作發出了聲響傳入白牙的耳中。但白牙並沒有發出憤怒的咆哮，那不是牠的習慣。陌生的神明輕輕地走著，可白牙走得更輕，畢竟牠沒有衣服在身上摩擦。牠默默地跟隨著。在「荒野」中牠曾獵得過無數膽怯的活生生的食物，牠深知出其不意的好處。

在大樓梯腳下陌生的神明停下腳步，仔細聆聽著，白牙注視並等待著，彷彿死去一般一動不動。上了樓梯就通向牠的主人和主人最摯愛的所有物那裡了。白牙的毛聳立起來，但仍然靜靜的等待著。陌生的神明將腳抬了起來開始往樓上走。

於是，白牙開始進行攻擊。牠沒有警告，沒有發出準備行動前預示的咆哮。牠的身體騰空而起，撲向陌生神明的背部。牠用前爪抓住了肩膀，與此同時將牙齒刺入後頸。牠吊了一會兒，直到那神明被拖得向後跌倒，牠們一起摔在地上。白牙跳開了，當那神明掙扎著試圖爬起來時，白牙又用尖利的牙齒殺了上去。

整個希艾拉·維斯塔都被驚醒了，從樓下傳來的聲響彷佛是有二十個厲鬼在打架，幾發槍響，男人恐怖而悲慘的痛叫，一陣咆哮的怒吼，這所有喧鬧聲中最大的便是傢俱和玻璃器皿打翻、破碎的聲音。

然而，幾乎與發生時同樣迅速，騷亂戛然而止，戰鬥沒有超過三分鐘。全家人都吃驚的聚集在樓梯頂上。從樓下傳來了一種咯咯的聲音，如同空氣從水中往外泛起泡泡的聲音。而有時這咯咯聲又變成了嘶嘶聲，幾乎接近噓噓聲，可這也在一瞬間迅速的消失平息了。

斯科特按了個開關，樓梯上和樓下的大廳頓時一片光明。然後，他與斯科特大法官手裡持著手槍，小心翼翼地走下樓梯。其實，這警戒已大可不必了，白牙已經完成牠的工作。一個男人側身躺在摔碎打破的傢俱碎片當中，一隻手臂遮住了面孔。斯科特俯下身體，將那手臂移開，把面孔轉向上面，喉嚨上的大裂口說明了他的死因。

「是傑姆·赫爾。」斯科特大法官說，父子兩人意味深長地看了看對方。

接著，他們轉過身去看白牙，牠也側身躺著，眼睛閉了起來，但在他們俯身靠近時，牠用盡全力地想看看他們的情況，所以把眼皮稍微抬起來一下，並且動了下尾巴，想要搖一搖卻徒然無力。威登．斯科特拍了拍牠，牠在喉嚨中發出咕嚕咕嚕作為招呼的吼聲，但那充其量也就只是極為微弱的吼聲，很快就消失了。牠的眼皮垂下來緊閉著，整個身體近乎鬆懈地平躺在地上。

「牠簡直是拚上命了，可憐的孩子。」主人喃喃說道。

「我們還是要看看。」大法官一邊發表著意見，一邊走過去打電話。

一個半小時以後，當外科醫生檢查完白牙的身體，他宣布說：「老實說，牠只有千分之一的機會了。」

窗戶中透射進黎明的光線，令燈光顯得黯淡了許多。除了孩子們以外，全家所有人都圍在外科醫生旁聽他的診斷結果。「斷了一隻後腿，」他接著說：「肋骨有三根折斷，其中至少有一根刺穿了肺部。牠全身的血都幾乎流失了，而且好像還有內傷。牠一定是被人踩過了，更何況還有三顆子彈將牠身上射穿了三個洞。千分之一的機會實在都是樂觀的說法了，牠連萬分之一的機會都沒有了。」

「可是，我們絕對不能讓牠失去任何或許對牠有幫助的機會，」斯科特大法官喊道：「別在意費用。請替牠照X光，做一切可以做的事情。」威登．斯科特立即打電話到舊金山去請尼古拉斯醫生來：「並不是想得罪你啊，醫生，請你諒解，我們只是必須為牠提供各種有利的機會。」

「我當然理解。牠應該得到更多能為牠做的任何事情。牠必須得到好的看護，就像看護人類一樣，一個生病的孩子。別忘了我跟你們說的關於體溫的話，等到十點鐘的時候我再過來。」那外科醫生毫不計較的微笑道。

白牙得到了那樣的看護，原本斯科特大法官主張要雇傭一個受過專業訓練的護士，但這提議很快被女孩子們憤慨的否決了，她們自告奮勇的擔任這個工作，而白牙最終也贏得外科醫生口中所否定的那千分之一的機會。

並不能指責醫生的診斷錯誤。他平生所診治照顧的都是文明又柔弱的人類，而他們過著從祖先一代代遺傳下來的庇佑生活。跟白牙相比，他們實在是太脆弱、太軟弱了，他們對生命的掌控也是軟弱無力的。而直接從「荒野」來的白牙卻沒有任何庇護，在荒野裡，弱者很快就會滅亡，誰也沒有庇佑。不管是牠的父親還是牠的母親都沒有軟弱這種缺點，牠們之前的世世代代也同樣沒有過。白牙繼承的天賦是鋼鐵般的體格與荒野的活力；憑藉著古代所有動物的頑強精神，牠調動了身體的每一部分，肉體與靈魂，全都緊緊的抓住生命不放。

由於綁著繃帶，打上了石膏，白牙像囚犯般被束縛著，動都沒法動，牠就這樣挨過了好幾周。牠睡了很久，做了好多的夢，一連串北方壯麗情景的幻象無數次的掠過牠的腦海。昔日所有的鬼魂全都與牠一起出現了。牠又再次與傑西生活在巢穴之中，顫抖著爬到灰海獺的膝下奉獻自己的忠誠，在歷歷和那些嚎叫著的小狗群瘋狂的追逐下逃命。

牠又一次穿越寂靜的荒野，在饑荒的歲月中獵殺活的食物；牠重新跑在一起拉雪橇的狗的前邊，米沙和灰海獺的鹿腸鞭子就在身後啪啪作響，當牠們走到一條狹窄的小路上時，原本散開的狗群就像扇子般併攏在一起通過時，他們口中就會叫著「跑啦！」牠又再度與美人史密斯度過的全部日子，重新經歷牠所打過的每一場戰鬥。每當這時，白牙就會在夢中發出嗚咽與咆哮，一旁的人看著就會說牠是在做噩夢。

但是有一個特別的夢魘最令牠感到痛苦，那就是在牠看來如鏗鏗鏘鏘的怪物電車一般巨大無比、嘶叫著的大山貓。牠躲在灌木叢的隱蔽之處，等候著一隻離開隱蔽的樹木、冒險跑到較遠地方來的松鼠。此時，當牠正試圖跳出來朝牠撲過去時，牠卻突然變成了電車，牠又吃驚又害怕，像一座山似的矗立在牠上邊，尖叫著、叮噹作響，並向著牠噴火，當牠挑逗著老鷹讓其從天空中飛下來時也是如此。

老鷹從天空中衝了下來，落到牠身邊時又變成了那無所不在的電車。又或者，就好像牠還在美人史密斯的木圈裡面。圈外面圍滿了人，牠明白戰鬥就要開始了。牠全神貫注的注視著對手即將走進來的那扇門，然而被扔進來對付牠的，卻還是那令人害怕的電車。這樣的事情重複了成千上萬次，每一次所造成的恐怖都永遠如此強大而真切。

終於有一天，最後的一塊石膏和繃帶被拆掉了。這根本就是個節日，希艾拉．維斯塔的所有人都聚集在四周。主人揉搓著牠的耳朵，牠咿咿呀呀的發出愛的吼叫。主人的妻子把牠稱作「福狼」，大家歡呼著接受了這個名字，於是，所有的婦女都叫牠「福狼」。

牠嘗試著爬起身來，努力了很多次以後還是衰弱的跌倒了。睡得太久，令牠的肌肉不再靈活，所有的力氣都喪失掉了。牠對如此軟弱感到羞愧不已，難道不是嗎？這些都是牠理應為神明們做的，可牠卻辜負了神明們。所以牠再度勇敢的努力了好幾次，試圖爬起來，終於牠站著四條腿前後地搖晃著。

「福狼啊！」婦女們齊聲歡呼。

斯科特大法官則得意地巡視著她們：「你們總算親口承認了吧，」他說道：「我就一直主張牠是一隻狼，牠所做的事情，沒有狗能辦得到。」

「一隻『福狼』。」大法官的妻子更正道。

「沒錯，『福狼』。」大法官表示贊同。「從今以後，我就叫牠這名字。」

「牠必須得重新學習走路了，」外科醫生說：「不妨現在就開始吧，把牠帶到外邊去，這對牠沒有壞處。」

牠被帶到外邊，就像是個國王，希艾拉．維斯塔的所有人都跟隨著牠，伺候著牠。牠異常衰弱，走到草地的時候就躺下來休息一下。

然後，隊伍繼續行進，牠運用肌肉時，血液在身體裡面開始流通，牠的力氣也漸漸恢復起來。走到馬廄旁邊，可麗正躺在那門口，有六隻矮矮胖胖的小狗圍著牠在陽光下玩耍。白牙在一旁驚異的看著。

可麗向牠發出咆哮的警告，於是牠小心的保持著相當的距離。主人用腳尖將一隻爬行的小狗推到白牙面前。牠猜疑地聳起毛，但主人告訴牠說怎樣都很好。可麗被一位婦女抱在懷裡，猜忌地注視著白牙，並用一聲聲的咆哮警告牠並非怎樣都好。那隻小狗爬在牠面前，牠豎著耳朵，好奇的觀看著牠。後來牠們兩個的鼻子碰到了一起，牠感覺到那小狗溫暖的舌頭觸碰了牠的面頰。不知為何，白牙情不自禁地伸出了舌頭，牠開始舔小狗的臉頰。

神明們拍手歡呼著，對白牙的表現表示讚賞。白牙很吃驚，疑惑的注視著牠們。然後，牠的衰弱又顯露出來了。牠躺下來，豎起耳朵，歪著腦袋，看守著那隻小狗，而其他的小狗也紛紛爬向牠，這令可麗異常反感；而牠則莊嚴的准許牠們在牠的身體上爬行翻滾。一開始，在神明們的讚許中牠露出從前的那種忸怩與尷尬。但當小狗們繼續的嬉戲胡鬧時，這些忸怩尷尬就都消失了，白牙半閉著眼睛，躺在陽光下打著盹，臉上露出容忍、慈愛的神情。

延伸閱讀

《野性的呼喚》

巴克，一隻經過文明教化的名為的狗，從美國南部加州溫暖的山谷被賣到北部寒冷的阿拉斯加成為一隻雪橇犬。在經歷過強者與弱者之間冷酷無情和生死爭鬥，學會只求活命、不顧道義的處世原則，變得兇悍、機智而狡詐，在森林中狼群的呼喚下，巴克狼性萌生，逃入叢林，重歸荒野。

《群島獵犬傑瑞》

傑克．倫敦另外一部動物小說。講述的是一隻六個月大的愛爾蘭獵犬傑瑞的故事。

傑瑞原本與父母、哥哥快樂地生活在種植場，每天只知道在沙灘上奔跑，偶爾教訓一下不聽話的黑人，卻被自己心目中的神——牠的主人哈根先生送給了霍恩船長，就在傑瑞不得不重新接受霍恩船長為自己新的神明時，船長帶領的阿朗基號到達所羅門群島，將之前招募的、為白人的種植園工作的黑人返回時，卻遭到島上黑人的暗算，船上的人不是被殺就是被俘，傑瑞也在這時被一個黑人小孩抓到了家裡，之後幾經輾轉，傑瑞最終接受了原本看不起的黑人為新主人，黑皮膚主人又被為阿朗基號報仇的白人炮轟而死，傑瑞最終循著無比敬愛的白人的氣息，找到了停泊在島邊的艾瑞爾號，最終圓滿的回到了文明世界中。

《動物農莊》

說到動物小說還不得不提到英國著名評論家喬治．奧威爾（George Orwell）所著通俗易懂的寓言故事。

在英格蘭的某個農場上，一位「豬」上校認為，動物如果想要擺脫被奴役剝削的一生就必須要革命。在牠死後，牠所預言的革命就到來，由拿破崙、雪球和尖嗓組成的核心豬團隊，帶領著動物們將原本的主人鐘斯等人趕出了農場。然而，平等幸福的日子卻並沒有過幾天，雖然，牠們搬出了七條戒律來給「動物主義」定義，但這些領袖之間很快出現了分歧，具有人文氣質的理想主義者雪球，被鐵腕「豬」拿破崙，用暴力驅逐出境。隨之而來的是一場血腥的清洗運動，稍有微詞者就會立即被消滅。而拿破崙的御用宣傳部長尖嗓也乘機將七條戒律做了改動，無知的動物們開始變得麻木，牠們比以前活得更為辛苦，卻忘記革命的初衷，只剩下對領袖的盲目崇拜。只有老驢子班傑明看在眼裡，卻從來也不說。牠注意到，戒律牆上只剩下一句話——所有的動物都是平等的，但有些動物比其他動物更平等。

文學菁選・閱讀視界

從閱讀中感受生活，從知識中學習成長

曼斯菲爾莊園

作者：珍・奧斯汀

對於愛情，芬妮重視的不是金錢，而是人品和心靈，在情愛糾葛中，她始終立場堅定，終於以純潔、高尚贏得真愛的眷顧。珍・奧斯汀以細膩的筆觸，描寫平凡生活的各種情節與感受，真實表達了傳統美德的重要性，並溫柔詮釋愛的本質，演繹出愛的真諦。

定價：350元 14.7×21 cm・517頁・單色

愛麗絲夢遊仙境

作者：路易士・卡洛爾

作者擺脫童書道德說教的刻板公式，以荒誕不經的揶揄、妙趣橫生的調侃、及昂然的詩情，刻劃出孩童獨有的天真想像，並化身為書中的各種人物，陪伴孩童成長，而這正是《愛麗絲夢遊仙境》至今歷久不衰的原因！

定價：200元 14.7×21 cm・260頁・單色

簡愛

作者：夏綠蒂．勃朗特

《簡愛》透過描寫一個女人從小大到大的經歷，向人們展現這個人物在不同時期，不同景況下所表現出的完美人格，以此向讀者宣揚和讚賞其中的種種美德和絕妙的思想。思想之美、人的品格之美正是整本書的魅力所在。

定價：320元 14.7×21 cm．647頁．單色

仲夏夜之夢

作者：威廉．莎士比亞

這是一齣浪漫又娛樂性十足的故事，從精靈國王與王后的衝突到和解，以及兩對戀人的爭奪、相愛、誤解到結合，全劇充滿的戀愛氣氛與男女間風吃醋戲碼，使本劇成為莎士比亞作品中，最常被拿來當做舞台劇素材的喜劇。

定價：180元 14.7×21 cm．175頁．單色

咆哮山莊

作者：愛蜜莉．勃朗特

《咆哮山莊》講述了一個奇異而複雜的故事。那些痛苦而沉痛的吶喊、毀滅性的愛恨情仇，以及極度扭曲的人性，愛蜜莉．勃朗特僅僅以她一生完成的唯一小說，就在世界文學史上寫下不朽的地位！

定價：250元 14.7×21 cm．451頁．單色

馴悍記

作者：威廉・莎士比亞

悍婦凱瑟麗娜在半推半就下嫁給了彼得魯喬，向來蠻橫無理的她，會受到什麼樣的待遇，彼得魯喬又會以怎麼樣的方式，讓這位人見人怕的「悍婦」轉變為一個溫柔順從的妻子呢？莎翁的早期作品，卻仍可使你充分體受到情節掌控中的獨特魅力與張力！

定價：180元 14.7×21 cm・185頁・單色

小婦人

作者：露易莎・梅・奧爾科特

喜好閱讀的你是否知道，小婦人不止有童年的回憶，甚至還有她們成長後的故事，你想不想知道，美麗的梅格、勇敢的喬、溫柔的貝絲，以及淘氣的艾美長大後的境遇呢？趕緊讓最完整真實版本的《小婦人》滿足你的好奇心吧！

定價：299元 14.7×21 cm・508頁・單色

野性的呼喚

作者：傑克・倫敦

《野性的呼喚》的主角是一隻狗一巴克，牠的性格、興趣、故事將牽引著你隨著牠的經歷高低起伏。自幼就生長在美國加州溫暖地帶的富貴人家，但在牠被偷走後，輾轉賣到了北方嚴寒的淘金路上，自此，牠的命運發生了巨大變化，而這些變化是牠想都沒想過的。

定價：199元 14.7×21 cm・207頁・單色

理性與感性

作者：珍・奧斯汀

《理性與感性》是珍・奧斯汀的第一部小說，它開創了作者獨特的幽默風格——模仿加反諷般的諷刺風趣手法。雖為第一部，但其中的寫作技巧已相當成熟，筆法樸實、細膩，故事情節構思巧妙，結局給人以出乎意料的喜劇效果。

定價：249元 14.7×21 cm・366頁・單色

艾瑪

作者：珍・奧斯汀

《艾瑪》延續了珍・奧斯汀的一貫風格，故事發展圍繞著女主角對伴侶的選擇展開，並從側面反映了當時英國的社會現實。而內容獨具匠心，穿插了諸多喜劇元素，使作品樸實幽默而不拘謹，引人入勝。

定價：350元 14.7×21 cm・492頁・單色

小氣財神

作者：查理斯・狄更斯

史古基是個心胸狹窄、吝嗇貪婪的老頭，他認為過聖誕節是一個荒謬可笑、讓人揮金如土的陰謀。聖誕節前一天，史古基已故的生意夥伴一馬力的鬼魂來拜訪他，並告訴他在這個聖誕夜中將會有三個幽靈來找他，並為他指明了過去、現在和未來他為人處事的錯誤之處。

定價：199元 14.7×21 cm・199頁・單色

勸導

作者：珍・奧斯汀

從藝術手法來看，《勸導》並不追求情節的離奇、出位，而是用更加現實的寫法、以嚴謹的結構、細膩的筆法來完成創作。小說中有很多細節描寫，看上去平淡無奇，可是細細體會，卻讓人覺得回味無窮、內涵深刻。

定價：300元 14.7×21 cm・363頁・單色

諾桑覺寺

作者：珍・奧斯汀

《諾桑覺寺》屬於珍・奧斯汀前期的作品，它也是一本愛情小說，作者文筆犀利，語言充滿了嘲諷，情節跌宕起伏。此書呈現的是一個愛情故事，但是書中卻不乏對人性的剖析，對不同人物深入細緻的描寫也是一大看點。

定價：320元 14.7×21 cm・317頁・單色

珍・奧斯汀的世界

作者：珍・奧斯汀

《珍・奧斯汀的世界》一書詳細介紹奧斯汀所生長的時代，以及這一時代對她的創作所產生的影響。書中以大量優美的插圖介紹了這位令人喜愛的女作家的生平和作品，主題鮮明，包羅萬象，獨特而全面的觀察這位才華橫溢的作家。

定價：480元 14.7×21 cm・142頁・單色

國家圖書館出版品預行編目資料

白牙 /傑克．倫敦著．--初版．--臺北縣新北市:雅書堂文化，2011.03
面;公分．--(文學菁選;27)

ISBN 978-986-6277-77-1(平裝)

874.57　　　　100003750

【文學菁選】27

白牙　The White Fang

作　　者／傑克．倫敦
譯　　者／紀然
發 行 人／詹慶和
總 編 輯／蔡麗玲
執行編輯／林昱彤
編　　輯／方嘉鈴．蔡竺玲．吳怡萱．陳瑾欣
美術設計／林佩樺
出 版 者／雅書堂文化事業有限公司
發 行 者／雅書堂文化事業有限公司
郵政劃撥帳號／18225950
戶　　名／雅書堂文化事業有限公司
地　　址／新北市板橋區板新路206號3樓
電子信箱／elegant.books@msa.hinet.net
電　　話／(02)8952-4078
傳　　真／(02)8952-4084
2011年3月初版一刷　定價 240元

總 經 銷／朝日文化事業有限公司
進退貨地址／235台北縣中和市橋安街15巷1號7樓
電　　話／Tel：02-2249-7714　傳真／Fax：02-2249-8715

星馬地區總代理：諾文文化事業私人有限公司
新加坡／ Novum Organum Publishing House (Pte) Ltd.20 Old Toh Tuck Road, Singapore 597655.
TEL： 65-6462-6141 FAX：65-6469-4043
馬來西亞／ Novum Organum Publishing House (M) Sdn. Bhd.
No. 8, Jalan 7/118B, Desa Tun Razak, 56000 Kuala Lumpur, Malaysia
TEL：603-9179-6333 FAX：603-9179-6060